CWCW

Cwcw

Marlyn Samuel

© Gwasg y Bwthyn 2017 Ⓗ
© Marlyn Samuel 2017 Ⓗ

ISBN 978-1-912173-04-4

Cedwir pob hawl.
Ni chaniateir atgynhyrchu unrhyw ran o'r cyhoeddiad hwn, na'i gadw mewn cyfundrefn adferadwy, na'i drosglwyddo mewn unrhyw ddull na thrwy unrhyw gyfrwng, electronig, electrostatig, tâp magnetig mecanyddol, ffotogopïo, recordio, nac fel arall, heb ganiatâd ymlaen llaw gan y cyhoeddwyr.

Cyhoeddwyd gyda chymorth ariannol
Cyngor Llyfrau Cymru.

Cyhoeddwyd ac argraffwyd gan
Wasg y Bwthyn, Caernarfon
gwasgybwthyn@btconnect.com
01286 672018

I FY CHWAER
RHIAN

DIOLCH

SIÂN PIERCE ROBERTS
am ei chymorth gyda'r manylion genedigaeth

RHYS DERWYDD
am ei gymorth gyda'r manylion heddlu

IWAN
am gael pigo ei frêns yntau eto fyth!

MARRED GLYNN JONES
am ei hawgrymiadau a'i chymorth fel golygydd creadigol

MARIAN BEECH HUGHES
am ei gwaith golygu copi manwl a gofalus

'A sister is a gift to the heart,
a friend to the spirit,
a golden thread to the meaning of life.'

Isadora James

Cwcw

'Am hynny, rhoddwn gorff ein brawd, Brian, i'r ddaear. Pridd i'r pridd . . .'

'A twll din y ffycar!'

Ar fin taflu'r dyrnaid o bridd ar ben yr arch yr oedd y gweinidog syber pan ddaeth y floedd ar ei draws. Roedd sawl un o'r galarwyr yn methu credu eu clustiau, eraill yn meddwl yn siŵr mai wedi camglywed oedden nhw.

Ond rhag ofn fod 'na unrhyw amheuaeth ynglŷn â datganiad Seren Hughes, trodd i gyfeiriad ei chwaer a datgan, 'Wela i di 'nôl ym Mhlas Drudion, Lows. Gobeithio bod nhw 'di gneud sbred go lew.'

Ar hynny, cefnodd ar y bedd agored a cherdded yn dalog drwy'r dyrfa deilwng oedd wedi ymgynnull i dalu'r gymwynas olaf i Brian Hughes. Aeth heibio'r rhesi o geir oedd wedi'u parcio ar hyd ochr y lôn gul tu allan i'r capel a'u hanwybyddu. Yn hytrach, 'nelodd am foto-beic oedd wedi'i barcio'n flêr ar ddiwedd y rhes. Wrth i'r gweinidog ledio'r emyn 'Mi glywaf dyner lais', fe'i boddwyd gan refiadau'r Yamaha YZF R1.

'Yli arni hi!' ffromodd Lowri a rhoi pwn i Dylan, ei gŵr, hanner awr yn ddiweddarach yng nghyfforddusrwydd y gwesty. Gwyliodd ei chwaer yn sglaffio'r brechdanau a'r sosej rôls fel petai ar ei chythlwng. Roedd gwydriad mawr o win coch yn ei llaw hefyd. Roedd y dillad moto-beic – y trowsus a'r siaced ledr ddu – yn hollol anaddas i gynhebrwng, meddyliodd. Diolch byth ei bod wedi tynnu ei helmed. Er, roedd ei gwallt, oedd yn gudynnau hir, pinc a phiws, a'r styd arian yn ei thrwyn yn bell o fod yn addas na pharchus.

'Does 'na ddim owns o gywilydd yn perthyn iddi hi. A be ddoth dros ei phen hi i weiddi be nath hi o flaen pawb fel'na?'

'Ma pawb yn galaru'n wahanol, sti,' atebodd Dylan, gan geisio peidio â syllu'n ormodol ar y trowsus lledr tyn.

Estynnodd ei gwpan a soser er mwyn dal llygaid y weinyddes i gael ail baned o de. Roedd ei draed fel talpiau o rew ar ôl sefyllian am hydoedd yn y fynwent rynllyd.

'Paid â meiddio cadw ei chefn hi,' hisiodd Lowri. 'Diffyg parch ydi o a dim byd arall!' Trodd i gyfeiriad y weinyddes ifanc, 'Oes ganddoch chi de gwyrdd?'

'Pardyn?' meddai honno mewn penbleth.

'Te gwyrdd. *Green tea*?' Triodd Lowri wedyn.

'Dim ond Yorkshire Tea sy ganddon ni, dwi'n meddwl. Ond 'sa chi'n licio i mi fynd i ofyn?'

Rhyw gwta bythefnos oedd 'na ers i'r ferch ifanc ddechrau gweithio yn y gwesty ac roedd hi'n awyddus iawn i blesio.

'Na, mae'n iawn,' ochneidiodd Lowri. 'Gymra i goffi du.'

Wrth i'r weinyddes dollti'r coffi, ciledrychodd Lowri i gyfeiriad ei chwaer unwaith eto. Roedd y gwydriad gwin wedi'i ail-lenwi unwaith yn rhagor, ac roedd hi ar ganol cynnal seiat hefo'r gweinidog am rinweddau llosgi o'i gymharu â chladdu. Ddim y pwnc mwya delfrydol ar gyfer testun sgwrs o dan yr amgylchiadau. Roedd hi'n amlwg o wyneb y gweinidog bod y cradur bach yn teimlo'n fwy a mwy anghyfforddus bob eiliad.

'Cremetio i mi bob tro,' datganodd Seren â chloch wrth bob dant. 'Wel, mae'n rhatach yn un peth. A tasa pawb yn ca'l ei losgi, fysan ni'n arbed aceri o dir. Fydd y wlad yma yn llawn mynwentydd ymhen rhyw bum can mlynedd, gewch chi weld. Ac mi fysa gin i ofn ca'l fy nghladdu'n fyw. Meddyliwch, deffro yn y bocs clawstroffobig tywyll 'na, heb sôn am yr holl gynrhon yna'n fy myta i. Na, no wê. Be dach chi'n feddwl, a chitha yn y busnas 'ma 'lly?'

Arhosodd Lowri ddim i glywed ymateb y gweinidog.

'Tyrd, Dyl, ma 'na fwrdd gwag yn fan'cw.'

Aeth y ddau i eistedd wrth fwrdd yng nghornel bella'r stafell. Pan edrychodd Lowri i gyfeiriad Seren wedyn, er mawr ryddhad iddi, roedd y gweinidog, rywfodd, wedi llwyddo i ddianc o'i chrafangau. Pinsiodd fflwff dychmygol oddi ar ei ffrog shifft ddu drwsiadus.

Os bu dwy chwaer wahanol i'w gilydd erioed, yna Seren a Lowri oedd y rheini. A bod yn fanwl gywir, hanner chwiorydd oedd y ddwy. Priododd Brian Hughes â Rhiannon mewn glân briodas a ganwyd Lowri Wyn yn fuan wedyn. Ond buan iawn aeth y lân briodas yn fudr pan ddechreuodd Brian focha o gwmpas hefo'r gantores Lyn Mair, gan adael Rhiannon a Lowri fach, a symud i fyw at Lyn. Roedd y brad yn ormod i Rhiannon a bu yn ei gwely am fisoedd, a doedd fiw i neb ynganu enw Brian na hyd yn oed gydnabod ei fodolaeth yn ei gŵydd hi (un felodramatig fuodd Rhiannon erioed). I ddial ar ei gŵr, gwrthododd yn lân â rhoi ysgariad iddo fo am hydoedd. Byw dros y brwsh fuodd Brian a Lyn, a chanlyniad y berthynas honno oedd Seren. Fe wellodd briw Rhiannon mewn amser, pan wnaeth hi gyfarfod ag Anthony Richards yn y gymdeithas ddrama amatur leol. Ond yn ôl yr hyn roedd Lowri wedi'i ddallt gan ei mam, 'Ma hi'n anodd iawn tynnu hen gastiau o hen gi, dallta, yn enwedig hen gi fel dy dad. Mi ddechreuodd ei lygaid o a'i bidlan o grwydro unwaith eto, ac mi heglodd hi i gyrion Crewe hefo'i damaid ddiweddara.'

Yno buodd ei thad am flynyddoedd wedyn hyd nes iddo roi ei chwythiad olaf.

'Ges i afa'l ar Seren yn diwadd. Ew, hogan anodd ca'l gafa'l arni, cofiwch.'

Pwy oedd newydd ymuno â Lowri a Dylan ond Anti Olga, chwaer yr ymadawedig. Gorlifai ei phen-ôl llydan dros ymyl sedd y gadair wag roedd hi newydd ori arni hi.

Biti ar y diawl na 'sa chi wedi gadal llonydd iddi hi lle roedd hi, meddyliodd Lowri.

Er bod yr un gwaed yn llifo drwy wythiennau'r ddwy, fu nemor ddim cysylltiad rhyngddyn nhw – tan rŵan.

'Be 'di 'i hanes hi dyddiau yma?' holodd er mwyn cynnal sgwrs fwy na dim byd, ddim oherwydd diddordeb yn ei hanner chwaer.

'Yn Llundain. Gweithio mewn rhyw far ddeudodd hi. Be o'dd ar ben yr hogan, d'wch, yn gneud sioe iawn ohoni ei hun ar lan y bedd fel'na? Glywsoch chi be ddudodd hi? A wedyn, cerdded o'na'n dalog o flaen pawb. Cynta'n byd yr eith hi yn ei hôl i Lundain 'na, gora'n byd.'

Er nad oedd gan Lowri fawr i'w ddeud wrth ei modryb, allai hi ddim llai na chytuno efo hi ar hynny.

'Ddoth dy fam ddim, dwi'n gweld.'

'Na. O'dd hi'n meddwl y bysa'n well iddi beidio.'

Ciledrychodd Lowri a Dylan ar ei gilydd, y ddau'n cofio'n rhy dda union eiriau Rhiannon.

'Mynd i gynhebrwng y bastyn hyll yna? Dim ffiars o beryg! Ma'r dyn yna wedi marw i mi'r diwrnod y cerddodd o allan drwy'r drws ffrynt 'na!'

Dim ond ar yr adegau y byddai Rhiannon yn cyfeirio at Brian y byddai hi'n rhegi. Roedd hi'n amlwg fod briw'r brad yn dal i roi dolur iddi.

'Mae'n siŵr y byddan *nhw* yna, byddan?' meddai Rhiannon wedyn, ei cheg wedi'i phletio'n dynn.

'Y nhw?' holodd Lowri.

'Yr hen Lyn 'na a'r hwran arall 'na o'dd o'n byw hefo hi rŵan – Julia.'

'O'dd Anti Olga'n deud bod Lyn wedi marw ryw flwyddyn yn ôl.'

'O'dd hi wir?' sniffiodd Rhiannon. Doedd dim owns o gydymdeimlad ar gyfyl ei llais. 'Mi fydd ei hogan hi yna, yn bydd. Be 'di 'i henw hi 'fyd? Hen enw gwirion.'

'Seren.'

'Seren! Pa fath o enw ydi hwnna? Dos di os lici di, ond paid â disgwyl gweld 'run o 'nhraed i'n agos.'

Na, doedd yr hen Rhiannon ddim yn un oedd yn maddau nac yn anghofio'n hawdd.

'Wel, ia, fedri di ddallt mewn ffordd,' meddai Olga wedyn. 'A be ydi'ch hanes chi'ch dau, 'ta? Pryd dach chi'n mynd i ngneud i'n hen Anti? Dowch yn eich blaena, wir. Dwyt ti ddim yn *spring chicken* sti, Lowri. Gormod o *career woman*, ia? Ddyla fod gin ti ddau neu dri bellach, sti.'

'Cau dy geg, yr hen grimpen annifyr! Jyst cau dy hen geg, 'nei di?' sgrechiodd Lowri yn ei chalon.

Synhwyrodd Dylan pa mor boenus oedd yr ymholiad a llywiodd y sgwrs i dir saffach.

'O'dd o'n wasanaeth neis iawn, 'doedd? A chanu da.'

'O'dd wir. Y fi ddewisodd yr emynau. A deud y gwir, fi sydd wedi trefnu'r cwbl heddiw. O'dd Julia'n rhy ypsét, y graduras. Ma hi'n dal mewn sioc. Un funud o'dd o'n prwnio'i brifets yn ddel a'r funud nesa . . . !' Cliciodd Olga ei bysedd yn ddramatig ac ysgwyd ei phen yn ddigalon. 'Jyst diolch ydw i ei fod o 'di'n gadal ni pan nath o. Neu wn i ddim be fysan ni 'di neud.'

Sylwodd ar wynebau dryslyd Lowri a Dylan, ac aeth yn ei blaen i esbonio, 'Dwi a dy Yncl Tecwyn yn mynd ar *Mediterranean cruise* fory am ddeg diwrnod. 'Dan ni'n cychwyn am Southampton yn syth o fama. Fysan ni 'di gorfod rhoi dy dad mewn *cold storage* neu rwla tan fysan ni'n ein hola fel arall.'

Bu ond y dim i Dylan dagu ar ei baned. Dim cellwair oedd Olga; roedd golwg hollol ddifrifol ar ei hwyneb.

'Wel, ylwch pwy sy'n fan'cw! Ma'n rhaid i mi fynd i ddeud helô wrth Clifford, ffrind penna dy dad yn 'rysgol bach ers talwm.'

Ar ei thrydedd ymgais, cododd Olga a wadlio fel rhyw hen hwyaden i gyfeiriad cyfaill bore oes ei brawd. Ond yn sydyn, stopiodd a throi'n ei hôl a datgan yn uchel, gan bwyntio'i bys i gyfeiriad Lowri. (Roedd Seren yn amlwg wedi etifeddu ei hynganu clir ac uchel gan ei modryb.)

'Y tro nesa dwi'n dy weld ti, Madam, dwi isio dy weld ti efo bol, ti'n dallt?'

Byddai Lowri wedi gwneud unrhyw beth i'r ddaear agor y foment honno pan drodd pennau pawb oedd yn y stafell a gwenu i'w chyfeiriad.

'Ma'r ddynes 'na'n uffernol!' meddai Dylan drwy'i ddannedd. 'Ti'n iawn?'

Nodiodd Lowri. Roedd sylw ei modryb ynglŷn â'i chroth wag wedi'i brifo i'r byw. Gwenodd yn wan.

Bu seibiant anghyfforddus rhwng y ddau am sbel.

'Ma 'na griw da wedi dŵad yn eu holau am banad.'

Roedd Dylan wedi hen arfer ac yn dipyn o giamstar bellach ar lywio'r sgwrs yn ôl i dir saff, niwtral.

'Dim ond wedi dŵad draw heddiw i ga'l y te parti ma'r rhan fwya ohonyn nhw,' atebodd Lowri'n chwerw.

Rhyfedd, meddyliodd, fe ddylai heddiw fod yn un o'r diwrnodau tristaf yn ei bywyd. Angladd ei thad. Dylai fod ei galar bron yn ei mygu. Ond doedd o ddim. A hynny oedd yn ei thristáu – y ffaith nad oedd hi'n galaru. Teimlai fel petai yng nghynhebrwng rhyw hen ewythr pell iddi. Prin iawn oedd yr atgofion amdano. Cyn iddo'u gadael, pur anaml oedd o adref: un ai roedd o i ffwrdd mewn stiwdio'n rhywle'n recordio neu'n gigio. Cofiai Lowri'n iawn ei chyd-ddisgyblion yn yr ysgol gynradd yn gegagored pan ddatganodd mai chwarae'r drymiau oedd gwaith ei thad.

'Ydi dy dad di'n ddrymar? Go iawn?' holodd un o'r hogia hi amser chwarae, ar ôl i ryw athrawes lanw fusneslyd holi pawb be oedd gwaith eu rhieni.

Waeth ei bod hi wedi deud mai Elvis Presley oedd ei thad ddim, cymaint oedd eu hedmygedd. Onid breuddwyd y rhan fwyaf o hogiau yr oed yna ydi bod mewn band neu'n bêl-droediwr?

Na, prin iawn oedd yr atgofion am ei thad. Heblaw am yr un atgof hwnnw pan oedd hi'n rhyw bedair neu bump oed yn ei gwely'n cysgu'n sownd a deffro'n sydyn i sŵn lleisiau'n gweiddi i lawr grisiau. Llais ei mam yn gweiddi, yn crio, yna sŵn llestri'n cael eu lluchio. Platiau, mygiau unrhyw beth oedd o fewn gafael Rhiannon. Biti hefyd. Roedd Lowri'n meddwl y byd o'r mẁg tsieina efo llun cath fach wen, flewog arni, a gafodd fflich i gyfeiriad pen Brian ond iddo fethu ei daro o drwch blewyn. Ac er bod ei mam wedi prynu mẁg arall iddi yn ei le, doedd y mẁg hefo llun pilipala pinc arno fo ddim cweit yr un peth, rywsut.

''Dan ni am ei throi hi rŵan.'

Tarfodd datganiad Anti Laura (neu Laura y Lesbian, fel roedd Rhiannon mor hoff o'i galw hi), chwaer fenga'i thad, ar ei meddyliau. Cofleidiodd Lowri'n dynn a chafodd ei mygu mewn wafft hegar o'r persawr Angel. Edrychai Laura fel rhywun ddylai fod yn gweithio tu ôl i gownter colur yn Debenhams, neu rywle cyffelyb, yn hytrach na gweithio fel arolygydd efo'r RSPCA. Roedd ei gwallt tonnog, aur wedi'i steilio'n berffaith, fel ei cholur. Os oedd Seren wedi etifeddu llais clir Olga, roedd Lowri wedi etifeddu genynnau glandeg y chwaer arall. Gwisgai ffrog a siaced fach ddu a phâr o esgidiau sodlau *patent* du i gwblhau'r *ensemble*. Roedd ei chymar, Pam, ar y llaw arall yn bwtan fechan nobl, ac os ydi'n weddus deud, yn wraig ddigon plaen. Roedd hi'n berffaith amlwg doedd honno ddim yn ffan o Max Factor, Clinique na Revlon, nac unrhyw fath arall o golur. Roedd ei gwallt wedi ei dorri'n bòb cwta, diffwdan. Gwisgai gôt law lwyd, ddi-siâp amdani. Ond roedd 'na wên gydymdeimladol iawn ar ei hwyneb, serch hynny.

'I'm very sorry for your loss,' meddai hi wrth Lowri mewn acen Dudley dew.

'Thank you.'

'Cofiwch alw os dach chi yn y cyffinia.'

Cofleidiodd Anti Laura Lowri unwaith eto. Cafwyd ymosodiad arall o'r persawr.

'Siŵr o neud.'

Gwenodd. Peth gwirion i'w ddeud, meddyliodd, fel tasa piciad i gyffiniau Wolverhampton fel piciad i Landudno neu rywle.

Yna, ar ôl canu'n iach, cerddodd y ddwy law yn llaw i gyfeiriad y drws, gan adael sawl pâr o lygaid yn rhythu ar eu holau.

'Fysa well i ninnau ei throi hi, dwa'?'

Roedd yn gas gan Dylan fân siarad fel hyn ar y gorau. Roedd heddiw yn waeth na'r arfer, ac yntau prin yn adnabod neb.

'Bysa, mae'n siŵr.'

Gwyddai Lowri y byddai ei mam ar y blowar yn syth ar ôl iddi gyrraedd adref, ar dân i gael gwybod yr hanes i gyd. Pwy oedd yno, pwy oedd ddim, be oedd pawb yn ei wisgo, pwy dalodd y deyrnged, be oedd ei chynnwys hi, lle roedd y banad, ac yn bwysicach na dim, 'Sut o'dd yr hen Julia 'na?'

Wrthi'n rhoi eu cotiau amdanynt oedd y ddau pan ddaeth llais fymryn yn feddw tu cefn iddynt.

'Dach chi ddim yn mynd rŵan? Be am y 'wyllys?'

Trodd Lowri i gyfeiriad y llais, 'Pa 'wyllys?'

''Wyllys fo, 'de? Ma 'na 'wyllys, 'does?'

'O, oes. Ma 'na 'wyllys.'

'Pryd ma hi'n ca'l ei darllen 'ta?'

Roedd Seren yn amlwg wedi bod yn gwylio gormod o ddramâu lle datgelir cynnwys yr ewyllys yn syth ar ôl yr angladd. Roedd hi'n disgwyl yr un protocol yng nghynhebrwng ei thad.

'Mae o 'di gadal pob dim i Julia. Pam? Oeddat ti'n disgwyl ca'l rhywbeth?'

'Nag oeddwn. Nag oeddwn siŵr,' atebodd Seren fel bwled. 'Er, 'nes i feddwl . . . ella . . . wel, ella y bysa fo 'di gadal rhwbath bach i ni. Peth lleia 'sa fo 'di medru neud.'

Am ryw reswm, roedd y ffaith fod Seren wedi dweud 'ni' yn hytrach na 'fi' wedi cyffwrdd Lowri. A phetai hithau'n fodlon cyfaddef, mi roedd hithau wedi disgwyl, neu hanner gobeithio o leiaf, y byddai ei thad wedi gadael rhywbeth bach iddi hithau. Rhyw fomento, falla? Ond na, roedd wedi gadael y cwbl lot i Julia.

'Naddo. Dim. Dim byd.'

'Bastad,' mwmaliodd Seren o dan ei gwynt. 'Ond 'na fo. Be ti'n ddisgwl gin ful ond cic?'

'Wel, neis dy gyfarfod di, Seren. Fysa'n well i ni ddeud ta-ta wrth Julia, Low?' Crafodd Dylan ei wddf.

'Cyn i chi fynd, o'n i isio gofyn ffafr masif i chi.'

'O, ia?'

Daeth y cais fel taranfollt.

'Ga' i aros efo chi heno?'

'Wel, ym . . .'

Ceisiodd Lowri ei gora glas i feddwl am resymau i wrthod cais ei chwaer, ond doedd hi ddim yn mynd ar fordaith nac i unrhyw le arall yn y ddau ddiwrnod nesaf, yn anffodus. Torrodd Seren ar ei thraws cyn iddi allu meddwl am esgus dilys.

'Hei, cŵl. Diolch yn fawr, *guys*. Sgin i ddim syniad lle dach chi'n byw chwaith. Wna i'ch dilyn chi. Cerwch chi i ddeud eich ta-tas tra dwi'n mynd i wlychu'n letan 'ta.'

Diflannodd Seren i'r tŷ bach gan adael Lowri a Dylan yn gegrwth.

'Pam na 'sa ti 'di gwrthod, Low?'

'Ches i ddim cyfle, naddo! Pam 'sa ti 'di deud rwbath?'

'Dy chwaer di ydi hi!'

'Hanner chwaer. Dwi prin yn nabod yr hogan! A does gin i fawr o awydd dŵad i'w nabod hi chwaith, dallta.'

'O leia dim ond am un noson ma hi'n bwriadu aros.'

'Noson yn ormod. Gin i ddigon ar fy mhlât heb ga'l y gloman wirion 'na dan yr un to â ni.'

'Deuda wrthi tydi o ddim yn gyfleus 'ta. Ma'n rhaid fod ganddi hi ffrindiau neu deulu allith hi aros efo nhw.'

'Dwi'm yn meddwl bod ganddi hi. Ma'i mam hi 'di marw a chlywis i rioed am deulu arall iddi. Biti bod Anti Olga'n mynd ar blincin *cruise*!'

'Dach chi'n barod 'ta?'

Gwenodd Seren gan ddangos dwy res o ddannedd claerwyn, syth. Sipiodd ei siaced ledr i fyny reit at ei gwddf.

Llusgodd Dylan ei lygaid oddi ar fronnau siapus ei chwaer yng nghyfraith. Sylweddolodd fod Seren wedi'i ddal yn edrych arni hi. Gwridodd a gwnaeth sioe fawr o chwilio am allweddi'r car ym mhoced trowsus ei siwt. Ti'n ddigon hen i fod yn dad iddi, dwrdiodd ei hun, ac ma hi'n chwaer yng nghyfraith i ti.

'Ddisgwylia i amdanoch chi'ch dau tu allan. Dwi jyst â marw isio smôc.'

Clywyd cri tecstlyd o ffôn symudol Lowri. Estynnodd i'w bag a thynnu ei mobeil ohono. Ochneidiodd.

'Mam. Gofyn ydan ni adra. Ma hi am alw draw yn hwyrach ymlaen.'

Suddodd calon Dylan i wadnau ei sgidiau. Ar ôl straen y diwrnod, roedd o wedi edrych ymlaen at fynd allan y noson honno. Pryd o fwyd a photel o win neis. Ond roedd y cynlluniau rheini wedi hen fynd i'r gwellt bellach hefo'i fam yng nghyfraith ar ei ffordd draw i roi *interrogation* i'r ddau am y cynhebrwng. Heb sôn am y gwcw annisgwyl oedd wedi landio yn eu nyth. A doedd Dylan na Lowri'n edrych ymlaen at ymateb Rhiannon i ddyfodiad Seren, o bawb, i'w plith!

Hanner chwaer, cofia!

'Wel? Dach chi 'di claddu'r sglyfath?' gofynnodd Rhiannon, cyn iddi hi ac Anthony hyd yn oed dynnu eu cotiau.

Roedd hi wedi hen basio hanner awr wedi naw ar y ddau'n cyrraedd, a Lowri a Dylan wedi penderfynu bod Rhiannon wedi newid ei meddwl ynglŷn â galw draw. Roedd y ddau wedi anghofio nad oedd amser a phrydlondeb ymysg rhinweddau Rhiannon. Mae 'Ddo' i draw tua saith' yn golygu 'Fydda i acw ar ôl naw'.

Felly, pan glywyd crensian teiars ar y graean, clip-clapian sodlau i gyfeiriad y drws ffrynt, ac wedyn cega hyll, 'Pam 'sa ti 'di gloi o?' a ''Nes i ofyn i ti neud, Anthony', wrth basio ffenest y lolfa, gwyddent fod o leiaf awr o holi caled am y gladdedigaeth o'u blaenau. Doedd y Gestapo ddim yn yr un gynghrair â holi treiddgar Rhiannon.

Yna, sylwodd fod gan Lowri a Dylan ymwelydd.

'O!' ebychodd, a'r gwynt yn amlwg wedi'i dynnu o'i hwyliau. 'Wyddwn i ddim bo' ganddoch chi fisitor.'

'Mam, dyma Seren. Seren, Mam ac Anthony . . . ym . . .'

Hyd yn oed ar ôl dros ddeg mlynedd a mwy, wyddai Lowri ddim yn iawn sut i gyflwyno Anthony. Roedd 'cariad' ei mam yn swnio'n wirion i gwpwl yn eu chwedegau. Roedd 'ffrind' yr un mor chwithig gan fod y ddau'n amlwg yn fwy na ffrindiau. Tra oedd 'partner' yn swnio fel petai'r ddau'n gyfranddalwyr mewn cwmni busnes. Felly, yn amlach na pheidio, byddai Lowri ddim ond yn dweud ei enw, gan adael i'r person ddod i'w gasgliad ei hun ynglŷn â pherthynas y ddau.

Disgynnodd gwep Rhiannon a chrychodd ei thrwyn a'i cheg fel petai'n arogli rhyw hen arogl annymunol yn y stafell, yn union fel petai rhywun wedi agor ei handbag. Rhoddodd un edrychiad ar Seren o'i chorun i'w sawdl, a doedd yr hyn yr oedd hi'n ei weld, yn amlwg, ddim yn ei phlesio.

Datganodd yn surbwch, 'Rêl ei thad.'

'Dydw i ddim byd tebyg iddo fo! Tynnu ar ôl teulu Mam dwi!' bloeddiodd Seren yn amddiffynnol.

'Ma Seren yn aros efo ni heno cyn mynd 'nôl am Lundain.' Roedd Lowri wedi amau mai fel hyn y byddai ymddygiad ei mam tuag at ferch ei chyn-ŵr.

'Mmm.'

'Mmm' oedd ymateb Rhiannon i bob dim nad oedd yn ei phlesio. Golygai hynny felly fod Rhiannon yn mwmian yn eitha aml.

'Gymerwch chi banad?' holodd Dylan, yn synhwyro nad oedd y newyddion yma'n plesio Rhiannon o gwbl.

'Ma Anthony a fi'n absteinio ar hyn o bryd, tydan, Anthony?'

Ciledrychodd Dylan ar Lowri.

'Absteinio?' mentrodd holi'n bellach ac yna difaru'n syth. Gobeithio i'r nefoedd nad oedd hi'n sôn am absteinio rhag cael secs efo Anthony. Roedd meddwl am Anthony druan yn bustachu ar gefn yr hen Rhiannon flonegog yn ddigon i godi pwys arno fo.

''Dan ni ddim wedi yfed te na choffi ers bron i wythnos. Ma gormod o gaffîn yn ddrwg i rywun, yn tydi, Anthony?'

Nodiodd hwnnw ei ben mewn cytundeb ond heb agor ei geg.

Ma gormod o win coch yn ddrwg i rywun hefyd, meddyliodd Dylan, ond doedd dim sôn bod y ddau wedi stopio yfed hwnnw.

Ac fel petai Rhiannon yn darllen ei feddwl, meddai hi wedyn, 'Ond ma gwin ar y llaw arall yn llawn antitocans a ballu ac yn dda i'r galon, yn tydi, Anthony?'

Nodiodd hwnnw ei ben unwaith eto a chafodd Dylan ei atgoffa o'r hen gŵn bach rheini yng nghefn ceir ers talwm hefo'u pennau bach yn nodio.

Ar ôl gwydriad mawr o Shiraz i Rhiannon a gwydriad bach i Anthony, bwriodd Rhiannon ymlaen hefo'i ymholiadau. Roedd Dylan yn grediniol yr arferai Rhiannon weithio i MI5. Ni fodlonai ar yr ateb cynta; o, na, roedd yn rhaid cael tyrchu ymhellach a dyfnach i gael pob manylyn. Y niti griti.

Cwestiynau fel: Pwy oedd yn cario'r arch? Pwy oedd y ddau yn y tu blaen, pwy oedd y ddau oedd yn cario yn y canol a'r ddau yn y cefn? Pwy oedd yn ista wrth ochr Julia? Be oedd gan Julia amdani? Ffrog 'ta trowsus? Pwy roddodd flodau? Sut flodau roddodd Julia? Be sgwennodd hi ar y cerdyn? Faint oedd yn yr angladd? Pwy yn union oedd yna? Pwy ddaeth yn ôl i'r te? Pwy dalodd y deyrnged, be oedd ei chynnwys hi? Soniwyd rhywbeth amdani hi a Lowri? Ac ymlaen ac ymlaen. Roedd hi'n ddiddiwedd. Ond pan ddechreuodd Rhiannon holi pa fath o handlan oedd ar yr arch, cafodd Seren fwy na digon. Esgusododd ei hun a dweud ei bod am fynd i'w gwely. Roedd Dylan bron â dweud ei fod yntau am fynd hefyd, ond cafodd ddigon o nerth i ymatal.

Fel roedd Seren yn diflannu drwy ddrws y lolfa, clywodd Rhiannon yn dweud dan ei gwynt, ond eto'n ddigon uchel i Seren ei chlywed, 'Be ddiawl ma honna yn neud 'ma, Lowri? Be ddoth dros dy ben di i adal i honna o bawb aros yma? Ti'n gall?'

Roedd Lowri bellach wedi cael mwy na llond bol ar agwedd ac ymholiadau ei mam, ac er mwyn tynnu'n groes, datganodd yn amddiffynnol, 'Ma hi yn chwaer i mi, Mam.'

'Hy! Hanner chwaer, cofia!'

'Hanner chwaer, beth bynnag. Dwi prin yn ei hadnabod hi. Ac ella ei bod hi'n hen bryd i ni ddod i nabod ein gilydd.'

Rhoddodd sylw Lowri gaead ar biser Rhiannon am ryw hyd. 'Hmm', oedd ei hunig ymateb a chymerodd lowc anferth o'r Shiraz.

Gwenodd Seren wrthi iddi gerdded i fyny'r grisiau i'w gwely a geiriau Lowri'n atseinio'n ei chlust, 'Ma hi yn chwaer i mi, Mam.'

Cnoc, cnoc ar y drws. Agorodd Seren ei llygaid. Lle uffar oedd hi? Am eiliad, doedd ganddi hi mo'r syniad lleia. Ddim fod hynny'n brofiad newydd ac anarferol o gwbl iddi, a hithau, yn dilyn noson go hegar ar fwy nag un achlysur, wedi deffro mewn gwely dieithr. Yr unig wahaniaeth y tro hwn oedd nad oedd 'na ddim corff dyn wrth ei hochr.

Yna, cofiodd a rhoi ochenaid fawr o ryddhad. Trodd ar ei hochr gan swatio'n braf o dan y dwfe pluog, meddal. Edrychodd o gwmpas y stafell – roedd yn union fel rhywbeth allan o gatalog Next, meddyliodd. Roedd y cyfuniad o'r lliwiau leilac, hufen a llwyd golau'n creu rhyw naws dawel ac ymlaciol i'r stafell, a theimlai Seren y gallai aros yn ei gwâl am byth. Chysgodd hi rioed mewn stafell cyn grandied â hon. Os oedd eu stafell wely sbâr gystal â hyn, ysai Seren i gael golwg ar stafell wely ei chwaer a Dylan. Câi sbec sydyn arni cyn mynd i lawr grisiau.

Cnoc bendant arall ar y drws wrth iddo agor y tro hwn.

Neidiodd Seren ar ei heistedd.

'O, ti byth wedi codi?' Roedd y syndod a'r siom yn amlwg yn llais Lowri.

Cododd Seren ei ffôn oddi ar y cabinet wrth ochr y gwely. Chwarter i wyth! Chwarter i wyth? Doedd Seren ddim wedi gweld yr amser yma o'r dydd ers dyddiau ysgol. Ganol nos oedd chwarter i wyth iddi hi.

Sylwodd fod mygiad o de yn llaw Lowri. Roedd hi hefyd wedi hen wisgo. Teimlai Seren fel y berthynas dlawd go iawn yn ei chrys-T pỳg, llwyd a'i ddau dwll pry o'i gymharu â'r siwt wlân nefi a thop silc pinc gwan a wisgai Lowri amdani.

'I fi ma honna?' amneidiodd Seren i gyfeiriad y baned.

'Ia.'

'Oes 'na siwgwr ynddi hi?' holodd Seren yn amheus.

Nodiodd Lowri ei phen.

'Diolch.'

Gwenodd Seren ar ei chwaer, oedd yn edrych ar ei horiawr. Neithiwr, ar ôl cyrraedd yn eu holau o'r cynhebrwng, roedd Dylan wedi cynnig paned o de iddi.

'Te cry plis, dda gen i'm te gwan,' ordrodd Seren. 'A rho ddwy lwyaid go lew o siwgwr ynddo fo.'

'Siwgwr?' Edrychodd Lowri arni fel petai wedi gofyn am ddwy lwyaid o gocên. 'Does ganddon ni ddim siwgwr. Tydi Dylan na finnau'n cymryd siwgwr yn ein te na choffi. Anaml iawn 'dan ni'n ei brynu o.'

Suddodd calon Seren. Ar ôl y gwin yn y cynhebrwng, roedd hi wedi edrych ymlaen yn fawr at gael paned o de. Ond roedd te heb siwgr fel tost heb fenyn.

'Gwitsia am funud bach.' Cododd Dylan a mynd i chwilota yn un o'r myrdd cypyrddau cegin. 'Dyma ni! O'n i'n meddwl bod ganddon ni beth ar ôl, ar ôl i mi neud teisen Dolig.' Estynnodd baced o siwgr caster â dim ond cnegwarth ar ôl yn ei waelod, ond mwy na digon ar gyfer paned Seren.

'Gysgest ti'n iawn?'

'Gofynna imi pan fydda i wedi gorffan.'

Roedd Lowri'n dal i hofran uwchben y gwely.

'Gwranda . . . Mi fydd Dylan a fi'n gadal ymhen rhyw chwarter awr a . . . a ti'n meddwl . . .'

'O, reit.'

Roedd hi'n glir fel jin fod Lowri'n dymuno i'r gwcw ddiflannu o'i nyth. Doedd 'na ddim unrhyw fath o gynnig iddi gario yn ei blaen i gysgu a chodi pan oedd hi'n barod. Dim cynnig chwaith iddi fynd am gawod neu fàth, dim sôn am iddi helpu ei hun i be bynnag roedd hi isio i frecwast ac iddi dynnu'r drws ar ei hôl pan oedd hi'n gadael. Llowciodd

Seren y baned boeth. Dylai hi fod yn ddiolchgar am honno, mwn.

'Rho ddau gachiad i mi.'

Ochneidiodd Lowri'n ddwfn wrth gerdded yn ôl i'r gegin.

'Ydi hi wedi codi?' holodd Dylan, oedd yn dadlwytho'r peiriant golchi llestri.

Ysgydwodd Lowri ei phen.

'Fysan ni wedi gallu'i gadal hi yn ei gwely a gofyn iddi dynnu'r drws ar ei hôl,' awgrymodd Dylan.

'A mynd â hanner ein pethau ni efo hi? Am a wyddet ti, bysan ni'n dŵad yn ein hola heno a ffeindio'r tŷ 'ma wedi cael ei sbydu.'

'Does 'na ddim golwg fel lleidar arni hi.'

'Ti byth yn gwbod pwy 'di neb.'

Sychodd Lowri'r topiau gwenithfaen, am yr ail waith y bore hwnnw. Llygadodd y twmpath papurau Sul ar y gadair.

'Ofynnes i iti fynd â'r papura Sul 'na i'r bocs ailgylchu. Ti byth wedi mynd â nhw!'

'Duwcs, dim ots os awn nhw ddim am wsnos arall.'

'Yndi, ma'r ots, Dylan. Dwi ddim isio rhyw hen bapurach yn clytro'r lle. A sôn am bapurach, plis wnei di gadw dy waith ysgol a dy gerddi yn y stydi yn lle eu bod nhw ar hyd y lle 'ma yn bob man.'

'Blydi hel, Lowri! Dim hen bapurach ydyn nhw ond englynion a cherddi. Tydi fy mhetha i'n cael dim parch yn y tŷ 'ma. Mae'n rhaid i mi gael papur a beiro o gwmpas y lle rhag ofn i'r awen daro. Peth fel'na ydi byw efo bardd.'

Athro Cymraeg mewn ysgol uwchradd leol oedd Dylan. Ysai ers sawl tymor bellach i gymryd ymddeoliad cynnar er mwyn troi ei orwelion at bethau amgenach na dysgu, fel chwarae golff a llenydda. Ei freuddwyd fawr oedd sgwennu. Ac un diwrnod mi roedd o am sgwennu nofel, neu hyd yn oed roi cynnig am y Gadair neu'r Goron. Ond hyd yma, dal yn gaeth yng nghloriau ei feddwl yr oedd geiriau. Ni fu ganddo erioed ddyhead i fod yn bennaeth adran heb sôn am fod yn ddirprwy neu bennaeth ysgol. Doedd Dylan ddim yn credu mewn rhoi ei hun dan bwysau yn ormodol. Doedd o ddim chwaith yn chwennych cyfrifoldebau mawr. Ymhyfrydai ei fod yn esiampl dda o'r *new man* bondigrybwyll. Er, ym marn ei fam yng nghyfraith, mi roedd o'n fwy o *kept man* gyda Lowri'n ennill dair gwaith cymaint o gyflog ag o a hithau'n uwch-bartner mewn cwmni cyfreithiol. Doedd o ddim yn plesio Rhiannon, chwaith, fod Dylan bymtheg mlynedd yn hŷn na'i wraig ac wedi cael ysgariad.

'Sôn am second-hand gwds! Fedri di ddim cael gafa'l ar rwbath fengach, dwa'? Rwbath sy heb gael gwraig a phlentyn yn barod?'

Fel'na yn union y llongyfarchodd Rhiannon ei merch pan ddangosodd Lowri ei modrwy ddyweddïo iddi, dros bedair blynedd yn ôl bellach.

'Reit, mi a' i o'ch gwynt chi 'ta,' ymddangosodd Seren yn nrws y gegin yn ei lledr du a'i helmed yn ei llaw. 'Diolch yn fawr am neithiwr.'

'Croeso,' atebodd Lowri, ei llygaid ar y cloc. Roedd hi'n hen bryd iddi gychwyn. Roedd ganddi gyfarfod am hanner awr wedi wyth. 'Neis dy weld ti. Welwn ni chdi eto'n fuan, gobeithio,' ychwanegodd, gan arwain Seren i gyfeiriad y drws ffrynt yn frysiog.

'Ddowt gin i. Cynhebrwng Anti Olga neu Anti Laura fydd hi nesa, beryg.'

'Wel, cofia alw os wyt ti yn y cyffiniau. Ti'n gwybod lle ydan ni rŵan,' ategodd Dylan gan feddwl ei bod hi'n bryd iddo yntau ei chychwyn hi.

O'r drws ffrynt, gwyliodd Dylan a Lowri Seren yn cerdded wrth ei phwysau'n braf i gyfeiriad y moto-beic. Teimlai Lowri ei bod yn gwneud ati i fynd yn ara' deg. Cymerodd oes i ddatod y gadwyn oddi ar yr olwyn. Ysai iddi gychwyn. Yna, stopiodd y lorri ailgylchu'r tu allan i Taliesin. Neidiodd dau lanc ohoni a dechrau gwagio'r bocsys glas. Llygadodd y ddau Seren yn ei lledr du.

'Iawn, dol!' gwaeddodd un, gan wenu'n awgrymog arni.

Daeth rhyw ddiawledigrwydd drosti. 'Neis iawn cyfarfod chi'ch dau,' gwaeddodd i gyfeiriad Dylan a Lowri. 'Jyst tecstiwch neu codwch y ffôn os dach chi awydd *threesome* eto!'

Rhoddodd yr helmed am ei phen. Taniodd a rhuodd yr Yamaha ac i ffwrdd â hi ar sbid gwyllt gan adael Lowri, Dylan a'r ddau foi bin yn gegrwth.

Baw ci

Llosgai ysgyfaint Lowri wrth i'w threinyrs ddyrnu'r palmant. Fel arfer, roedd rhedeg yn falm i'w henaid gan wneud iddi, am ryw hyd o leiaf, anghofio am y pwysau a'r straen meddwl. Ond y bore dydd Sadwrn yma, doedd hyd yn oed rhedeg deg cilometr a mwy wedi gallu lliniaru dim ar yr hyn oedd ar ei meddwl, na chwaith ar y crampiau yn ei bol. Teimlai Lowri weithiau fod *Mother Nature* yn cael hwyl iawn ar ei phen. *Mother Nature*, o ddiawl! Roedd 'na ryw eironi brwnt yn y ddau air. Roedd ei chroth yn bwrw dagrau gwaedlyd y mis yma eto.

Er sawl sgan ac archwiliad, doedd 'na ddim rheswm meddygol pam na allai Lowri feichiogi, yn ôl yr arbenigwyr.

'Trïwch ymlacio fwy ac anghofio am wneud babi,' oedd cyngor un meddyg wrthi. Ond haws dweud na gwneud. Yn enwedig i rywun fel Lowri oedd yn deisyfu cael popeth ddoe.

Rownd y gornel, yn dod i'w chwfwr, gwthiai dyn ifanc dodler bach mewn coets gadair. Ochrgamodd oddi ar y palmant er mwyn gwneud lle iddynt. Diolchodd y tad iddi wrth basio a gwenodd Lowri yn ôl arno ac ar y bychan, oedd yn cysgu'n braf yn ei goets gadair Bugaboo trendi. Daeth lwmp mawr i'w gwddw. Rhedodd yn ei blaen, ei hysgyfaint yn protestio fwyfwy. Sawl gwaith roedd hi wedi dychmygu ei gweld hi a Dylan yn mynd â'u plentyn nhw ill dau am dro mewn coets gadair gyffelyb? Sawl gwaith roedd hi wedi dychmygu rhoi sws nos-da i'w phlentyn yn ei got? Sawl gwaith roedd hi wedi dychmygu ac ysu am fagu ei babi bach yn ei breichiau? Dechreuodd y dagrau bigo yn ei llygaid.

'Gwyliwch y baw ci 'na!' rhybuddiodd y llais.

Rhy hwyr.

Roedd Lowri wedi camu i ganol y ffiaidd beth drewllyd.

'Y sglyfaethion budur!' Dwrdiodd perchennog y llais. Gwraig foliog yn ei chwedegau, ei gwallt yn byrm-set dynn. 'A dim y cŵn dwi'n ei feddwl chwaith, ond eu perchnogion, yn gadal iddyn nhw fawa ar y stryd fel hyn yn lle mynd â fo adra efo nhw! Ma'r peth yn warthus! Dwi 'di cwyno wrth y Cownsil sawl gwaith.'

Ceisiodd Lowri ei gora glas i grafu gwadan ei threinyr ar ochr y palmant. Yn anffodus, doedd dim blewyn o laswellt i'w weld yn unman.

'Cymrwch hwn.'

Stwffiodd y wraig hances bapur iddi.

'Diolch.'

Derbyniodd Lowri'r hances a cheisio glanhau rhywfaint o'r llanast.

'Ma isio'u cloi nhw i fyny! Tydyn nhw ddim ffit i edrych ar eu hola nhw.'

Roedd y wraig yn cael modd i fyw yn tantro ar ei bocs sebon i'w chynulleidfa o un.

'Digon hawdd rhoi'r seins 'ma i fyny – *No dog fouling* –

ond ydyn nhw'n eu proseciwtio nhw? Choelia i fawr!'

Byddai hon yn gyfrannwraig wych ar raglen *Taro'r Post*, os nad oedd hi'n gyfrannwraig gyson yn barod, meddyliodd Lowri. Diolch i'r hances bapur, roedd hi wedi llwyddo i gael gwared â'r rhan fwyaf o'r baw.

'Ma nhw'n ca'l get awê efo hi, 'lwch! A ma'r bobol 'ma yn trin eu cŵn fatha plant. Yn eu mopio nhw'n wirion, yn rhoi rhyw hen gotiau amdanyn nhw. A gadal iddyn nhw gysgu ar eu gwlâu. Heb sôn am adal iddyn nhw lyfu eu hwyneba a'u cega. Ych a fi!'

Roedd Lowri wedi cael mwy na llond bol ar frygowthan y wraig.

'Reit, ma'n rhaid i mi fynd. Diolch am yr hances.'

'Oes ganddoch chi gi?' holodd y wraig yn gyhuddgar.

'Ym . . . Nagoes.'

'O'n i'n ama'. Tydi cŵn a phlant ddim yn mynd hefo'i gilydd.'

'Sori?'

'Tydyn nhw ddim i'w trystio o gwmpas plant.'

Roedd hi'n berffaith amlwg doedd hon ddim yn ffan o gwbl o ffrind gorau dyn.

'Mi gafodd fy mrawd ei frathu yn ei wyneb gan Jack Russell pan oedd o'n bump oed, 'chi. Ma'r graith yn dal i'w gweld. Peidiwch â chael ci nes bydd y plantos wedi hen dyfu.'

Dechreuodd calon Lowri guro'n gyflymach. Tasa hi'n cael can punt bob tro y byddai rhywun yn cymryd ei bod hi'n fam, mi fydda hi'n filiwnydd bellach.

Llyncodd Lowri ei phoer.

'Does gin i ddim ci, na phlant,' meddai cyn lluchio'r

hances bapur bawaidd heibio clust dde'r wraig i'r clawdd. 'A chyn i chi ddechra, do, mi welish i'r arwydd *No littering*. Hwyl!'

Rhedodd Lowri yn ei blaen, wedi cael ail wynt. Dyna'r union fath o beth y byddai Seren wedi'i ddweud, meddyliodd. A gwenodd.

'Gest ti *run* dda?' holodd Dylan o'i stydi ar ôl clywed clep y drws cefn. Mi roedd o'n ceisio llunio cerdd ar y testun 'Muriau' ar gyfer *Y Talwrn*, ond ar ôl tair llinell, roedd Dylan wedi hitio'r wal greadigol. Cododd oddi wrth y cyfrifiadur ac aeth i chwilio am Lowri ac i wneud paned iddo'i hun.

'Be uffar ydi'r ogla 'na?' medda fo, bron â chyfogi pan gafodd hyd i Lowri yn y stafell *utility*.

Stumog wan fu gan Dylan erioed. Pan oedd Math yn ei glytiau ers talwm, newidiodd Dylan yr un clwt budur. Roedd yr oglau'n ddigon i godi pwys arno yn llythrennol, yn enwedig y clytiau diawledig o fudur rheini adeg hel dannedd, pan oedd y pw i fyny at hanner cefn ei fab. Roedd yr un peth yn wir hefo unrhyw daflyd i fyny hefyd. Dim ond i Dylan glywed sŵn rhywun yn cyfogi, hyd yn oed, byddai'n fwy na digon iddo yntau ddechrau arni yn yr un modd.

'Baw ci. Mi sefis i mewn baw ci,' chwythodd Lowri, allan o wynt yn lân.

''Nest ti ddim sbio lle oeddat ti'n rhoi dy draed?' Anadlodd Dylan yn drwm allan drwy'i drwyn.

''Nes i ddim sefyll yn y blwmin peth yn fwriadol, naddo!'

Tynnodd Lowri'r esgid halogedig oddi ar ei throed yn ofalus.

'Lluchia nhw i'r bin.' Teimlai Dylan y pwys yn codi yn ei stumog.

'Lluchio nhw i'r bin? No wê dwi'n taflu treinyrs gwerth dros gant o bunna i'r bin!'

'Faint? Ti 'di talu dros gant o bunna am bâr o dreinyrs?'

'Waeth i mi wario 'mhres ar bâr o dreinyrs ddim. Tydi hi ddim yn edrych yn debyg fy mod i'n mynd i gael gwario 'mhres ar neb arall, nac ydi!'

'Be ti'n feddwl?

'Ma'r rheina wedi landio eto mis yma.'

'O.'

'O? Dim ond hynna sy gin ti i' ddeud? O?'

'Be arall ti'n ddisgwl i mi ddeud?'

'Tydi o ddim yn deg, Dyl! O'n i'n meddwl siŵr 'mod i wedi mynd i ddisgwl mis yma. Dwi jyst wedi di ca'l llond bol.'

'Ti yn sylweddoli be ti newydd ddeud, 'dwyt?' gwenodd Dylan gan geisio ysgafnhau'r sefyllfa ryw fymryn.

'Be?'

'Dy fod ti wedi cael llond bol.'

'Ha ha. Doniol iawn.'

'Tyrd yma.' Gafaelodd Dylan yn ei wraig a'i chofleidio'n dynn. 'Dipyn o fynadd, pwt. Tydan ni ddim wedi bod yn trio'n hir iawn, naddo? Ddim o ddifri. A ti'n gwbod be ddeudodd y doctor. Llai o *stress*, ac ma isio i chdi drio relacsio mwy. Ella y dylet ti drio ioga eto.'

'Sgin i ddim amser i beth felly. Ma gin i'r achos mawr 'ma yn dŵad i fyny ymhen mis a llwyth o waith paratoi ar ei gyfer o. Sgin i ddim amser i wneud ryw *salutations* a rhyw *downward facing dog*.'

'*Downward facing dog*? Argol, 'nes i rioed feddwl y bysach chi'ch dau i mewn i ryw betha cinci fel'na!'

Roedd drws y gegin newydd agor.

'A be uffar ydi'r oglau cachu ci mawr 'ma?'

Rhewodd y ddau.

Yno, yn nrws y gegin yn ei lledr, a'i helmed o dan ei braich, safai Seren yn wên o glust i glust.

Miri dyn

'Tasan ni'n gwbod dy fod ti'n dŵad, 'sa ni 'di prynu siwgwr,' meddai Dylan yn gellweirus.

'Gneud cacen mae'r gân yn ei ddeud, actiwli.'

Tynnodd Seren ei siaced a bu bron iawn i lygaid Dylan neidio allan o'i ben pan ddadlennwyd pâr o fronnau gogoneddus yn y crys-T gwyn, tyn. Crafodd ei wddw'n nerfus wrth gynnig y mygiad o de i'w chwaer yng nghyfraith. Roedd wedi llwyddo i grafu'r briwsionyn ola o siwgwr o'r paced yng nghefn y cwpwrdd.

'Oes ganddoch chi fisgits?'

Ysgydwodd Lowri ei phen. 'Fyddwn ni byth yn eu prynu nhw.'

Edrychodd Seren ar y ddau fel petaen nhw newydd ddatgan doeddan nhw byth yn prynu sebon.

'Ma ganddon ni *oatcakes*,' cynigiodd Dylan.

Crychodd Seren ei thrwyn, 'Well na dim, ma siŵr.'

Wrth weld Seren yn sglaffio pedair neu bump o fara ceirch, un ar ôl y llall, ciledrychodd y ddau ar ei gilydd. Roedd Seren yn amlwg ar ei chythlwng.

'Pryd 'nest ti fwyta ddiwetha?' holodd Lowri.

'Wn i'm. Echdoe?'

'Echdoe?' ebychodd Dylan

'Neu ddoe. Dwi'm yn cofio.'

Sylwodd Lowri ar wedd ei hanner chwaer. Edrychai'n wahanol iawn i'r tro diwetha iddi ei gweld. Roedd ei gwallt yn gudynnau seimllyd i lawr ei chefn. Doedd dim dafn o golur yn agos i'w hwyneb ac roedd cysgodion duon o dan ei dwy lygad dywyll. Roedd hi'n amau fod ôl crio ar ei hwyneb hefyd.

'Dwi'n mynd i'r tŷ bach.'

'Ti'n cofio lle mae o?' gwaeddodd Lowri ar ei hôl wrth weld Seren yn cerdded yn dalog i gyfeiriad y stafell molchi lawr grisiau.

'Be ma hi isio? Be ma hi'n ei neud yma?' hisiodd Lowri y munud y cafodd gefn yr ymwelydd.

'Galw i'n gweld ni, debyg,' hisiodd Dylan yn ôl.

'Paid â bod yn wirion! Hyd y gwyddon ni, ma Anti Ogla ac Anti Laura yn dal ar dir y rhai byw, y ddwy'n iach fel dwy gneuan. Be ddiawl ma hi'n da 'ma, 'lly?'

'Dwi'm yn gwbod, nachdw!' sibrydodd Dylan yn ôl.

'Ma'n rhaid ei bod hi mewn trwbwl neu rywbeth.'

'Be ti'n feddwl, "trwbwl"?'

'Trwbwl, 'te. Efo'r heddlu.'

'Paid â siarad yn wirion.'

'Dwi'n deud wrthat ti. O, fy Nuw! Ma hi ar ddrygs. Dryg adict ydi hi.'

'Be?'

'Ma golwg fel tasa hi heb folchi ers dyddiau arni hi. A fel'na ma adicts.'

'Paid â bod mor ddiawledig o wirion, 'nei di!'

'Neu ella bod 'na ryw gangsters o'r East End ar ei hôl hi!'

'O, a mi fyddan nhw'n cnocio ar y drws 'na cyn nos, ma siŵr.'

'Pam arall ma hi yma 'ta?'

'Y rheswm mwya tebygol ydi mai miri dyn 'di o. Ma'r cariad wedi gorffen hefo hi a ma hi jyst angen ysgwydd i grio arni hi a merch arall i gytuno hefo hi mai bastad ydi pob dyn.'

'Ond pam dŵad yma? Dwi prin yn nabod hi.'

'Ti yn chwaer iddi, Low.'

'Fflysh da ar y toilet 'na! Oes 'na jans am banad arall?'

Cododd Dylan oddi ar ei gadair, 'Bicia i i nôl siwgwr, dwi'n meddwl.'

Synhwyrai Dylan y byddai'n haws i Seren fwrw ei bol yng ngŵydd Lowri yn unig. Ar ei ffordd allan, efo maneg Marigold am ei law, gafaelodd yn y treinyr ddrewllyd wrth ei chriau. A rhwng pycsiau o gyfog gwag, lluchiodd hi i'r bin.

'Bechdan 'sa'n dda. 'Sgin ti ham?' holodd Seren. ''Ta dach chi'ch dau yn *veggies*?'

'Na. Na, ma gin i ham.'

Cododd Lowri'n anfoddog i wneud y frechdan. Iesgob, roedd gan hon wyneb, meddyliodd. Cynta'n byd y câi wared ohoni hi, gora'n byd.

'Mynd 'ta dŵad wyt ti?'

'Be?'

Amneidiodd Seren at ddillad rhedeg Lowri, gan syllu ar absenoldeb un treinyr. 'Mynd i'r *gym* 'ta wedi bod wyt ti?

'Wedi bod yn rhedeg. Dyna pam ma hi'n ogleuo 'ma. 'Nes i sefyll mewn baw ci.'

'Hawdd gneud.'

Daeth Lowri yn ei hôl at y bwrdd gan osod y frechdan o flaen ei chwaer.

'Wel, ma hyn yn syrpréis.'

'Be?'

'Chdi'n landio 'ma.'

Cythrodd Seren i'r frechdan.

'Ydi pob dim yn iawn, Seren?'

Dim ateb.

'Seren?'

Rhoddodd Seren ei brechdan yn ôl ar y plât ac edrych i fyw llygaid ei chwaer. Daeth y cais fel bwled.

'Ga' i aros 'ma?'

Roedd Lowri wedi ofni mai dyna oedd y rheswm tu ôl i'r ymweliad.

'Ga' i aros 'ma? Dwi'n desbret. Sgin i nunlla arall i fynd.'

'Yli, os wyt ti mewn trwbwl . . .'

'Dwi 'di gadal Llundain.'

'Pam? Be ddigwyddodd?'

'Ma pob dim yn ffwcd. Sgin i ddim job, dim fflat, a ma 'ngariad i newydd orffen efo fi. Y bastad 'di penderfynu aros efo'r ast o wraig 'na sy ganddo fo.'

Helynt ni ddaw ei hunan, meddyliodd Lowri.

'Be ddigwyddodd i dy job di?' mentrodd holi.

'Dwi 'di ca'l y sac.'

'Pam? Be 'nest ti?'

''Nes i ddim byd!' ebychodd Seren yn amddiffynnol, ei llygaid tywyll yn fflachio ar Lowri. 'Pam ma pawb wastad yn gweld bai arna i? Y fo o'dd y drwg!'

'Y fo?'

'Craig ffycin Huxham.'

'Pwy 'di hwnnw?'

'Manijar y bar lle o'n i'n gweithio.'

'Be ddigwyddodd?'

'O'n i'n gwybod bod y sglyfath yn fy ffansïo fi o'r cychwyn. Ond o'n i jyst yn ignorio'r pyrf. Echnos, ar ôl i ni gau, mi adawodd o i bawb arall o'r staff fynd adra, ond mi ofynnodd o i mi aros ar ôl. Roedd o isio gair bach, medda fo. Ond o'dd y sglyf isio mwy na jyst gair, 'doedd? "How about it, Seren? I know you're gagging for it," medda fo. Driais i neud jôc o'r peth i ddechra a rhoi fy nghôt amdanaf. "Come on, don't be such a tease," medda fo wedyn gan gymryd cam i 'nghyfeiriad i a dechrau agor belt ei jîns.'

'Be 'nest ti?' holodd Lowri, yn ofni'r gwaetha.

'Rois i waldan iawn iddo fo yn ei gwd hefo 'mag a'i g'leuo hi o 'na'r ffor' gynta. Ond dyma fo'n dod ar fy ôl i a gweiddi yn gafa'l yn ei gwd, "You're fucking sacked!" Dechreuais inna brotestio a dweud doedd ganddo fo ddim hawl gneud hynny ac y byswn inna'n ei gyhuddo fo o *attempted rape*. "Who do you think the police and the judge would believe? Me, or a stupid girl like you who tried to get her own back by crying rape because I sacked you after I caught you red-handed stealing from the till?" Ac mi roedd 'na ryw hen wên sbeitlyd ar wyneb y ffycar. Dwi rŵan heb job na tho uwch fy mhen. O'dd fy bedsit i'n dŵad efo'r job. Tasa petha'n dal yn iawn rhwng Paul a fi, 'swn i 'di mynd i aros ato fo. Ond rŵan . . . Ond dyma fi'n cofio amdanat ti a Dyl. A dyma fi'n penderfynu dŵad yma. Dwi wedi reidio drw' nos. Dyna pam ma 'na uffar o olwg arna i. Chdi ydi'r unig deulu sy gin i, Low. Ga' i aros yma am ychydig, jyst i mi gael ffeindio 'nhraed eto? Plis?'

Edrychodd Seren i fyw llygaid ei chwaer a'i llygaid brown wedi'u hagor yn fawr, fawr, yn union fel mae cath fach yn ei wneud pan mae hi eisiau ei ffordd ei hun.

Nodiodd Lowri ei phen, 'Cei, siŵr.'

'Biti does gin ti ddim plant,' meddai Seren ymhen sbel. ''Swn i'n gallu edrych ar eu hola nhw i chdi. Fatha nani, neu *au pair.* Be am llnau 'ta? 'Sgin ti clînar? 'Swn i'n gallu llnau i dalu am fy lle.'

'Yli, gawn ni sortio pethau fel'na eto. Dwi'n meddwl y dylian ni'n dwy fynd am gawod.'

'Be?' Roedd Seren wedi dychryn am ei bywyd.

Dechreuodd Lowri chwerthin. 'Ddim hefo'n gilydd, siŵr. Ma ganddon ni ddau *en suite*. Dwi angen cawod a newid o'r hen ddillad rhedeg chwyslyd yma ac mi wyt tithau angen cawod a newid o'r hen drowsus lledar 'na.'

'O'n i'n dechrau amau dy fod ti'n cinci!'

'Ty'd yn dy flaen, wir. Dwi'n cymryd dy fod ti'n gwbod y ffordd i dy stafell.'

Nodiodd Seren ei phen. Oedd, roedd hi'n gwybod y ffordd yn iawn.

'Dwi'n teimlo'n ofnadwy 'mod i wedi meddwl y gwaetha'n syth,' meddai Lowri wrth dynnu ei cholur yn yr *en suite* y noson honno.

'Mmm,' atebodd Dylan o'i wely, heb godi ei ben o'r rhifyn diweddara o *Barn*.

'Mae 'na wastad rywun arall sy'n waeth allan na chdi.' Daeth Lowri yn ei hôl i'r stafell wely. 'O leia ma gin i do uwch fy mhen, job dda a gŵr lyfli.'

'Be ti'n ddeud?' edrychodd Dylan dros ei sbectol.

'Seren. Biti drosti hi. Dydi o ddim yn iawn fod y rheolwr 'na yn ca'l get awê efo be nath o.'

'Ella fod 'na fwy i'r stori na be 'dan ni'n ca'l gwbod.'

'Be ti'n feddwl? Ti rioed yn ei hama' hi?'

'Wel . . . nachdw, ond . . . .'

'Tasat ti wedi gweld pa mor ypsét o'dd hi. A dwi'n falch ei bod hi wedi troi atan ni am help.'

'Doedd ganddi hi neb arall, meddat ti.'

'Ti'n gwbod be dwi'n ei feddwl,' meddai Lowri gan ddringo i'w gwely.

'Am faint ma hi'n bwriadu aros yma?' Caeodd Dylan y cylchgrawn a'i roi ar y cabinet wrth ochr ei wely.

'O, dim ond am ryw wsos neu ddwy. Cyfle iddi gael ei thraed o dani, ac iddi gael hyd i job a fflat bach.'

Swatiodd Lowri ym mreichiau ei gŵr a dechreuodd y ddau gusanu. Yna, clywyd cnocio caled ar ddrws y stafell wely, a phen Seren yn ymddangos rownd y drws.

''Sgin ti ddim benthyg brwsh dannedd, nagoes?'

'Brwsh dannedd?' gofynnodd Lowri'n syn. 'Wel, na, dim ond un lectrig sy gin i.'

'Duwcs, neith hwnnw'n tsiampion. Dwi'm yn ffysi. Drwodd yn fama mae o, ia?' Martsiodd Seren drwodd i'r *en suite* yn lartsh i gyd.

Edrychodd Lowri a Dylan ar ei gilydd yn syn.

'Thenciw feri big.' Chwifiodd Seren y brwsh yn ei llaw ar

ei ffordd allan, cyn troi yn ei hôl. 'O, gyda llaw, dwi'n cysgu'n uffernol o drwm, felly sdim isio i chi boeni dim am neud sŵn.'

Rhoddodd winc ddireidus ar y ddau cyn diflannu drwy'r drws.

Chwarae triwant

'Clŵad bo' chi'n chwilio am glînar.'

Pan welodd Rhiannon Seren, o bawb, yn sefyll ar stepen ei drws, chafodd hi ddim llai na sioc. Yn enwedig o glywed ei chynnig.

'Be? Y chdi'n llnau i mi?'

'O'dd Lowri'n sôn amser swper neithiwr fod Brenda, sy'n llnau i chi, yn rhoi gora iddi. Ei phen-glin hi'n capwt.'

'Ma hi. A dwi'n amau ei bod hi'n diw am glun newydd hefyd. Ond tydi hynny ddim yn rheswm i mi dy gyflogi di fel clînar, nac ydi?'

'Rhowch fis o dreial i mi.'

Oherwydd merch pwy oedd hi, teimlai Rhiannon ryw reidrwydd i gasáu Seren. Allai hi ddim peidio â chael rhyw deimlad o fodlonrwydd mawr hefyd fod merch Lyn, y ddynes oedd wedi dwyn ei gŵr oddi arni, yn gorfod chwilio am waith fel clînar – a'i merch hi'n gyfreithwraig lwyddiannus. Ond eto, allai Rhiannon ddim peidio edmygu hyfdra'r ferch am lanio ar stepen ei drws fel hyn yn holi am waith.

'Ol-reit 'ta. Mi gei di un cyfla. Ond os nad w't ti i fyny i fy safon i, yna mi 'nawn ni anghofio am yr holl beth, iawn?

'Siwtio fi'n iawn.'

'Reit, mae'n siŵr fysa'n well i ti ddŵad i mewn felly, i drafod telera a ballu.'

'Dros banad, ia?' ategodd Seren, gan wenu.

Er mawr syndod i Rhiannon, roedd hi'n bles iawn hefo'i chlînar newydd. Fuodd ei sinc, ei thopiau a'i lloriau hi erioed mor lân. Roedd hi'n amlwg fod penna gliniau poenus Brenda wedi effeithio ar ei sgiliau sgwrio hi ers misoedd. Doedd gan Seren ddim ofn mop na hwfyr a thorchai ei llewys i ymgymryd â'r gwaith. Byddai Rhiannon yn gadael y tŷ i fynychu ei hamrywiol ddosbarthiadau wythnosol, o *tai chi* i ioga, neu drip i Landudno hefo Anthony, yn sŵn yr hwfro a Seren efo'i *headphones* yn morio canu.

Yn ogystal â glanhau i Rhiannon, roedd Seren wedi llwyddo i wanglo dwy joban lanhau arall. Un oedd glanhau dwy noson yr wythnos hefo cwmni oedd yn glanhau swyddfeydd. Y llall oedd glanhau i ffrind pennaf Lowri, Bethan, a'i gŵr, Emyr, a'u plentyn teirblwydd oed, Andreas, a oedd, yn ôl Seren, 'isio slap'.

Doedd hi ddim yn cwyno: y peth pwysig iddi oedd ailgydio yn ei bywyd cyn gynted ag y gallai. Ond byddai'n cymryd sbelan iddi allu gwneud hynny hefo'r cyflog roedd hi'n ei ennill ar hyn o bryd. Hyd nes y deuai joban well, mi fyddai mopio lloriau a glanhau llefydd chwech pobol eraill yn gorfod gwneud y tro. Sawl gwaith, roedd Seren wedi bod o fewn trwch blewyn, yn llythrennol, i ddweud wrth Bethan ac Emyr am ffeindio rhywun arall i godi eu blwmars a'r tronsiau budur oddi ar lawr y stafell wely. Heb sôn am orfod glanhau hen flewiach yn y bàth a'r toiled oedd yn codi cyfog arni hi. Roedd cartref y ddau yn ddihareb. Ac roedd stafell wely Andreas, neu'r diafol bach, fel roedd Seren yn mynnu ei alw, fel tasa 'na fom wedi ffrwydro yno. Doedd dim modd yn y byd i rywun allu gweld y carped gan fod dillad glân a budur yn un gybolfa ar y llawr. Yn ogystal â wardrob y bychan ar y llawr, roedd darnau bach, bach o Lego yno hefyd oedd yn mynnu mynd i fyny'r hwfyr gan achosi blocej. A'r clai wedyn, wedi gludo'n styfnig wrth y da-das a'r siocled toddedig oedd wedi'u sathru i mewn i'r *shag pile*. Roedd tomen o deganau drudfawr wedi'u lluchio blith draphlith ar hyd y lle hefyd.

Roedd glanhau Annedd Wen, byngalo bach Rhiannon ac Anthony, ar ddydd Mawrth yn bleser ar ôl y gyflafan roedd hi'n ei hwynebu bob bore Llun. Doedd Anthony na Rhiannon ddim yn gwneud lot o olwg, dim ond Twm, y gath, oedd yn mynnu colli'i flew.

Wrthi'n claddu sosej rôl anferth yr oedd Seren pan glywodd hi sŵn y goriad yn y drws ffrynt. Roedd hi newydd ddod yn ei hôl o fod yn tynnu llwch yn y byngalo. Doedd hi ddim yn disgwyl Lowri na Dylan yn eu holau yr adeg yna o'r dydd, felly cafodd dipyn o syndod o weld Lowri'n cerdded i mewn. Yn enwedig o sylwi fod ôl crio mawr arni.

Syrthiodd gwep honno pan welodd Seren wrth fwrdd y gegin a'i cheg yn llawn. Doedd hi'n cofio dim y byddai Seren yno. A dweud y gwir, roedd hi wedi anghofio bod ganddi lojar.

'O,' ebychodd, yn methu cuddio'r siom yn ei llais. Roedd hi wedi gobeithio cael llonydd i grio llond ei bol.

'Ti'n ôl yn gynnar. *Half day*?' meddai Seren, â'i cheg yn llawn. Damia bod hon 'di landio adra fel hyn, meddyliodd. Roedd hi wedi gobeithio rhoi ei thraed i fyny drwy'r pnawn a gwylio rhyw ffilm ar Netflix.

'Dwi'm yn teimlo'n dda.'

'Dim bỳg, gobeithio. Cadwa'n glir felly.'

'Na. Dim byd fel'na,' sniffiodd Lowri ac estyn am ei hances boced o'i chôt i chwythu ei thrwyn.

'Ella bod chdi'n ca'l yr hen ffliw 'ma sy'n mynd o gwmpas. Cadwa'n glir os ti'n hel hwnnw hefyd.'

'Blydi hel! Gad lonydd i mi, 'nei di!' ffrwydrodd Lowri.

'Ol-reit, ol-reit, sdim isio chwythu ffiws, nag o's? Adeg yna o'r mis, ia? Asu, dw inna'n eu cael nhw'n ddrwg hefyd. Uffar o PMT wsnos gynt ac wedyn, poenau a chrampiau mawr. Ddeudodd mam fysan nhw'n gwella ar ôl i mi ga'l plant . . . ond no wê dwi am drio hynna i . . .'

Stopiodd Seren. Roedd Lowri'n beichio crio.

'Blydi hel, Low, be sy?'

Welodd Seren neb erioed yn crio fel hyn. Cododd ac aeth ati, a'i harwain i eistedd i lawr.

'Ma hi'n disgwl,' meddai Lowri, yn igian crio.

'Be? Ti'n disgwl?'

'Ddim y fi! O god, na . . . ddim y fi. Hi.'

'Pwy 'di hi pan ma hi adra?'

'Bethan.'

Dechreuodd Lowri dorri ei chalon unwaith eto.

'Bethan, dy ffrind di? Ma Bethan yn disgwl eto?'

Nodiodd Lowri ei phen.

Cachu rwtsh. Mwy o waith llnau a chlirio 'lly, meddyliodd Seren. 'O'n i wedi amau,' meddai hi wedyn.

'Oeddat ti? Sut?' Sniffiodd Lowri.

'Welais i focs Clearblue yn y bin yn yr *en suite*. 'Sa ti'n synnu'r petha dwi'n eu gweld pan dwi'n llnau. Ddyla' bod rhywun yn arwyddo *confidentiality clause*. Oeddat ti'n gwybod bod y ddau i mewn i BDSM?'

'BDSM?

'Ti'n gwbod. *Fifty Shades* a hynna i gyd. Ma gin y ddau bob mathau o dŵls – rhai o'n *i*, hyd yn oed, heb eu gweld o'r blaen.'

Roedd clywed y datguddiadau mawr ynglŷn â bywydau erotig ei ffrindiau pennaf yn ddigon i stopio dagrau Lowri.

'Sut ti'n gwbod hyn?' ebychodd mewn anghrediniaeth lwyr.

'Ma nhw'n eu cadw nhw mewn cist yn y llofft sbâr. O'n i'n methu cael hyd i'r hwfyr un diwrnod – mi fues i'n chwilio amdano fo drwy'r tŷ i gyd. Ac ar sbec, es i chwilio i'r llofft sbâr ac yng ngwaelod y gwely mi welais i'r gist dderw fawr 'ma.'

Gwyddai Lowri'n dda am y gist gan ei bod hi a Dylan wedi aros sawl tro yn stafell sbâr Bethan ac Emyr. Ond wyddai ddim am ei chynnwys chwaith.

''Nest ti erioed ei hagor hi?'

'Naddo, siŵr!' protestiodd Seren, braidd yn ormodol.

'O'dd ei chaead hi'n digwydd bod ar agor, ac fel y bysa rywun, es i draw i'w chau hi. O'n i'n disgwl gweld blancedi sbâr neu rwbath tu mewn, dim *vibrators*, *gagging ball* a dillad a bŵts PVC. O'dd hi fatha siop Ann Summers tu mewn 'na!'

'Ond ma Emyr i'w weld yn foi mor dawel,' meddai Lowri,

yn ceisio cael gwared o'r llun anffodus hwnnw o Bethan wedi'i gwasgu i mewn i ddillad PVC a *gag ball* yn safn Emyr!

'Coelia di fi, rheina ydi'r gwaetha.'

O, mam bach, meddyliodd Lowri, alla i byth edrych ar y ddau yn yr un ffordd eto.

'Yr hen Beth wedi ca'l clec wrth chwarae'n cinci felly!' chwarddodd Seren cyn stwffio'r darn ola o'r sosej rôl i'w cheg.

'Ddeudodd Bethan wrtha i amser cinio 'ma.'

'Be? Bod hi ac Emyr yn licio clymu ei gilydd i fyny?'

'Naci, siŵr! Bod hi'n disgwl eto.'

'A dyna pam ti'n ypsét?'

Nodiodd Lowri ei phen. Doedd ganddi hi ddim help. Roedd hi wedi trio gwenu a bod yn hapus pan dorrodd Bethan y newyddion wrthi yn y bistro dros ginio.

'Dwi'n disgwl,' datganodd Bethan a'i hwyneb fel taran, cyn i Lowri gael cyfle hyd yn oed i dynnu ei chôt. 'Dwi'n blydi disgwl.'

Roedd y newydd yn ddwrn poenus yng nghalon Lowri. Roedd hyn mor annheg. Roedd yna fabi bach yn tyfu yng nghroth ei ffrind, rhywbeth y byddai Lowri wedi rhoi'r byd i gyd amdano.

'Llongyfarchiadau,' atebodd, gan geisio gwenu.

'Hy! Ti'n meddwl? Sut ddiawl fuon ni mor flêr? Ma'n rhaid ma' noson cinio'r Gymdeithas Cyfreithwyr 'na oedd hi. Oedden ni'n dau wedi meddwi'n ddiawledig.'

'Ti'n siŵr dy fod ti'n disgwl?'

'Berffaith siŵr. Dwi 'di neud tri prawf. Ti'n gwbod pa mor ddrud ydi'r profion 'na?'

Gwenodd Lowri'n wan. Gwyddai'n iawn faint roeddan

nhw'n gostio a hithau wedi prynu bocseidiau ohonyn nhw. Pob un yn dangos yr un canlyniad siomedig.

'Ta-ta, uwch-bartner. Helô, cyfnod mamolaeth a chlytia,' ochneidiodd Bethan. 'O'n i'n meddwl bod hynna i gyd tu ôl i mi ar ôl cael Andreas. Ma meddwl ailddechrau eto yn . . .' Daeth dagrau i'w llygaid.

'Be ma Emyr yn ei feddwl?' holodd Lowri ar ôl gwneud arwydd ar y weinyddes i ddod yn ei hôl i gymryd eu hordor.

'O, ma hwnnw ar ben ei ddigon. Wrth ei fodd. Mae o wedi bod yn swnian ers sbel i ni ga'l un arall. Fi o'dd ddim isio.'

Braf arnat ti hefo'r dewis, meddyliodd Lowri'n chwerw.

Yn ystod y pryd bwyd gwnaeth Lowri ei gora glas i gysuro'i ffrind. Dweud pethau fel: roedd o i fod i ddigwydd, y byddai cael brawd neu chwaer fach yn gwneud lles i Andreas (roedd hynny'n wir gan mai hen hogyn bach digon annifyr oedd o, wedi'i ddifetha'n lân). Ol-reit, falla na fyddai Bethan yn cael ei gwneud yn uwch bartner 'leni na'r flwyddyn nesaf na'r flwyddyn ganlynol, ond fyddai dwy neu dair blynedd yn gwneud fawr o wahaniaeth ar ddiwedd y dydd. Ond doedd dim iws trio'i chysuro. Roedd y beichiogrwydd yma'n golygu diwedd y byd i Bethan. Allai Lowri ddim ymdopi hefo'r sefyllfa. Roedd hi mor annheg.

Daeth â'r pryd i ben yn gynnar. Ffugiodd fod ganddi feigren yn dechrau a'i bod am orfod cymryd gweddill y pnawn i ffwrdd. Dderbyniodd hi fawr o gydymdeimlad gan Bethan ynglŷn â hynny chwaith, gan fod honno'n llawn o'i phroblemau ei hun. Yr holl ffordd adref, roedd y dagrau'n niwl trwchus o flaen ei llygaid.

‘’Swn i wrth fy modd ca’l bod yn ei sgidia hi,’ cyfaddefodd Lowri wrth Seren.

‘’Sa ti ddim, sti. Petha poenus ar y diawl ydi’r bŵts PVC ’na.’

Gwenodd Lowri er ei gwaetha.

‘Ti ffansi panad?’

‘Dwi ffansi rhwbath cryfach. ’Sgin ti win?’

‘Ydi Emyr Gwilym yn licio cael ei glymu fyny?’

Dechreuodd y ddwy chwerthin. Dros lasiad neu ddau, neu dri, bwriodd Lowri ei bol wrth Seren.

‘Mi oedd clywed Bethan yn mynd ymlaen ac ymlaen ei bod hi’n disgwl a hithau ddim gronyn o isio’r babi yn fy ngneud i mor flin! Tydi’r ast ddim yn sylweddoli pa mor lwcus ydi hi!’ slyriodd Lowri a chymryd llowc arall o’r gwin.

‘Bywyd yn shit weithia, tydi?’ ategodd Seren.

‘Tŵ reit ei fod o. Dwi ddim yn gofyn lot, nac’dw? Ma’r rhan fwya o ferched yn popio babis allan fatha blwmin pys. Pam dwi ddim? Tydi o ddim yn deg.’

‘Dy diwbs di’n ffycd, ma’n rhaid.’

‘Na, ma ’nhiwbs i’n ocê, meddan nhw. Ma pob dim *in working order*. Dyl a fi ’lly. Sdim rheswm i mi beidio â mynd yn feichiog.’

‘Ella dy fod ti rhy ypteit, *stressed* ella. ’Nes i ddarllen yn rwla fod hynny’n gallu ’ffeithio ar betha.’

‘O mai god, paid ti â dechra! Dyna be ma Dyl a Mam a phawb yn ei ddeud.’

‘Ma dy nicer di’n ffwcedig o dynn, tydi?’

‘O, diolch yn fawr iawn! Yn wahanol iawn i dy un di, ia? Eniwe, potel arall dwi’n meddwl.’

Cododd Lowri ac aeth i'r oergell i estyn potel arall o Pinot Grigio. Trodd at ei chwaer gan wenu, 'Hei, ma hyn yn syniad da – pnawn bach i ffwrdd yn yfed gwin. Be gei di well?'

'Yfed gwin efo Tom Hiddleston neu Kit Harrison?'

'Mmm, neu George Clooney,' meddai Lowri'n freuddwydiol.

'Hy! Ma hwnnw'n rhy hen. Ond ti'n licio nhw 'di pasio'u *sell by*, 'dwyt?'

'Hei, llai o'r *cheek* 'na!' ceryddodd Lowri'n ysgafn. 'Tydi Dylan ddim wedi pasio'i *sell by*, dallta.'

'Mae o 'di hen basio'i *best before*, tydi?'

'Ti'n gwbod be ma nhw'n ei ddeud, ma dynion fel gwin da – yn gwella fel ma nhw'n mynd yn hŷn.'

Tywalltodd Lowri win i wydrau'r ddwy gan eu llenwi bron i'r ymylon.

'Bolycs ydi hynna. Sylwa di, ma'r rhan fwya o win i fod i gael ei yfed pan mae o'n ifanc. Lle ges ti afa'l ar y *geriatric* eniwe?'

'*Geriatric*!' ebychodd Lowri. 'Gwranda, tydi Dyl ddim yn *geriatric* o bell ffordd.'

'Dydi o ddim yn *spring chicken* chwaith, nac ydi?'

'Os oes raid i ti ga'l gwbod, yn y *gym* 'nes i ei gyfarfod o. O'dd o newydd fod drwy ysgariad ac isio ailafa'l mewn cadw'n heini. Oeddan ni'n digwydd bod drws nesa i'n gilydd ar y *cross trainer* un noson a ddechreuon ni siarad. Ac ar ôl cwpwl o wsnosa o weld ein gilydd felly, mi ofynnodd i mi un noson faswn i'n licio mynd am ddrinc efo fo.'

Roedd Lowri wastad wedi cael ei denu tuag at ddynion hŷn na hi ei hun. Mae'n debyg y byddai ffans Freud yn honni mai chwilio am ryw ffigwr tadol yn lle yr un na chafodd hi oedd hi. Ond feiddied neb â chrybwyll hynny wrthi hi chwaith.

'And ddy rest is histori,' ategodd Seren gan gymryd llowc o'r gwin. 'Wyddost ti be? O'n i wastad yn genfigennus ohonoch chdi.'

'Cenfigennus ohono' i?' ebychodd Lowri mewn syndod gan ddechrau chwerthin.

'Be sy mor ffyni?'

'O'n i wastad yn genfigennus ohonoch chdi!'

'Ohono' i?'

Tro Seren oedd hi rŵan i ymateb yn syn.

'Ia. O'dd dad wedi gadal Mam a fi i fynd i fyw efo dy fam. Does gin i fawr o go' o Dad.'

'Diolcha.'

'Pam?'

'Be?'

'Pam ti'n deud, diolcha ei fod o 'di gadal?'

'Yli, dwi'm isio wastio amsar yn siarad am y brych hyll yna. Be am watshiad ffilm neu rwbath?'

Cododd Seren ar ei thraed.

'Gwylio ffilm ganol pnawn?'

Waeth fod Seren wedi cynnig i'r ddwy gymryd rhan mewn *orgy* ddim.

'Pam ddim? Tyrd 'laen.'

'Ol-reit 'ta.'

'A ty'd â'r botal win 'na efo chdi!' gwaeddodd Seren ar ei ffordd i'r lolfa.

Teimlai Lowri fel hogan fach ddrwg yn chwara triwant.

Toedd hi ddim wedi cael cymaint o hwyl ers talwm iawn. Chwarddodd y ddwy nes roedd y dagrau'n llifo wrth wylio rhyw ffilm gomedi ddi-chwaeth roedd Seren wedi'i brolio a mynnu eu bod yn ei gwylio. Ond ar ôl yfed bron i dair potel o win rhyngddynt, doedd hynny'n fawr o syndod.

Trodd Lowri at ei chwaer a datgan yn feddw, 'Wyddost ti be? Dwi rili wedi mwynhau fy hun pnawn 'ma.'

'Finna hefyd. Ti'n wariar ar ôl i ti lacio dy nicer fymryn.'

'O, diolch yn fawr iawn!'

'Na, o ddifri rŵan. O'n i'n meddwl ma' hen hwch sych oeddat ti. Ond ti'n ocê yn y bôn.'

'O'n innau'n meddwl ma' hen gloman wirion oeddat titha hefyd. Ond titha'n ocê yn y bôn.' A chododd Lowri ei gwydr a chynnig llwncdestun. 'I chwiorydd!' datganodd, gan glincian ei gwydr yn erbyn un ei chwaer.

'I chwiorydd!' ategodd Seren.

O, blydi hel!' griddfanodd Lowri. 'Fedra i ddim ca'l llonydd oddi wrthyn nhw hyd yn oed wrth wylio blincin ffilm.'

Ar y sgrin o'i blaen roedd gwraig feichiog ar fin rhoi genedigaeth ar fws. Roedd y gyrrwr, sef prif gymeriad y ffilm, bron â chael cathod bach ei hun.

'Hei, dwi 'di ca'l uffar o brênwef.'

'Be?'

''Swn i'n medru bod yn *suffragette* i chdi a Dylan.'

'Yn be?'

'*Suffragette*, 'de.'

Chwarddodd Lowri dros bob man. Cael a chael oedd hi iddi allu rhoi ei gwydr gwin ar y bwrdd bach cyn dechrau rhowlio chwerthin ar hyd y soffa nes roedd y dagrau'n llifo i lawr ei hwyneb.

'*Surrogate* ti'n feddwl!'

Dechreuodd giglan chwerthin eto.

Sylweddolodd Seren ei chamgymeriad a dechreuodd hithau chwerthin dros y lle hefyd.

'Paid â bod mor ddiawledig o wirion!' meddai Lowri gan sychu'i dagrau.

'Na, ti'n iawn. Syniad boncyrs,' drachtiodd Seren ei gwin. 'No wê fyswn i'n sticio *turkey baster* i fyny'n jini wintan. A wedyn dyna ti'r holl chwydu, y *stretch marks*, dy draed ti'n chwyddo, a Duw a ŵyr be arall. Heb sôn am fynd yn dew. Tydi dy jini wintan di byth yr un peth wedyn, sti. Wel, fedrith hi ddim bod, na fedrith. Well gin i gario bwced a mop na chario babi.'

Pan gyrhaeddodd Dylan adra, synnodd o weld car Lowri yn y dreif. Gobeithio nad oedd unrhyw beth yn bod, meddyliodd yn boenus. Doedd Lowri byth yn cyrraedd adra o'i gwaith cyn hanner awr wedi chwech. Rhuthrodd i mewn i'r tŷ i sŵn bonllefau o chwerthin uchel yn dod o gyfeiriad y lolfa. Dilynodd y sŵn a chael sioc fwya'i fywyd. Yno, am hanner awr wedi pedwar o'r gloch y pnawn, dyna lle roedd ei wraig a'i chwaer yng nghyfraith yn rhyw led-orwedd ar y soffa yn feddw gocls a sbliff yng ngheg Lowri.

'Be uffar sy'n mynd 'mlaen yn fama?' meddai yn ei lais athro gorau, fel petai newydd ddal dwy ferch ysgol yn yfed a smocio yn y toiledau.

'O, dwi'm yn teimlo'n dda . . .' griddfanodd Lowri. Y peth nesa, taflodd i fyny yn y fan a'r lle, dros y garthen Melin Tregwynt a'r ddwy glustog oedd yn matsio.

Ci tawel

Gorweddai Lowri fel darn o bren. Teimlai'n ddigon gwael i farw. Roedd ei phen yn drybowndian a'i stumog yn troi. O, mam bach, doedd hi ddim wedi profi hangofyr fel hyn ers wyddai hi ddim pa bryd. Dyddiau coleg, falla? Roedd hi'n rhy hen i hyn. Be ddaeth dros ei phen hi'n yfed yr holl win 'na? Roedd hi wedi gorfod ffonio'i gwaith i ddweud na fyddai hi i mewn y diwrnod hwnnw. Wedi dal rhyw fŷg pedair awr ar hugain, ddeudodd hi wrth ei hysgrifenyddes, gan raffu celwyddau a theimlo'n uffernol o euog. Doedd hi erioed, tan y diwrnod hwnnw, wedi colli diwrnod o'i gwaith, a dyma hi rŵan yn cymryd *sickie*. Teimlai gywilydd mawr ac roedd hi mor flin hefo hi ei hun. Trodd ei phen i gael golwg ar y cloc bach wrth ochr ei gwely; doedd ganddi ddim syniad faint o'r gloch oedd hi ond roedd Dylan wedi codi a mynd i'r ysgol ers meitin. Ych! Roedd troi ei phen yn ddigon. Rhuthrodd unwaith yn rhagor i'r tŷ bach. Cofleidiodd y pan am y chweched tro. Roedd hi wedi smocio wîd. Smocio wîd! Y fath gywilydd! Curai ei chalon yn gyflymach a gwingodd mewn embaras. Brwsiodd ei dannedd yn sydyn er mwyn cael gwared â rhywfaint o'r blas sur o'i cheg ac yna ymlwybrodd yn ôl i'w gwely. Roedd Seren yn ddylanwad drwg, ac roedd pnawn ddoe wedi profi hynny'n glir. Ond ew, mi gafodd hi hwyl.

'Ma pobol yn marw yn eu gwlâu, sti.'

Safai Seren uwch ei phen â mygiad mawr o goffi du yn ei llaw.

Agorodd Lowri ei llygaid, 'Faint o'r gloch ydi hi?'

'Amser i chdi godi o'r cachu 'ma. Hwda.'

Cododd Lowri ar ei heistedd a derbyn y mygiad yn ddiolchgar. Ciledrychodd ar y cloc bach ar y cabinet. Ugain munud wedi tri. Bu bron iawn iddi dollti'r coffi dros y dwfe.

'Tydi hi rioed yn hynna o'r gloch? Ydw i wedi cysgu tan rŵan?' ebychodd mewn anghrediniaeth. 'Pam na fysa chdi wedi 'neffro i?'

'O'n i'n meddwl y bysa'n well i ti gysgu.'

'Be uffar o'dd y stwff 'na roist ti i mi?'

'Hitia di befo. Reit, dwi'n picied allan i nôl smôcs a phetrol. Ti isio rhwbath?'

Ysgydwodd Lowri ei phen a sipian y coffi poeth yn ofalus.

'Reit, wela i di wedyn 'ta.'

Diflannodd Seren yn ei hôl i lawr y grisiau.

Estynnodd Lowri am ei ffôn ac edrych ar y sgrin. Tecst oddi wrth Bethan yn gobeithio'i bod hi'n teimlo'n well ac iddi swatio. Mae'n siŵr y byddai honno'n amau'n dawel bach mai dioddef o *morning sickness* oedd hi. Hy! Tasa hi ond yn gwybod! Doedd 'na ddim neges gan Dylan chwaith. Rhyfedd. Ond o'r olwg oedd ar wyneb hwnnw neithiwr, doedd hi ddim yn synnu chwaith. Cofiodd ei fod yn mynd yn syth o'r ysgol y noson honno i recordio'r rhaglen *Talwrn y Beirdd*. Ac roedd

’na wastad hwyliau da ar Dylan ar ôl iddo fod yn recordio’r rhaglen honno, ennill neu golli’r ornest.

Wrthi’n llenwi tanc y beic yr oedd Seren pan welodd hi o. Neu nhw, a bod yn fanwl gywir. Gwelodd Volvo arian yn troi i mewn at y pwmp drws nesaf. Daeth gwraig smart, ddieithr allan o du ôl i’r llyw a sbectol haul fawr ar ei hwyneb. Pwy oedd yn eistedd fel brenin yn sedd y pasenjyr ond Dylan. Cododd Seren ei llaw arno a chododd yntau ei law yn ôl arni’n gyndyn. Aeth Seren i mewn i dalu. Ond cyn iddi hyd yn oed gyrraedd y cownter, roedd Dylan wrth ei chwt. Roedd golwg fel ci defaid newydd gael ei ddal yn lladd llond corlan o ŵyn bach ar ei wep.

‘Ar ein ffordd i’r *Talwrn* ydan ni, yli,’ medda fo a’i wyneb yn fflamgoch. ‘Eleri, chwarae teg iddi hi, wedi cynnig lifft i mi. Ia, clên iawn.’

‘O, reit,’ atebodd Seren, ar goll yn lân. ‘Dach chi allan o’ch ffordd, braidd.’

‘Be?’

‘I fynd i Talwrn?’

‘O, na, na.’ A dechreuodd Dylan chwerthin yn uchel. ‘Ti ’di cam-ddallt yn llwyr. Dwyt ti’n gês! Mynd i’r *Talwrn* ’dan ni, *Talwrn y Beirdd*, ddim i bentra Talwrn, siŵr.’

‘O, reit.’

‘Un o’m cyd-feirdd ydi hi,’ esboniodd Dylan, yn sylwi ar yr olwg dal-i-fod-ar-goll ar wyneb Seren. ’Dan ni yn nhîm Mawrion y Medra efo’n gilydd.’

‘Deud ti.’

‘Ar ein ffordd i Bwllheli ’dan ni, ti’n gweld. ’Dan ni’n

recordio rhaglen yn erbyn tîm y Tir Mawr heno. Ddylai hi fod yn ornest dda, heblaw bod Ceri Wyn wastad yn dueddol o'u ffafrio nhw. Ond dwi'n meddwl fy mod i wedi ca'l eitha hwyl ar y delyneg ar fydr ac odl ac ar yr epigram dychanol. Dwi'n disgwyl ca'l o leia naw, os nad deg.'

Waeth bod Dylan yn siarad dybl dytsh efo Seren ddim. Diolch i Dduw bod y ferch tu ôl i'r til wedi gweiddi 'nesa' a'i hachub rhag ei hefru.

Daeth y *chauffeur* i mewn i dalu am ei phetrol a throdd Dylan ar ei sawdl yn go handi.

'Wela i di'n hwyrach 'mlaen 'ta,' meddai wrth Seren gan ei 'nelu hi am y drws.

'Ti isio mints, Dyl?' gofynnodd y *chauffeur* mewn llais melfedaidd. Waeth iddi fod wedi cynnig rhoi mwytha i'w hen John Tomos o ddim, y ffordd ynganodd hi'r cynnig.

'Be? . . . Y . . . Na . . . na . . . dwi'n iawn, diolch.' Roedd 'na ryw atal dweud mwya sydyn wedi dod drosto. Diflannodd yn dinfain yn ôl i'r Volvo.

'Ta-ra, Dyl!' gwaeddodd Seren ar ei ôl, gan roi pwyslais arbennig ar y gair Dyl.

Wel, wel, pwy fysa'n meddwl? meddyliodd. Ma nhw'n deud mai cŵn tawel sydd wastad yn cnoi. Bastad.

Yn y bora ma hi ora

'Dyl! Dwi'n ofiwletio,' gwaeddodd Lowri o'r stafell wely y bore Sadwrn canlynol.

'Be?' gwaeddodd hwnnw o'r gawod, yng nghanol cyfansoddi cwpled caeth wrth seboni.

'Dwi'n ofiwletio, Dyl!'

Diflannodd y cwpled a suddodd calon Dylan i wadnau ei draed. Edrychodd i lawr ar ei wialen. Gwyddai y byddai ganddo joban o waith i'w gwneud yn y man.

Cyn iddo gamu allan o'r gawod, bron, roedd Lowri yn ei wyneb, 'Ti'n barod 'ta?'

'Barod i be?' atebodd Dylan, gan sychu ei hun yn wyllt hefo'i dywel.

'Ti'n gwbod . . . waeth i ni neud o rŵan ddim.'

'Ma gin i lot o betha dwi angen eu gneud bora 'ma.'

'Fel be?'

'Mynd â'r car am MOT, gorffen marcio . . .'

'Fyddwn ni ddim yn hir.'

'Fedra i ddim ca'l secs i ordyr, sti. Dim blydi mashîn ydw i. 'Nawn ni o heno.'

'Ella 'sa well i ni neud o bora 'ma.'

'Pam?'

'Cynta'n byd, gora'n byd. Tra ma bob dim yn ffres.'

'Ffres? Be ti'n feddwl – "ffres"? Dim pynet o fafon neu fefus sy'n llwydo ymhen dim sy gin i!'

'Ti'n gwbod be dwi'n feddwl. Neud o bora 'ma 'sa ora. I ga'l o allan o'r ffordd. Fydd o wedi neud wedyn, bydd?'

Rhyfedd fel roedd y weithred o gael rhyw efo'i wraig yn sydyn iawn wedi mynd yn rhywbeth mecanyddol, oeraidd a beichus.

'Ty'd 'laen, Dyl,' meddai Lowri wedyn a dechrau cusanu ei wddw a'i glust mewn ymgais i gael Dylan i'r mŵd. Ochneidiodd hwnnw'n dawel. Gwyddai na fyddai'n cael llonydd hyd nes y byddai wedi cwblhau'r dasg mewn llaw. Gadawodd i'w dywel ddisgyn i'r llawr a dadlennu ei bidyn, oedd yn dechrau stwyrian o'i drwmgwsg.

Roedd Seren wedi bod rhwng dau feddwl ddylai hi ddweud wrth Lowri am Dylan a'i gyd-fardd neu beidio. Ond ella nad oedd 'na ddim byd i'w ddweud beth bynnag. Ella bod ei hamheuon yn gwbl ddi-sail. Er, pan soniodd hi wrth Dylan o flaen Lowri adeg swper y noson wedyn pam na fysa fo wedi'i chyflwyno hi i'w *chauffeur*, smaliodd nad oedd o wedi'i chlywed hi a dechrau hefru a chwyno bod rhywun yn mynnu rhoi'r gwres ymlaen a hithau'n ganol ha'. Ond roedd Seren fatha ci efo asgwrn:

'Eleri ddeudest ti o'dd ei henw hi, ia?' medda Seren wedyn, gan edrych i fyw llygaid ei brawd yng nghyfraith.

'Ia, Eleri Llywenan.'

Edrychodd Dylan ddim yn ôl i fyw llygaid ei chwaer yng nghyfraith chwaith.

'Llywenan? Fel yn y llyn 'lly? Pam 'dan ni'r Cymry'n licio enwi ein plant ar ôl afonydd a llynnoedd? Tydi'r Saeson ddim yn galw eu plant yn Melissa Mersey, neu Thomas Thames, neu William Windemere, nac'dyn?'

'Dwi'n meddwl ma'i gŵr hi sy'n Llywenan,' ategodd Lowri. 'Llew ydi ei enw fo, ia, Dyl?'

'Ia, dwi'n meddwl. Oes 'na chwaneg o *risotto*? Mae o'n fendigedig.'

Cododd Dylan oddi wrth y bwrdd a'i 'nelu hi am yr hob. Sylwodd Seren ei fod, yn glyfar iawn, wedi llwyddo i droi'r stori a chanmol *risotto* ei wraig ar yr un gwynt.

Roedd gan Seren betha pwysicach i boeni amdanyn nhw na'r amheuaeth fod ei brawd yng nghyfraith yn boncio dynes arall, beth bynnag. Roedd hi newydd dderbyn tecst arall gan Paul, ei chyn-gariad. Y nawfed. Roedd o'n awyddus iawn i'w chyfarfod. Hyd yn hyn, roedd hi wedi llwyddo i ymatal rhag ymateb i'r tecsts. Roedd hi am adael i'r brych stiwio am sbel.

Rhyw feddyliau fel hyn a âi trwy ei phen pan gerddodd hi i mewn i'r gegin a gweld dieithryn yn rhoi dŵr yn y tegell hefo'r bwriad o wneud paned iddo fo'i hun.

'Be uffar ti'n feddwl ti'n neud?'

Trodd y dieithryn rownd. Yn ei hwynebu roedd llanc ifanc, ddim yn bell o'i hoed hi, a'i lygaid tywyll yn rhythu arni.

'A phwy wyt ti pan ti adra?' gwgodd arni.

'Seren. Chwaer Lowri. Ac mi ydw i adra. A phwy w't ti, 'ta?'

'Math,' atebodd yn swta. Trodd ei gefn arni gan barhau i lenwi'r tegell.

Syllodd Seren arno o'i gorun i'w sawdl. Hwn oedd Math felly. Roedd o 'run sbit â Kit Harrison, yr *heart throb* hwnnw o'r gyfres *Game of Thrones*, heblaw bod gwallt hwn yn fyrrach.

'Dim diolch,' meddai wrtho.

'Be?' Trodd i'w hwynebu, â chudyn o'i wallt tywyll wedi disgyn dros ei lygaid.

'Diolch am y cynnig ond dwi'n iawn diolch,' meddai wedyn, gan amneidio i gyfeiriad y mẁg.

'O'n i ddim yn cynnig. Lle ma nhw? Dad a Lowri?'

'A' i i ddeud wrthyn nhw dy fod ti yma.'

'Ers pryd ma' nhw'n cyflogi morwyn fach?'

'Ers pryd wyt ti'n goc oen?'

Trodd Seren ar ei sawdl a martsio allan o'r gegin. Roedd llygaid Math wedi'u sodro arni yn din ac yn dro yn ei jîns tyn. Gwenodd.

Ar fin ennill teilyngdod yr oedd Dylan pan glywyd gwaedd o waelod y grisiau.

'Low! Dyl! Ma ganddoch chi fisitor!'

Rhewodd y ddau a meddalodd pob dim arall.

'Rhyw Math, medda fo!' gwaeddodd y llais drachefn.

'Mi ddown ni lawr rŵan!' gwaeddodd Dylan yn ôl yn floesg.

Neidiodd Dylan allan o'r gwely a dechrau gwisgo amdano ar frys gwyllt.

'Gobeithio fod pob dim yn iawn,' meddai, gan chwilota am ei slipar dde.

'Mm,' mwmiodd Lowri gan chwilota am ei nicer. Damia, roedd yna ryw eironi brwnt yn y ffaith mai mab Dylan, o bawb, roddodd ffwl-stop ar betha.

Aeth Dylan i lawr y grisiau i sgwrsio hefo'i fab tra aeth hithau am gawod sydyn ac wedyn i'r stydi i ddarllen ffeil rhyw achos neu'i gilydd.

Chwithig, fel arfer, oedd sgwrs y tad a'r mab.

'Sut ma bywyd tua Bryste 'na?

'Iawn, diolch.'

'Coleg yn mynd yn iawn?'

'Yndi.'

'Lot o waith, ma siŵr?'

'Mm.'

'Ti 'di cael gwbod lle fydd dy *placement* di?

'Ddim eto.'

'Susannah yn iawn?

'Stephanie.'

'Ia, siŵr. Stephanie.'

Toedd Dylan byth yn cofio enw cariad Math.

'Ma hi'n iawn, diolch'

'Ddoth hi ddim hefo chdi?

'Na. O'dd ganddi draethawd i'w orffen.'

Roedd ceisio cynnal sgwrs hefo Math fel ceisio cael gwaed allan o garreg. Diolch i Dduw mai cwrs milfeddygaeth oedd o'n ei astudio a dim cwrs meddygaeth, neu rhad ar y cleifion druan, meddyliodd Dylan. O leia doedd dim rhaid cael fawr o *bedside manner* wrth drin buwch neu gath. Triodd eto.

‘Pam ’nest ti ddim codi’r ffôn i ddeud dy fod yn dod draw’r penwsnos ’ma? ’Swn i ’di gallu trefnu i ni neud rhywbeth. Mynd allan am fwyd neu . . .’

‘Wyddwn i ddim bod rhaid i mi neud apwyntiad.’

‘Dim dyna o’n i’n ei feddwl, Math.’ Oes rhaid i hwn dynnu’n groes bob tro? meddyliodd.

‘Dim ond galw’n sydyn ydw i, beth bynnag. Ma parti pen-blwydd Mam nos fory. Ma Arwyn wedi trefnu parti syrpréis iddi ym Mhlas Drudion.’

Do, mwn, meddyliodd Dylan. Roedd Arwyn wastad wedi bod yn un da am drefnu syrpreisys. Wedi bod felly erioed. A’r syrpréis mwya a roddodd i Dylan oedd cysgu hefo’i wraig. Doedd Dylan byth wedi maddau i Linda, na’i ffrind gora ar y pryd, am y brad. Mae’n debyg ei fod o wedi trefnu parti mawr crand iddi ac wedi gwahodd hanner yr ardal. O nabod ei gyn-wraig, oedd yn addoli’r haul, peth rhyfedd na fyddai hi wedi mynnu eu bod nhw’n mynd dramor i rywle egsotig ar ei phen-blwydd. Synna’ fo damaid y byddai yna wyneb hir iawn pan fyddai hi’n dallt ei bod yn treulio’i phen-blwydd yng Nghymru fach, oer a thamp, yn hytrach nag ar ryw ynys boeth, bellennig. Ac roedd hynny’n rhoi ryw deimlad o foddhad mawr iddo fo.

‘Ddim ar y seithfed ma pen-blwydd dy fam? Ma’i phen-blwydd hi wedi bod,’ cofiodd Dylan. Roedd o ar y degfed o Dachwedd a Linda ar y seithfed o Fai. Yr unfed ar bymtheg oedd hi yfory.

‘Ia, oedden nhw’n dathlu ei phen-blwydd hi yn St Lucia. Dyna pam ma’r parti mawr heno.’

Diflannodd y fflach o fodlonrwydd a deimlodd Dylan eiliadau ynghynt.

'Ers pryd ma gan Lowri chwaer?'

'Be?' Roedd Dylan yn dal i genfigennu wrth drip ei gyn-wraig a'i gyn-gyfaill i'r Caribî.

'Seren? Ceg arni hi.'

'Hanner chwaer ydi hi.'

Cododd Math ei aeliau.

'Yr un tad,' eglurodd Dylan.

'Mi gadwodd Lowri hynna'n dawel.'

'Do'dd y ddwy ddim yn gneud dim byd efo'i gilydd tan yn ddiweddar. Wel, tan ar ôl colli eu tad, deud y gwir.'

'O'dd hi i'w gweld yn gartrefol iawn 'ma.'

'Ma hi'n aros hefo ni am sbel.'

''Sa ti byth yn deud.'

'Deud be?'

'Eu bod nhw'n ddwy chwaer, neu hanner chwiorydd. Dydyn nhw'n ddim byd tebyg.'

Allai Dylan ddim credu ei glustiau. Roedd Math yn cynnal sgwrs go iawn hefo fo, yn hytrach na'i atebion surbwch unsill arferol.

'Be ma hi'n neud, 'lly? Fel gwaith?'

'Pwy? Seren?'

'Ia.'

'Gweithio fel clînar ma hi ar y funud . . . I ba ynys ddudist ti oedd dy fam ac Arwyn wedi bod eto?'

Methai Dylan gael y llun o Linda ac Arwyn yn cerdded ar hyd rhyw draeth gwyn o'i feddwl. Damia. Yn cerdded ar lan-y-môr tebyg ddylai o a Lowri fod, ddim yn trio 'gneud babi'.

'Arhosodd o ddim yn hir,' datganodd Lowri am Math, oedd newydd adael.

'Naddo. Mae Linda'n hanner cant. Ma 'na barti mawr heno. Wedi dod i fyny ar gyfer hwnnw o'dd o.'

'Neis iawn. O'n i wastad yn meddwl bod Linda yn hŷn na chdi.'

Oedd Dylan yn synhwyro rhyw dinc o sbeit yn llais ei wraig?

'Reit. Lle oedden ni cyn i ni gael ein styrbio? Ti'n barod?'

'Barod i be?' holodd yntau, yn pori ym mhapur newydd y *Times*.

'Ti'n gwbod yn iawn "barod i be", Dylan. Ty'd.'

'Ti'n meindio os 'nawn ni ei adal o? Dwi ar ei hôl hi fel ma hi. Ga' i ginio sydyn rŵan ac wedyn rhaid i mi fynd i sortio'r MOT. Ac mae'n rhaid i mi orffen marcio.'

'Dim brys,' oedd yr ymateb swta a gafodd, ynghyd â chlep hegar ar ddrws y gegin.

Ochneidiodd Dylan.

Wrth goginio omlet iddo fo'i hun, meddyliodd pa mor braf fyddai hi tasa bywyd yn llai cymhleth. Mi roedd o'n edrych ymlaen at gael babi yn y teulu, magu a charu plentyn bach. Edrychai ymlaen at fynd â fo neu hi am dro, darllen stori, prynu anrhegion di-ri, ei ddifetha'n lân loyw. Yna, ar ddiwedd y dydd, trosglwyddo'r bychan yn ôl i'w rieni. Taid, ac nid Dad, roedd Dylan isio bod. Yn bum deg a dwy oed, edrychai ymlaen yn eiddgar at ymddeol yn gynnar. Edrychai ymlaen at gael mwy o amser i ddarllen a chware golff. Edrychai ymlaen at gael mwy o amser i ysgrifennu a chyfansoddi; on'd oedd y beirdd arobryn yn mynd yn fengach bob dydd? Roedd o wedi edrych ymlaen at wyliau yn St Lucia neu ynys gyffelyb hefo'i gymar. Ac yntau dros ei hanner cant, doedd o ddim wedi bwriadu profi nosweithiau di-gwsg, clytiau budur, colic, yr hel dannedd, heb sôn am y *potty training*, unwaith eto. Wedyn, ar ôl hynny, y blynyddoedd o ddanfon a chasglu o wersi piano, telyn, dawnsio neu beth bynnag. Neu rewi ar y *touchline* yn gwylio gêm rygbi neu bêl-droed. Blynyddoedd o orfod goruchwylio a chynorthwyo hefo gwaith cartref, mynychu nosweithiau rhieni, ymdopi hefo pwysau arholiadau a phrofion di-ri. Byddai'n bell yn ei chwedegau erbyn y cyfnod dieflig hwnnw a elwir yn arddegau. Doedd colic yn ddim i'w gymharu â hormonau honco. Ond dyna'r pris roedd yn rhaid iddo'i dalu am ymrwymo'i hun i briodi merch ifancach na fo.

'Hwnna oedd Math, felly. Dydi o ddim byd tebyg i'w dad,' datganodd Seren, oedd yn torheulo'n braf ar y decin yn yr ardd.

'Na. Tynnu ar ôl ei fam mae o.'

Syllodd Lowri yn llawn eiddigedd ar gorff siapus ei chwaer oedd yn araf droi'n frown euraid yn yr haul. Llosgi a mynd yn goch fyddai croen brechlyd Lowri. Dau wy wedi'u ffrio oedd ganddi hi tra oedd top bicini Seren yn cael cryn drafferth i atal y ddwy fron 32D siapus rhag dianc o'u priod le.

'Ydi honno hefyd yn edrach fatha Kit Harrison?'

Doedd Lowri ddim yn gwerthfawrogi'r jôc.

'Dwi am fynd i'r *gym*. Ti ffansi dod efo fi?'

Pan fyddai Lowri'n flin neu'n ddiflas am rywbeth, fel yr

oedd hi'r bore hwnnw hefo Dylan, byddai wyrcowt caled wastad yn gwneud iddi deimlo'n well.

'No wê. Dwi'n casáu *gyms*. Llefydd afiach, llawn o bobol yn chwysu.'

Canodd ffôn fach Lowri. Edrychodd ar y sgrin. Ei mam.

'Helô, Mam. Dach chi'n iawn?'

'Wel, yndw, diolch am ofyn. Er, 'swn i 'di medru disgyn yn farw gelain ers echdoe a fysat ti ddim callach.'

'Dwi'n siŵr 'sa Anthony wedi cysylltu.'

'Hmm.' Yn amlwg, doedd Rhiannon ddim yn gwerthfawrogi gwamalrwydd ei merch. 'Meddwl 'sa ti 'di galw o'n i.'

'Ma hi wedi bod wedi saith arna i'n cyrraedd adra bob nos wsnos yma.' Pam roedd Lowri wastad yn teimlo'i bod yn gorfod cyfiawnhau pob symudiad efo'i mam. 'Ar y ffordd i'r *gym* ydw i rŵan.'

'O, gin ti amser i fynd i fanno hefyd,' meddai Rhiannon, gan roi sweip arall i'w merch.

'Alwa i draw ar ôl bod, 'ta.' Roedd Rhiannon yn giamstar ar bigo cydwybod ei merch. 'Wela i chi ymhen rhyw awr?'

'Ew, na, sdim rhaid i ti, sti. A dwi isio piciad i Dunelm yn munud.'

Dechreuodd Lowri gyfri i ddeg yn ei phen. Byddai Rhiannon wedi profi mynadd Job ei hun.

'Ffoniwch pan dach chi adra 'ta.'

'Na, wn i be wna i; decstia i pan fydda i ym Mangor, ac mi wna i dy gyfarfod ti yn rhwla am banad.'

'Iawn,' ochneidiodd Lowri'n dawel. 'O, Mam . . .'

'Be?'

‘Cofiwch eich ffôn.’

‘Mi ro’ i o yn fy mag rŵan. A ma Anthony wedi’i tsiarjio fo dros nos neithiwr.’

Roedd Rhiannon yn nodedig am golli ei ffôn bach. Cyn heddiw, doedd o’n ddim byd newydd iddi ei adael mewn caffis a siopau. Ond ar ôl chwilio a chwilota mawr, ran amlaf roedd y teclyn o dan sedd y car neu i lawr ochr y soffa.

‘Reit, well i mi fynd.’

Fel roedd hi ar gychwyn, canodd mobeil Seren. Gwelodd Lowri hi’n syllu ar yr enw ddaeth i fyny ar y sgrin a’i gweld hi’n gwenu. Gadawodd iddo ganu am sbel, yna atebodd y ffôn.

‘Hi! . . .’

Symudodd Lowri yr un cam; roedd ei chwilfrydedd yn ormod.

‘I’m not sure . . . What? . . . Look, Paul . . .’

Cododd Seren o’i gwely haul a chamu ychydig i ffwrdd oddi wrth Lowri, yn ymwybodol iawn fod honno’n gwrando.

‘. . . Okay, I’ll see you then.’ Diffoddodd y ffôn a throi at ei chwaer. ‘Ti’n dal yma?’

‘Bob dim yn iawn?’ holodd Lowri.

Rhoddodd Seren ochenaid ddofn. ‘Paul. Isio cyfarfod. Mae o ’di anfon llwythi o decsts a rŵan mae o ’di ffonio’n deud ei fod o’n desbret isio ’ngweld i.’

‘A mi w’t ti am fynd?’

Nodiodd Seren.

‘Ond o’n i’n meddwl . . .’

‘Peth meddal ar y diawl ’di hwnnw.’

‘Ond ddeudest ti ei fod o wedi mynd yn ôl at ei wraig . . .’

'Mae o'n ffilmio tua Aberdaron ymhen rhyw bythefnos. Isio i ni gyfarfod adeg hynny.'

'Ac mi w't ti am i gyfarfod o yn fan'o?'

'Paid â bod mor ddiawledig o wirion. Ma ganddo fo ffrindiau yn Sir Fôn 'ma ac mae o'n aros efo nhw'r wicend yna. 'Dan ni am gyfarfod ym Mhlas Drudion. Mae o 'di bwcio bwrdd i ni.

'Ydi o a'i wraig wedi gwahanu felly?'

'Swnio felly,' gwenodd Seren. 'Hefo lwc, mi fydda i allan o'ch gwynt chi ac yn ei g'leuo hi'n ôl am *London town*. Symud i mewn efo'n gilydd. Fflat yn Clapham neu rwla. Neu *bedsit* bach yn Stockwell, efo'n *budget* ni! Ond uffar o ots gin i. Hei, gei di a Dyl ddod i aros am wicend. Yli laff gawn ni.'

'Fysa hynna'n lyfli,' gwenodd Lowri, gan feddwl y byddai aros mewn gwesty pedair neu bum seren yn llawer iawn brafiach nag aros mewn *bedsit* bach tila yn Stockwell, neu ble bynnag.

Wrth fwrdd dros y ffordd i Lowri a'i mam yn y caffi roedd teulu ifanc – mam a dad a'u tri o blant. Un ferch fach, ryw deirblwydd oed a'i phen yn llawn cyrls modrwyog, yn lliwio'i llyfr-lliwio'n ddiddig. Mewn dybl bygi gerllaw cysgai dau fabi, efeilliaid, dau fachgen bach, tybiai Lowri, o liw capiau'r ddau. Yfodd ei choffi gan syllu ar y teulu bach yn llawn eiddigedd.

'Prin wnes i ei nabod hi. Golwg coman wedi mynd arni, ac wedi rhoi pwysa 'mlaen.'

Roedd gan Rhiannon arferiad cyson o sôn a chyfeirio at bobol doedd gan Lowri mo'r syniad cynta pwy oedden nhw. Ond cymerai'n gwbl ganiataol bod Lowri yn eu hadnabod yn dda. Y tro hwn, rhywun oedd wedi cydactio hefo Rhiannon yn y cwmni drama dros ugain mlynedd a mwy yn ôl bellach oedd dan y lach.

'Wn i ddim am bwy dach chi'n sôn, Mam,' meddai wrthi'n flinedig, yn dal i syllu ar y teulu bach dedwydd dros y ffordd iddi hi.

'W't, mi wyt ti. Helen Rowlands. O ochra Caergeiliog. Ychydig o dafod dew ganddi. Er, doedd hynny ddim yn ei stopio rhag cael y prif ranna gan Clive ers talwm chwaith. Dwi'n dal i ddeud 'swn i 'di gneud gwell Siwan na honno. Ond 'na fo, o'n i ddim yn gorfod cysgu hefo'r cynhyrchydd i gael y brif ran. Er, 'swn i'n rhoi fy mhen i lawr i dorri ei fod o'n hoyw ar y "ciw ti" hefyd. O'dd o wastad yn mynd i Fanceinion am ychydig ddyddiau ar ei ben ei hun i fisitio rhyw hen anti iddo fo. Anti o faw.'

Sniffiodd Rhiannon gan wthio'i phlât oddi wrthi i ymyl y bwrdd rhag i'r demtasiwn o orffen bwyta gweddill y darten gaws gael y gorau arni. Roedd Rhiannon wastad ar ryw ddeiet neu'i gilydd. Cododd ei phen a sylwi bod Lowri yn ei hanwybyddu.

'Lowri?'

Trodd Rhiannon ei phen i'r cyfeiriad yr oedd Lowri'n syllu'n hiraethus.

'Ti ddim wedi meddwl mabwysiadu? Ma 'na fabis bach del iawn i ga'l yn Tsieina. Sbia ar yr Angelina Jolie fach 'na. Ma honno wedi mabwysiadu llwyth o fabis o ffwrdd. Ac mi glywi di hefyd am rai merched yn methu'n glir â chael plant ond ar ôl iddyn nhw fabwysiadu, ma nhw'n mynd i ddisgwl yn syth bìn. Ella 'sa'n syniad i chdi drio hynny.'

Anwybyddodd Lowri'r sylw.

'Dyna ddigwyddodd i Margaret Pen Cefn, sti.'

'Be? Nath honno fabwysiadu babi o Cambodia?'

'Cambodia? Naddo, siŵr. Paid â siarad yn wirion. Ond fuodd hi ac Elwyn am flynyddoedd heb blant. A dyma nhw'n mabwysiadu Gareth. Peth bach del oedd o hefyd. Dwi'n cofio fo'n landio 'na. Mop o wallt melyn cyrliog ganddo fo. Er, does ganddo fo ddim blewyn ar ei ben heddiw. Wel, ymhen llai na chwe mis mi roedd Margaret yn disgwl Gwenno. Ti'n cofio Gwenno, 'dwyt? O'dd hi'n 'rysgol bach hefo chdi.'

'Dwi'm yn meddwl 'mod i . . .'

'Dannadd yn sticio allan, braidd, ganddi. Peth bach ddigon plaen, tasa hi'n weddus deud. Ti'n cofio hi, siŵr.'

'Nachdw, Mam.'

'W't, mi wyt ti. Briododd hi hefo rwbath o'r RAF. Byw yn ochra Harrogate neu rwla rŵan. O'dd hi ryw flwyddyn neu ddwy'n fengach na chdi. Mi weithiodd o i Margaret Pen Cefn. Ella y bysa fo'n gweithio i chditha.'

'Dwi ddim yn meddwl, Mam.'

'Ti'n siŵr does 'na ddim problem efo Dylan? Does 'na ddim problem yr ochr ni o'r teulu. Dim ond sbio ar dy dad 'nes i, ac mi es i i ddisgwl.'

'Be dach chi'n feddwl: "problem efo Dylan"?'

'Wel, ifanc o'dd o pan dadodd o Math, 'te.'

'Pa wahaniaeth ma hynny'n ei neud?'

'Wel, ella fod ei sberm o wedi pasio'i *sell-by date* bellach.'

'Be?'

'Ydi sberm dynion yn pasio'i *sell-by* fatha wyau merched, dwa'?'

'Cadwch eich llais i lawr, wir,' hisiodd Lowri.

Digon hawdd gweld fod Rhiannon wedi hen arfer projectio'i llais ar lwyfannau neuaddau'r fro. Gwenodd Lowri'n wan ar y ddwy wraig wrth y bwrdd cyfagos oedd wedi stopio bwyta eu sgon, jam a chrîm er mwyn clustfeinio ar y sgwrs. Rhoddodd y ddwy eu pennau i lawr a dechrau claddu eu sgons ffwl-sbid.

'Na, dwi'n rong,' aeth Rhiannon yn ei blaen. 'Dwi'n cofio darllen mewn rhyw gylchgrawn bod Michael Douglas a Rod Stewart wedi tadu yn eu chwedegau, heb sôn am Charlie Chaplin, oedd yn saith deg tri pan dadodd hwnnw.'

'Dach chi'n barod i fynd?' holodd Lowri, wedi hen flino ar y sgwrs ac ar ei mam. Estynnodd am ei chôt.

Ond roedd gan Rhiannon awgrym arall i'w gynnig. 'W't ti wedi meddwl am brynu ci bach?'

Roedd Lowri'n methu credu ei chlustiau.

'Prynu ci? Dach chi rioed o ddifri? Pam fyswn i isio ci?'

'Lot llai o waith, a lot, lot llai o gost. Ma lot o bobol yn trin eu cŵn fatha plant. Yli ar Rowena a Bitw.'

'Pwy?'

'Rowena a'i *Yorkshire terrier*. Rowena Davies, ti'n nabod hi. Ma'i gŵr hi'n uchel yn y Cownsil. Mi ofynna i iddi hi lle gafodd hi Bitw.'

'Peidiwch chi â meiddio,' siarsiodd Lowri.

'Be am gath fach, 'ta?'

Wrth iddi yrru'n ôl am adref, corddai Lowri wrth feddwl am awgrym boncyrs ei mam i brynu ci. Roedd hi'n dal i fethu credu ei bod wedi dweud y ffasiwn beth. Roedd ei mam yn anhygoel weithiau.

Ambell waith, roedd Lowri yn ei chael hi'n anodd credu nad oedd hi ei hun wedi cael ei mabwysiadu, neu fod yna flerwch mawr wedi digwydd ar ôl iddi gael ei geni a bod y fydwraig wedi rhoi babi rhywun arall i Rhiannon. Fuodd 'na rioed fam a merch mor wahanol o ran personoliaeth a gwedd. Tra oedd Rhiannon yn 'llond pob lle' ym mhob ystyr hefo'i gwallt cyrliog, tywyll, hir, drwy gymorth potel bellach, a'i hewinedd coch a'i dillad llac, bohemaidd, roedd Lowri, ar y llaw arall, yn casáu tynnu unrhyw fath o sylw ati hi ei hun. Roedd ei gwallt golau hefo'i heileits drud wedi'i dorri'n bòb ffasiynol ac yn gweddu'n berffaith i'w chorff eiddil. O'i chymharu â Rhiannon, doedd gan Lowri fawr o ddiléit mewn dillad. Prynai siwtiau a thopiau ymarferol, drud, o wneuthuriad da, a fyddai'n para ar gyfer ei gwaith, ond gorchwyl diflas ar y naw iddi oedd gorfod mynd i chwilio am ryw ffrog neu beth bynnag ar gyfer cinio gwaith neu ddigwyddiad crand. Doedd tripiau siopau i Landudno neu Gaer yn cynhyrfu dim arni hi, yn wahanol iawn i'w mam, oedd yn gallu arogli sêl filltiroedd i ffwrdd.

Na, meddyliodd Lowri, doedd hi ddim yn tynnu ar ôl ei mam o gwbl, a diolch i Dduw am hynny.

Pwy faga blant?

Bythefnos yn ddiweddarach a hithau'n nos Sadwrn, eisteddai Seren yn lolfa foethus Plas Drudion yn mwytho gwydriad mawr o win coch.

O leiaf mi gafodd hi fwyd neis, meddyliodd. Ac o leiaf mi gafodd hi dalu'n ôl i'r bastyn. Gwenodd.

Roedd hi wedi bod yn grêt gweld Paul ar ôl yr holl fisoedd, yn edrych yn gorjys fel arfer. Roedd Seren isio fo ac mi oedd o ar dân isio hithau. Roedd Paul wedi bwcio stafell, y *master suite*, dim llai, wedi cymryd yn ganiataol mai dyna fyddai ar y cardiau, yn amlwg.

Ar ôl y caru mawr yr aeth pethau'n flêr.

'When shall I move back?' holodd Seren, yn dynn yng nghesail Paul.

Doedd hi ddim wedi cael ei gwynt ati'n iawn ar ôl y sesiwn a hanner o secs gwyllt.

'Move back? What do you mean, move back? Move back where?'

'London, you clown. Is Tania still living in the house? We'd better start looking for a flat together . . . What?'

Roedd Paul yn edrych yn od arni. 'I think you've misunderstood . . .'

Cododd Seren ar ei heistedd.

'What do you mean, "misunderstood"?'

A dyma fo'n esbonio wrthi nad oedd ganddo unrhyw fwriad yn y byd o adael ei wraig. Ond mi roedd o'n awyddus iawn i'r ddau ailafael yn eu perthynas. Cyfarfod bob yn hyn a hyn, bob tro roedd o yng Nghymru'n gweithio.

'A handy shag, you mean?'

Cododd Paul a gwisgo amdano ar frys. Gwnaeth esgus tila ei fod yn gorfod gadael i fod yn bresennol yn noson agoriadol rhyw ddrama yn Theatr Clwyd.

'I'll see you soon, Seren,' medda fo wrthi.

'Fuck off, Paul.'

Ac fe aeth, gan adael Seren yn y gwely *four poster* yn y *suite* ysblennydd. Roedd hi'n berwi. Cododd a gwisgo amdani, ac yna aeth ati i falu a rhacsio'r stafell gan achosi gwerth cannoedd, os nad miloedd, o bunnau o ddinistr a distryw.

Rhwygodd y radio a'r ffôn o'r soced yn y wal. Taflodd a malodd y lampau bob ochr i'r gwely. Tolltodd holl stwff y mini bar a'r creision a'r cnau ar hyd dillad y gwely a'r carped. Yn ei thymer, tynnodd y teledu oddi ar y wal a'i daflu nerth ei breichiau i'r llawr. Tynnodd y drôrs o'r cypyrddau i gyd a'u lluchio i bob cyfeiriad. Taflodd ddillad Paul i gyd i'r bàth. Gwnaeth yn siŵr fod y dŵr yn gorlifo yn hwnnw ac yn y sinc, ac wedyn, chwistrellodd sebon siafio Paul dros y teils, y gwydr a'r llawr. O, do, mi dalodd Paul yn ddrud am drin Seren fel baw.

Cyn gadael, aeth hi i lawr i'r lolfa i gael drinc. Ordrodd lasiad o win coch mawr a dweud wrth y boi tu ôl i'r bar am ei roi o ar fil stafell Paul. Yfodd y gwin ar ei ben ac ordro un arall. Teimlai'n well yn barod.

'Mi fydd hi'n rhyfedd hebddi.'

Roedd Lowri a Dylan ar eu ffordd i dŷ Bethan ac Emyr am swper.

'Rhyfedd heb pwy?' holodd Dylan yn hanner gwrando, yn fflamio dan ei wynt ar y fan fach wen oedd yn gyrru'n bwyllog braf o'i flaen ers meitin. Bob tro roedd o ar fin trio'i phasio, roedd 'na dro yn y ffordd neu gar arall yn mynnu dod i'w gwfwr.

'Seren. Pan eith hi'n ôl i Lundain i fyw at y cariad. Paul ydi'i enw fo, dwi'n meddwl. Dwi 'di dechrau arfer ei cha'l hi o gwmpas.'

'Dwi ddim. Ma hi'n hen bryd iddi chwilio am rywle arall i fyw. Damia'r blincin fan 'ma,' mwmiodd Dylan o dan ei wynt.

''Dan ni'n hwyr,' ffromodd Lowri, gan amneidio i gyfeiriad yr amser oedd yn cael ei ddangos ar y *dashboard*. Roedd yn gas gan Lowri fod yn hwyr. 'Tasat ti wedi dod adra o'r golff yn gynt . . .' edliwiodd wedyn.

Roedd Lowri wedi sylwi fod sesiynau golffio Dylan wedi mynd yn hirach yn ddiweddar. 'Ma hi ar ôl chwech arnat ti adra bob penwythnos wedi mynd.'

'Mi w't ti'n un dda i siarad,' edliwiodd yntau. 'Ma hi'n tynnu am saith arnat ti'n cyrraedd adra bob nos.'

'Fy ngwaith i ydi hynny,' brathodd Lowri 'nôl. 'A mi w't

titha'n cyrraedd adra'n hwyrach y dyddia yma hefyd. O'n i adra o dy flaen di ddwywaith wsnos diwetha.'

'Ddim chdi ydi'r unig un sydd efo lot o waith.'

'Dim ond deud dwi.'

Saib annifyr rhwng y ddau.

'Erbyn faint o'r gloch 'dan ni i fod yna?' gofynnodd Dylan ymhen sbel.

'Wyth.'

'Dim ond rhyw ddeg munud yn hwyr fyddwn ni. Mi fydd Andreas yn ei wely erbyn hynny, siawns.'

'Dyna pam ddeudodd Bethan wyth. Er mwyn rhoi cyfle iddi roi bàth iddo fo a'i roi yn ei wely.'

'Diolch i Dduw am hynny. Welis i rioed blentyn mor anystywallt. Isio chwip din iawn. Ac mi fydd o wedi cael un hefyd gin i ar y gwyliau 'ma, dwi'n deud wrthat ti. Dwi'n difaru f'enaid ein bod ni wedi cytuno i fynd efo nhw.'

'Y chdi awgrymodd y bydda fo'n syniad grêt i ni'n pedwar logi fila efo'n gilydd yn Mallorca.'

'O'n i wedi yfed dwy botel o win pan ddeudis i hynny, 'do'n? Ac mi o'dd hynny fisoedd yn ôl. O'n i'n meddwl bysa'r ddau wedi anghofio. Mi o'n i, deud y gwir.'

'Wel, ma hi'n rhy hwyr rŵan. Ma pob dim wedi'i drefnu. Ma Emyr wedi bwcio'r fila.'

Ochneidiodd Dylan. Dim ond gobeithio y câi'r cyfle a'r llonydd i farddoni yno, meddyliodd. Roedd Eleri, oedd yn gweithio fel golygydd i wasg lyfrau, wedi crybwyll y posibilrwydd y gallai gyhoeddi cyfrol. A fyddai dim yn rhoi mwy o bleser iddo na chael gweld ei waith mewn print. Un dda oedd Eleri. Gwenodd iddo'i hun.

Estynnodd Seren am ei siaced ledr. Byddai gwydriad arall o win wedi bod yn dda ond doedd fiw iddi, a hithau isio gyrru adref.

Chwilio am oriadau'r beic roedd hi pan glywodd hi lais diarth yn galw ei henw. Trodd i gyfeiriad y llais ac am eiliad wnaeth hi mo'i adnabod o. Yn lle'r siorts a'r crys-T blêr a wisgai y tro diwetha iddi ei weld, gwisgai Math grys smart nefi tywyll a throwsus llwyd. Roedd yn cerdded tuag ati o gyfeiriad y tŷ bwyta.

'Be ti'n neud yn fama?'

Roedd yn gwestiwn digon dilys gan fod Seren yn ei lledr du yn edrych fatha pysgodyn allan o ddŵr yn y gwesty pum seren.

'Be 'di o i chdi?'

Anwybyddodd Math y sylw a gwenu arni. 'Hefo Dad a Lowri w't ti?'

Chafodd Seren ddim cyfle i'w ateb.

'Math, ti'n barod?'

Yn cerdded tuag atyn nhw roedd gwraig ganol oed dal, ddeniadol. Roedd hi'n amlwg o'r tebygrwydd rhwng y ddau mai Linda, mam Math, oedd hon. Wrth ei hochr, cerddai dyn di-nod, byr, a gyrhaeddai at ei hysgwydd, a sbectol am ei drwyn.

Cyflwynodd Math Seren i'w fam a'i lystad. Gwenodd Linda ar hyd ei thin gan ei llygadu hi o'i chorun i'w sawdl. Edrychodd ddwywaith ar y gwallt pinc a phiws a'r helmed.

Roedd yr hen Dyl wedi cael dihanga uffernol o lwcus pan gafodd wared â'r snoban drwynsur yma, meddyliodd Seren.

'Neis eich cyfarfod chi,' meddai Linda yn sych, heb owns o ddidwylledd ar gyfyl ei llais.

Cychwynnodd i gyfeiriad y drws a cherddai ei gŵr, megis rhyw Brins Philip, ddau gam tu ôl iddi.

'Math? Ti'n dod?'

Ni wnaeth Linda unrhyw ymdrech o gwbl i guddio'r ffaith nad oedd hi'n awyddus i'w mab dreulio mwy o amser nag oedd yn rhaid iddo efo'r Hell's Angel yma.

'Ewch chi yn eich blaena. Mae'n noson braf. Gerdda i adra.'

'Ti'n siŵr?' meddai'i fam hefo mwy na thinc o anfodlonrwydd yn ei llais.

'Yndw, tad. Wela i chi nes 'mlaen.'

Diflannodd Linda a'i chorrach allan drwy'r drws ffrynt.

'Reit, neis dy weld di a hynna i gyd,' meddai Seren, oedd ar fin gadael hefyd.

'Ti ffansi drinc?'

Stopiodd Seren yn ei thracs. Syllodd ar Math fel tasa fo newydd ofyn iddi fynd i gyfarfod gweddi.

'Dwi'm yn meddwl . . .'

'Ty'd 'laen. Cynnig drinc ydw i, dim bonc.'

Roedd yn amau iddo weld cip o'r arlliw lleiaf o wên rhwng ei gwefusau llawn.

'Os w't ti'n talu.'

Roedd Dylan a Lowri ar eu cythlwng. Ciledrychodd Lowri ar ei wats; roedd hi'n chwarter wedi naw a doedden nhw ddim hyd yn oed wedi cael mynd i eistedd wrth y bwrdd, heb sôn am gael eu *starter*.

'Mwy o win, Dyl?' holodd Emyr, gan edrych i gyfeiriad y grisiau yn y gobaith o weld Bethan yn dod i lawr o'r llofft.

'Dwi'n iawn sti, diolch.'

Roedd pen Dylan yn troi fel roedd hi. Cymerodd ddyrnaid arall o gnau i geisio socian rhywfaint o'r alcohol.

'Wn i ddim be sy matar ar Andreas heno. Mae o'n setlo rêl boi fel arfar. Pwy faga blant?' chwarddodd Emyr a honno'n rhyw hen chwerthiniad bach ffals.

'A thedi-bêrs mor rhad 'te?' Taflodd Dylan gegiad arall o *pistachios* i mewn i'w safn.

Ond roedd hi'n amlwg nad *one off* oedd heno yng nghartref Emyr a Bethan. Roedd hi'n amlwg bod y ddau wedi hen arfer trampio i fyny ac i lawr y grisiau i ateb gofynion y bychan.

'Emyr!'

Daeth bloedd o fyny grisiau.

'Be?' gwaeddodd hwnnw yn ôl yn reit siort.

Doedd 'na fawr o ddefnydd ar y teclynnau a'r teganau yn y gist yn y llofft sbâr y dyddiau yma, a doedden nhw ddim yn debygol o gael eu defnyddio yn y dyfodol agos chwaith, meddyliodd Lowri.

'Mae o isio i chdi ddarllen stori iddo fo rŵan!'

'Blydi hel,' hisiodd Emyr o dan ei wynt. 'Dŵad rŵan.'

Diflannodd yntau i fyny'r grisiau gan adael Lowri a Dylan yn sbio ar ei gilydd a dim ond powlenni gwag o gnau ac *olives* yn gwmni iddyn nhw.

Ymhen hir a hwyr daeth Bethan i lawr y grisiau.

'Mae o yn y stêj cau mynd i gysgu ar hyn o bryd. Mi eith

i'w wely'n iawn ond ar ôl mynd mae o'n mynnu ein bod ni'n darllen stori ar ôl stori iddo fo . . . Mwy o ddiod? Dylan? Mwy o win?'

''Sa fiw i mi ar stumog wag.'

Rhythodd Lowri arno am fod mor gynnil â bricsen goncrit.

'Fydd Emyr ddim yn hir rŵan. Mae'r bychan yn penderfynu mynd i gysgu ar ôl rhyw bum stori fel arfer.'

Mi fydda *i* wedi mynd i gysgu ar y rât yma, meddyliodd Dylan, a'i fol yn rymblian yn swnllyd.

'Bethan!'

Daeth cri o fyny grisiau eto.

'Be?'

'Ma Andreas isio diod o lefrith!'

Ochneidiodd Bethan.

'Sgiwswch fi.'

Cododd unwaith eto i dendiad ar ei hepil.

'Helpwch eich hunain i fwy o gnau,' meddai wedyn, heb sylwi fod y cnau wedi hen orffen.

Roedd Dylan a Lowri yn amau'n gry bellach nad oedden nhw ddim am gael cegiad o fwyd y noson honno. Doedden nhw prin wedi gweld eu gwesteiwyr drwy'r nos. Ond, yn waeth na hynny, doedd 'na ddim math o arwydd o ôl coginio yn y gegin, heb sôn am oglau bwyd yn cael ei goginio.

'Reit,' cododd Dylan oddi ar y soffa.

'Lle ti'n mynd?' holodd Lowri'n syn.

'I chwilio am rywbeth i fyta, wir Dduw. Afal neu fanana. Rwbath.'

Roedd Dylan yn gallu mynd yn reit biwis os oedd o'n hir ei bryd. Ac mi oedd o'n hir iawn ei bryd erbyn hyn. Hir iawn hefyd.

Roedd y gwydriad mawr o win coch wedi arwain at botel o win rhwng Math a Seren. Ac er gwaetha'u cyfarfyddiad cynta'r diwrnod hwnnw yng nghegin Taliesin, llifai'r sgwrs a'r gwin rhyngddynt yn rhwydd. Roedd y ddau'n ffans mawr o'r band Jungle ac yn ystod y sgwrs soniodd Math ei fod newydd ddychwelyd o Amsterdam ar ôl bod draw yno ar benwythnos stag un o'i fêts.

'Cŵl o le. Aethon ni i un o'r coffi shops 'na ar gyrion y *red-light district* a fanno fuon ni drwy'r pnawn yn smocio wîd. 'Dan ni am fynd yn ôl yna i ddathlu 'mhen-blwydd i.'

Cododd Seren o'i sedd ac estyn ei mobeil. 'Sdim rhaid i ti ddisgwl tan hynny. Ty'd.'

'Pwy ti'n ffonio?'

'Tacsi. Dwi 'di yfed gormod i roi reid pilion i chdi.'

'Lle 'dan ni'n mynd?'

'I Crack House.'

'I le?'

'Tŷ dy dad a Lowri, siŵr Dduw.'

Wrth i'r ddau ddisgwyl yn y cyntedd am y tacsi, o gornel ei llygad sylwodd Seren ar griw o'r staff, gan gynnwys y rheolwr trwynsur, yn taranu i fyny'r grisiau moethus hefo bwcedi a mop. Mae'n rhaid bod y dŵr o fathrwm Paul yn dechrau dŵad drwy'r nenfwd. Gwenodd. Ond roedd Math yn syllu gormod ar Seren i sylwi ar ryw betha felly.

Mwg drwg

'Fedri di fy nhrystio i, sti,' meddai Math ar ôl i'r ddau gyrraedd yn ôl i'r tŷ. 'O'dd ddim rhaid i ti ista'n ffrynt efo'r dreifar. Ofn i mi neidio ar dy ben di oeddat ti?'

'Paid â bod mor ddiawledig o wirion,' oedd ateb swta Seren. 'Dwi ddim yn licio ista'n cefn ceir.'

'E?'

'Ma rhai pobol ofn pryfaid cop. Wel, dwi ddim yn licio ista yn seti cefn ceir.'

'Wiyrd. Ti'n rili wiyrd.'

Oedd, mi roedd Seren yn wahanol iawn i'r merched eraill roedd Math wedi dod ar eu traws. Dyna oedd yn ei gwneud hi mor atyniadol. Hynny a'r ffaith ei bod hi mor dlws. Uffernol o dlws a rhywiol mewn rhyw ffordd Lara Crofftaidd. Er gwaetha'i hun, ac er gwaetha'i berthynas â Stephanie, roedd o'n cael ei ddenu at Seren fel gwyfyn at gannwyll. Ei hagwedd twll-tin-i-bawb, ei hyder a'i rhywioldeb.

'Pryd ti'n disgwl Dad a Low yn ôl?' holodd, gan suddo i'r soffa ledr fawr, foethus.

'Dim syniad. Pam? Ofn i Dadi dy ddal di'n smocio w't ti?'

'Callia.'

Tynnodd yn ddwfn ar y sbliff.

'Lle gest ti'r stwff 'ma?'

'Hitia di befo,' gwaeddodd Seren o'r gegin wrth agor a chau cypyrddau'n wyllt. Roedd hi ar lwgu ac yn chwilio'n daer am rywbeth i'w fwyta.

'Ti'n uffar o hogan, sti.'

'Ti'n deud.'

'Ti ddim byd tebyg i dy chwaer.'

'Hanner chwaer,' cywirodd Seren. 'Hwda,' a thaflodd rywbeth i'w gyfeiriad. Daliodd y paced ac edrych yn syn arno.

'*Rice cakes*?'

'Does 'na uffar o ddim byd arall yma. Dim ond blincin *rice cakes* ac *oatcakes*.'

'Dim crisps?'

'Dwi'm yn meddwl bod Lows 'di bwyta crisps ers o leia nain-tin nainti tw.'

Cythrodd y ddau i'r *rice cakes*. Ar ôl cymryd brathiad, tynnodd Math wyneb.

'Ma rhain . . . ma rhain . . . . mor ffwcedig o ddi-flas.'

'Gwbod,' cytunodd Seren, gan dderbyn y *joint* oddi ar Math a chymryd drag.

'Ma 'na fwy o flas mewn cardbord.'

'Gwbod.'

'Na, dwi'n rong . . . Ma 'na well blas ar gardbord.'

'Gwbod.'

Pasiodd y *joint* yn ôl i Math.

'Ti'n siŵr dy fod ti'n chwaer i Lowri?'

'Hanner chwaer.'

'Ti'n siŵr dy fod ti'n hanner chwaer i Lowri, 'ta? Ti ddim byd tebyg iddi hi, sti.'

'Gwbod.'

'Lle ma nhw heno? Dad a dy chwaer?'

'Wmbo . . . O, yndw, dwi yn gwbod . . . . Wedi mynd i swper i dŷ rhyw ffrindia.'

'Ella gawn nhw grisps yna,' datganodd Math yn ddifrifol.

Dechreuodd y ddau biffian chwerthin, yn meddwl bod hyn yn hollol hilariws. Roedd y ddau'n bell allan o'u pennau.

'Neu *rice cakes*,' ategodd Seren.

Mwy o chwerthin afreolus.

Yng nghanol yr holl rialtwch canodd mobeil Math. Bustachodd i boced ei drowsus i'w estyn a chymryd cipolwg sydyn ar y rhif oedd yn goleuo'r sgrin. Pwysodd Math y botwm coch a diffodd yr alwad. Stwffiodd ei ffôn yn ei ôl i'w boced.

'Ti ddim am ateb o?'

'Na,' meddai'n ddidaro. Gwnaeth arwydd ar Seren i basio'r *joint* yn ôl ato. Cymerodd ddrag dwfn.

'Sori. Wn i ddim be sy'n bod arno fo heno,' ymddiheurodd Bethan yn llaes.

'Ella 'sa'n well i ni fynd,' awgrymodd Lowri.

'Ew, ia,' ameniodd Dylan, gan obeithio y byddai yna siop tsips yn dal ar agor ar y ffordd adra.

'Plis, peidiwch â mynd! 'Dan ni wedi bod yr edrach 'mlaen cymaint at eich cael chi'ch dau draw. Rhoi'r byd yn ei le a thrafod Mallorca ac ati.'

'Gweld hi'n mynd yn hwyr . . .' triodd Dylan eto.

'Dim ond . . .' Dychrynodd Bethan pan edrychodd ar ei wats. 'Tydi hi rioed yn ugain munud i ddeg? O, dwi mor sori! Wyddwn i ddim ei bod hi mor hwyr. Dwi heb gael cyfla i ddechra ar y startyr eto!'

'Fedrwn ni neud rwbath i helpu?' cynigiodd Lowri. 'Dangosa i ni lle ma pob dim ac mi helpwn ni, yn gnawn, Dylan?'

'Gnawn, siŵr. Dim problem,' meddai hwnnw ar hyd ei din, wedi rhoi ei fryd ar *cod*, tships a phys erbyn hyn.

'Dach chi'n siŵr? Fysa hynny'n grêt.'

Felly, am ugain munud i ddeg ar nos Sadwrn, dyna lle roedd Dylan mewn cegin ddiarth yn chwys drybola yn coginio stêcs tra oedd Lowri'n gosod y bwrdd i bedwar. Gwnâi'r ddau hyn i gyfeiliant byddarol Andreas yn swnian crio a Bethan ac Emyr, y ddau yn amlwg wedi cyrraedd pen eu tennyn, yn trio perswadio'r bychan yn ofer, i fynd i gysgu.

'Tasa fo'n hogyn i mi 'swn i wedi'i sodro fo ers meitin.'

'Wn i ddim sut fydd o pan ddaw'r babi,' sibrydodd Lowri.

'Gwaeth.'

'Fydd ein plentyn ni ddim fel'na, mi wna i'n siŵr o hynny.'

Roedd Dylan wedi meddwl y byddai ymddygiad y Tasmanian Devil i fyny'r grisiau wedi glastwreiddio dyhead Lowri i gael babi. Ond doedd hyd yn oed antics Andreas bach ddim wedi newid ei meddwl. Trodd y stêcs drosodd yn y badell yn ddeheuig. Roedd heno yn mynd i fod yn noson hir, meddyliodd. Ond roedd wythnos yn Mallorca yn mynd i fod yn lot, lot hirach.

'Ti'n ymesing o hogan, sti,' syllodd Math ar gorff siapus Seren.

'Wiyrd o'n i gynna.'

'Ti'n wiyrd hefyd.'

'O, diolch yn fawr!'

'A ti'n gorjys. Ded gorjys.'

'Ti ddim yn bad dy hun.'

Drwy niwl canabisaidd, edrychodd y ddau i fyw llygaid ei gilydd. Canodd mobeil Math unwaith eto.

'Ffyc,' ebychodd.

Edrychodd ar y sgrin. Yr un enw oedd yn fflachio eto: Steph.

'Ma rhywun yn cîn iawn i ga'l gafa'l arnat ti.'

'Neb o bwys.' Diffoddodd Math ei ffôn. 'Rŵan 'ta, lle oeddan ni?'

Tynnodd Seren tuag ato a'i chusanu. Cusanodd hithau yntau'n ôl yn galed.

Rhoddodd Dylan y goriad yn y drws. Diolch i Dduw eu bod nhw wedi cyrraedd adra. Roedd hi'n bell wedi hanner nos, ac am ei fod wedi bwyta mor hwyr roedd ganddo gythgam o gamdreuliad. Torrodd wynt eto.

'Atgoffa fi i ni beidio â mynd am swper at rheina eto tan fydd yr hogyn bach 'na wedi gadal cartra o leia.'

Sylwodd Lowri fod golau yn y lolfa a sŵn y teledu i'w glywed yn isel. 'Ma Seren yn dal ar ei thraed, ma rhaid.'

'Wel, dwi'n mynd i 'ngwely,' dylyfodd Dylan ei ên a dechrau dringo'r grisiau am y cae sgwâr. Stopiodd, gan sniffian yn uchel. 'Be 'di'r oglau 'na? Ydi'r hogan 'na 'di bod yn smocio wîd yn fy nhŷ i eto?'

'Paid â bod yn wirion, Dylan. Ogla *joss sticks* 'di o. Ma Seren yn licio tanio'r rheini, tydi?'

'Wel, ma'n ogleuo'n debyg ar y diawl i wîd i mi.'

Aeth Lowri drwodd i'r lolfa. Fysa hi ddim yn synnu bod Seren yn ei gwely ers meitin ac wedi anghofio diffodd y teledu a'r golau. Nid heno fyddai'r tro cynta i hynny ddigwydd. Ochneidiodd a diffodd y teledu. Roedd ar fin rhoi'r golau i ffwrdd pan sylwodd ar ddau wydr gwin gwag ar y bwrdd coffi. Gwenodd. Mae'n rhaid fod Paul wedi dod yn ei ôl efo hi. Falla y câi gyfle i'w gyfarfod o yn y bore. Roedd hi'n falch fod Seren ac yntau wedi cymodi. Roedd Seren yn haeddu ychydig o hapusrwydd yn ei bywyd.

Erbyn i Lowri gyrraedd ei gwely roedd Dylan yn chwyrnu'n braf. Roedd y ddwy Rennie wedi gwneud y tric ac wedi cael gwared â'i gamdreuliad. Roedd Lowri'n dal yn effro o hyd, felly darllenodd bennod neu ddwy o ryw nofel hanesyddol am sbel cyn dechrau teimlo'i llygaid yn trymhau. Caeodd y clawr a diffodd y golau.

O'r diwedd, ochneidiodd Seren. Roedd hi'n dechrau digalonni na fyddai Lowri byth yn mynd i gysgu. Roedd hi wedi bod ar binnau ers meitin, yn disgwyl i'r golau gael ei ddiffodd. Arhosodd am ryw ddeng munud i wneud yn siŵr fod Lowri'n cysgu, yna rhoddodd bwniad hegar i'r corff oedd wrth ei hochr.

'Cod! Gei di fynd rŵan! . . . Math!'

Cafodd Math bwniad caled arall yn ei asen.

'Mm?' mwmiodd rhwng cwsg ac effro, ddim yn siŵr iawn am eiliad lle roedd o.

'Cod!' sibrydodd Seren uwch ei ben.

Ymlwybrodd y ddau ar flaenau eu traed i lawr y grisiau. Cariai Math ei sanau a'i sgidiau yn ei law a chwifiai ei grys yn agored. Roedd Seren wedi'i wthio o'r stafell cyn iddo gael cyfle i orffen gwisgo amdano, bron.

'Tacsi. Rhaid i mi ffonio am dacsi,' sibrydodd yn uchel, yn trio rhoi ei sanau a'i esgidiau am ei draed. Roedd o wedi deffro rhywfaint erbyn hyn ac wedi sylweddoli ei bod hi'n bedair milltir dda, os nad mwy, o Taliesin i dŷ ei fam.

'Ffonia yn ben lôn am un,' gorchmynnodd Seren gan agor y drws iddo.

'Ond ma hi'n bwrw glaw!'

'So?'

Cyn i Math allu protestio mwy, rhoddodd Seren hwyth iddo drwy'r drws ffrynt fel petai'n gwthio rhyw hen frwsh llawr i mewn i gwpwrdd oedd yn orlawn yn barod ac yn gwrthod cau. Caeodd y drws yn ei wyneb heb hyd yn oed ddweud hwyl, gwd-bei na ta-ta wrtho.

Dringodd yn ôl i fyny'r grisiau a sleifio i'w gwely. Roedd yr ochr lle bu Math yn cysgu yn dal yn gynnes a gallai Seren arogli ei afftyrshêf ar y gobennydd. Gwenodd.

Roedd hi'n methu'n glir â mynd i gysgu. Roedd holl ddigwyddiadau'r diwrnod yn mynnu mynd rownd a rownd yn ei phen. Ei holl obeithion y byddai hi a Paul yn cymodi ac y byddai hi'n mynd yn ei hôl i Lundain yn chwilfriw. Roedd y sglyfaeth wedi'i chamarwain hi'n llwyr ac roedd y bastyn yn haeddu pob dim roedd o'n ei gael. Yn gynharach, roedd hi wedi derbyn tecst ganddo yn ei damio hi i'r cymylau am yr holl ddifrod roedd hi wedi'i wneud i'w stafell o. Roedd y gwesty yn bygwth mynd â fo i'r llys, medda fo. Wel, eitha gwaith â'r diawl.

Ni cheir y chwerw heb y melys, meddan nhw. Neu ai ni cheir y melys heb y chwerw oedd yr ymadrodd? meddyliodd. Wel, beth bynnag oedd o, roedd ail ran y diwrnod wedi bod yn felys iawn, a gwenodd iddi'i hun. Roedd hi wastad wedi meddwl fod y secs efo Paul yn grêt, ond o'i gymharu â Math, wel, doedd o ddim yn yr un cae. A-blydi-mesing! O, cachu rwtsh, meddyliodd wedyn. O fewn ychydig oriau i'w gilydd, roedd hi wedi cysgu efo dau ddyn.

'Ffwc, ti'n goman, Seren,' datganodd yn uchel wrthi'i hun. Ond nid yn unig roedd y secs wedi bod yn wych, roedd Math yn gwmni gwych hefyd. Theimlodd hi erioed fel yna tuag at unrhyw ddyn o'r blaen. Ond mi roedd 'na un maen tramgwydd. Un mawr. Yn anffodus, mi roedd o mewn perthynas yn barod. Trystio'i lwc hi. Rhoddodd gynnig arall ar fynd i gysgu, ond mynnai wyneb Math a'i wên wthio i'w meddyliau. Dychmygodd ei wefusau meddal ar ei rhai hi, yn ei chusanu'n galed unwaith eto. Ei ddwylo'n ei chyffwrdd yn dyner, yn ei mwytho, yn crwydro . . .

Blydi hel, Seren, callia 'nei di, ceryddodd ei hun. Cododd o'i gwely a mynd i neud paned.

Roedd Lowri hefyd wedi deffro. Roedd hi'n amau iddi glywed sŵn drws yn cau. Breuddwydio roedd hi, mae'n rhaid. A hithau wedi deffro, roedd hi'n methu'n lân â mynd yn ôl i gysgu. Un wael oedd hi am gysgu ar y gorau. Ond roedd hi'n waeth y dyddiau yma. Roedd gormod o bethau ar ei meddwl.

Roedd pob dim yn un cawdel mawr yn mynd rownd a rownd yn ei phen: yr achos llys mawr yr oedd hi yn ei ganol; ei hanallu i feichiogi; ei mam yn mynnu tecstio lluniau cŵn ati bob munud. Ac ar ben hynny i gyd roedd Dylan, fel y byddai bob amser ar ôl cael gormod o win, yn chwyrnu. Penderfynodd godi i wneud paned iddi hi ei hun.

Troediodd i'r gegin a phan roddodd y golau 'mlaen, bu bron iawn iddi â neidio allan o'i chroen. Pwy oedd yn eistedd wrth y bwrdd yn syllu i'r gwagle ond Seren.

'Be ti'n neud yn fama yn ista yn y tywyllwch?' ebychodd Lowri'n syn.

'Methu cysgu dwi,' atebodd Seren yn gryg.

'Pam? Be sy? Be sy 'di digwydd?'

Sipiodd Seren ei the. 'Paul.'

'Be amdano fo?'

''Dan ni 'di gorffen. Go iawn tro 'ma.'

'Be? Ond o'n i'n meddwl . . .'

'Peth meddal uffernol ydi hwnnw, dallta.'

'Be ddigwyddodd?

Adroddodd Seren yr hanes. Fel yr oedd Paul a hithau wedi cael pryd o fwyd bendigedig, y ddau wedi bod yn sgwrsio a mwynhau cwmni ei gilydd, fel petai'r ddau heb fod ar wahân. Soniodd fel roedd o wedi'i siomi hi, mai dim ond bonc fach gyfleus oedd hi iddo fo mewn gwirionedd. Ei fod o'n berffaith hapus hefo'i wraig, diolch yn fawr iawn, a heb unrhyw fwriad yn y byd o'i gadael hi am Seren. Soniodd hi ddim am y difrod a wnaeth hi i'w stafell o chwaith.

'Ma mor ddrwg gin i, Seren. Pan welis i'r ddau wydr gwin, 'nes i feddwl ei fod o yma efo chdi . . .'

'Pa wydrau gwin?' Cofiodd Seren yn sydyn. 'O, na . . . na. Math o'dd hwnna.'

'Math? Math-Math, 'lly. Math, mab Dylan, ti'n feddwl?

'W't ti'n nabod Math arall 'ta?'

'Be o'dd o'n ei neud 'ma? O, na . . . Paid â deud wrtha i . . .'

'Welis i o ym Mhlas Drudion fel o'n i'n gadal. Gynigiodd o brynu diod i mi, ac yn y mŵd o'n i ynddo fo, pam ddiawl ddim. Fuon ni'n siarad a cha'l laff a dyma ni'n dau yn dod yn ein holau i fama a . . .'

'Plis, paid â deud wrtha i dy fod ti a fo wedi . . .?' torrodd Lowri ar ei thraws. 'Mae o a Steph yn mynd efo'i gilydd ers blynyddoedd.'

'Wel, dwi'm yn meddwl ei fod o'n hapus iawn efo hi, 'de. Reit, dwi'n mynd yn ôl i 'ngwely.' Cododd Seren o'r gadair a cychwyn o'r gegin. Stopiodd a throi yn ei hôl. 'Ydi'n iawn i mi aros efo chi am dipyn bach eto? O'n i wedi meddwl y byswn i ar fy ffor' yn ôl i'r ddinas fawr ddrwg ar ôl gweld Paul heddiw, ond yn amlwg . . . tydw i ddim.'

'Ty'd yma!' Wrth weld y dagrau'n llenwi llygaid ei chwaer, gafaelodd Lowri'n dynn ynddi, 'Wrth gwrs y cei di.'

'Diolch,' sniffiodd Seren. 'Wn i ddim be 'swn wedi'i neud na lle 'swn i wedi mynd hebddat ti sti, Low.'

'Dyna be ma chwiorydd yn da, 'te?'

Gwenodd Seren, er gwaetha'i dagrau. Wyddai hi ddim yn iawn pam roedd hi'n crio chwaith – ai oherwydd Paul neu'r ffaith fod Math eisoes mewn perthynas siriys a ddim ar gael. Roedd hi'n amau mai'r ail oedd y gwir reswm.

Lle iawn i farw

Pan ddatganodd Lowri wrth Dylan fod Seren wedi derbyn ei gwahoddiad i fynd hefo nhw ar wyliau i Mallorca, roedd Dylan o'i go'.

'Blydi hel, Lowri! 'Nest ti ddim meddwl gofyn fy marn i cyn gofyn iddi hi? Rêl chdi. Tydi 'marn i'n cyfri uffar o ddim, nac ydi?'

'Dwi'm yn gweld be ydi dy broblem di efo hi'n dŵad efo ni.'

'Be ydi'r broblem? Ma hi'n ddigon drwg ei bod hi'n byw efo ni, heb sôn ei bod hi'n dod ar wyliau efo ni hefyd.'

'O'dd gin i biti drosti hi. Ma hi wedi bod yn reit isel ar ôl yr holl fusnes 'na efo Paul. Mi neith wsnos bach yn yr haul godi ei chalon hi.'

'A pwy sy'n talu am ei ffleit hi? Y chdi, mwn.'

Anwybyddodd Lowri'r sylw, 'Ma'r fila'n hen ddigon mawr i bawb. Mwya'n byd, gora'n byd. Gawn ni hwyl.'

'Hy! Hwyl i bwy?'

Roedd treulio wythnos yng nghwmni todler a'i dantryms yn ddigon drwg, ond rŵan, ar ben hynny, roedd yn mynd i gael y pleser o gwmni ei chwaer yng nghyfraith hefyd. Gwin da a chwmni da roedd Dylan yn eu deisyfu. Ac yn bwysicach fyth, llonydd a thawelwch i lenydda. Ond doedd 'na ddim gobaith cael yr un o'r ddau hefo Andreas a Seren o gwmpas y lle.

Mi roedd y profiad o orfod ista mewn awyren am dros ddwy awr a mwy yng nghwmni'r todler teirblwydd oed wedi bod yn sialens i'w bum gyd-deithiwr, a dweud y lleia. Trodd Seren foliwm ei iPhone reit i fyny er mwyn boddi ei swnian a cheisiodd Dylan a Lowri ddarllen tipyn, ond roedd canolbwyntio'n anobeithiol rhwng y crio, y cnadu a'r cicio. Er bod Bethan wedi dweud wrtho fo sawl gwaith am beidio â chicio'r sedd o'i flaen, roedd Dylan druan wedi gorfod diodda'r bychan yn cicio'i sedd yn ddi-baid am y rhan fwyaf o'r daith. Gwenodd Seren wrthi'i hun pan dalodd Dylan y pwyth yn ôl. Wedi cael mwy na llond bol, fe bwysodd y botwm yn ei sedd gan achosi i honno fynd yn ei hôl yn wyllt i wyneb y bychan. Crio mawr oedd yr hanes wedyn, wrth gwrs.

Siomedigaeth gynta Seren oedd deall nad yn Santa Ponsa yr oedden nhw'n aros. Roedd hi wedi bwriadu treulio'r rhan fwyaf o'i hamser ar y Main Strip yn Magaluf. Joio drwy'r nos tan yr oriau mân ac wedyn cysgu drwy'r dydd, un ai ar y traeth neu o flaen y pwll. Nefoedd! Rhyw gwta ddeng munud o Magaluf oedd Santa Ponsa, y ddau le yn ne'r ynys. Ond na, nid yn Santa Ponsa yr oedd y fila ond yn ardal Pollenca, yng ngogledd yr ynys – tref Rufeinig hynafol oedd dros awr a mwy o wylltni Magaluf. Damiodd o dan ei gwynt o'r sedd flaen wrth i Dylan wibio ar hyd y draffordd tuag at y gogledd.

Edrychodd Dylan a Lowri'n hurt arni pan ddatganodd ym

maes parcio maes awyr Palma nad oedd hi ar unrhyw gyfri yn mynd i eistedd yng nghefn y car.

'Am be?' holodd Lowri, yn methu credu ei chlustiau.

'Dwi ddim yn licio ista yng nghefn ceir.'

'Paid â bod mor ddiawledig o wirion! Pam ddim?' holodd Dylan

'Dwi jyst ddim, ol-reit! A' i'n . . . a' i'n sâl yn y cefn.'

Edrychodd Dylan a Lowri ar ei gilydd.

'No wê dwi'n mynd i'r cefn!'

Heb unrhyw air pellach, agorodd Lowri un o'r drysau cefn ac aeth i mewn ac eistedd yn dawel yn y sêt ôl. Roedd hi wedi sylwi ar y panig yn llais ei chwaer a synhwyrai fod mwy i hyn nag ofn bod yn sâl yn y car.

Be nath i mi feddwl mai Santa Ponsa ddudodd Lowri? meddyliodd Seren. Drwy'r ffenest sylwodd ar fynyddoedd uchel y Serra de Tramuntana a'u copaon wedi'u cuddio dan gymylau llwyd. Ymlaen ac ymlaen y gyrrodd Dylan ar hyd y draffordd. Sylwodd Seren, ymhen sbel, eu bod yn gadael yr arfordir ac yn ei throi hi i gyfeiriad y mynyddoedd. Darllenodd yr arwydd ar ochr y ffordd, Valle de Colonya; lle ddiawl ydan ni? Daeth rhyw hen natur cyfog arni. Damia'r blydi troadau 'ma, meddyliodd. Caeodd ei llygaid a cheisio anadlu i mewn drwy ei thrwyn ac allan drwy ei cheg. Ddim hwn oedd y Mallorca roedd hi'n gyfarwydd ag o, ac yn ei garu. Lle roedd y clybiau? Y bariau? Y siopau?

Ymhen hir a hwyr trodd y Renault Scenic i fyny rhyw ffordd gul, droellog eto, ac ar ôl gyrru am ryw hanner milltir, daeth clamp o fila foethus i'r golwg.

''Dan ni yma,' cyhoeddodd Dylan yn smyg i gyd.

Hefo'i ddawn nafigetio gwych, roedden nhw wedi llwyddo i gyrraedd heb gymryd yr un tro anghywir, na gorfod troi yn eu holau. Na chwaith ofyn am gyfarwyddiadau.

Daeth y tri allan o'r car gan edrych o'u cwmpas.

'Waw!' ebychodd Dylan gan godi ei sbectol haul oddi ar ei drwyn a'i gosod am ei ben er mwyn cael golwg well.

Dim ond ers rhyw flwyddyn neu ddwy roedd y fila wedi'i hadeiladu. Roedd yn adeilad hynod drawiadol, yn edrych i lawr dros dawelwch dyffryn Valle de Colonya. Doedd 'na ddim adeilad arall, hyd yn oed gwt gafr, i'w weld am filltiroedd.

'Fama 'dan ni'n aros?' holodd Seren mewn anghrediniaeth.

'Ia, tydi o'n ffantastig?' gwenodd Lowri, gan gerdded yn ei blaen er mwyn cael golwg well ar yr olygfa banoramig o'u blaenau. Golygfa wych o fynyddoedd y Tramuntana a'r dyffryn.

'Ond does 'na ddim byd yma!'

''Drycha ar yr olygfa wych 'na!'

'Mynyddoedd a llwyth o wyrddni?'

'Lle i enaid ga'l llonydd,' dyfynnodd Dylan yn fyfyrgar. Roedd o'n teimlo'r awen yn rhyw ystwyrian tu fewn iddo'n barod. Estynnodd am y llyfr nodiadau bach y byddai wastad yn ei gario a dechrau ysgrifennu'n wyllt ynddo.

'Lle iawn i farw,' mwmiodd Seren o dan ei gwynt.

'O, mam bach! 'Drychwch ar faint y pwll nofio gwych 'ma!' ebychodd Lowri, wedi dotio.

'Well gin i lan-môr.'

Eisteddodd Seren ar un o'r gwelyau haul yn bwdlyd.

Tynnodd ei sbectol haul oddi ar ei thrwyn. Fel ei hwyliau, roedd yr awyr wedi cymylu. Roedd ei phlaniau wedi mynd i'r gwellt yn lân. Roedd Magaluf o leia awr neu hyd yn oed fwy i ffwrdd – lot rhy bell a rhy ddrud iddi allu piciad yno efo tacsi neu fws fel roedd wedi'i fwriadu. Cachu rwtsh! Dyma hi wedi edrych ymlaen at wythnos wyllt o yfed a chlybio, ond yn hytrach, dyma hi yn dinambyd hefo criw boring uffernol a thodler teirblwydd oed oedd isio slap.

Ar y gair, pwy gyrhaeddodd ar frys gwyllt ond y Gwilymiaid. Brêciodd Emyr y Ford Focus yn galed ar y graean. Pan ddaeth o a Bethan allan o'r car roedd golwg wedi ymlâdd ar y ddau. Y ddau'n edrych fel tasan nhw newydd deithio rownd y byd ac yn ôl, yn hytrach na hedfan o Fanceinion i Mallorca. Ac o'r wyneb tin oedd ar Bethan, roedd hi'n amlwg fod 'na ffraeo hyll wedi bod yn y car hefyd. Ar ôl cymryd y troad anghywir, roedd y Ffordyn wedi landio yng nghanol Puerto Pollensa, tref wyliau lan-y-môr brysur. Ac fe fuon nhw am hydoedd yn trio nafigetio'u ffordd allan o fanno. Yn ôl ei arfer, roedd Andreas yng nghanol tantrym, ac yn gwrthod yn lân â dod allan o'r car. Roedd 'na ôl taflyd i fyny arno fo hefyd.

'O'r diwedd! Lle dach chi 'di bod?' gwaeddodd Dylan uwchben gweiddi Andreas.

'Paid â gofyn,' mwmiodd Bethan o dan ei gwynt, gan frasgamu i gyfeiriad y fila. 'Emyr!' gwaeddodd heb droi yn ei hôl. 'Sortia di Andreas a'r cesys. Dwi'n mynd am *lie down*.'

Ochneidiodd Seren. Be uffar oedd hi'n neud yn fama efo'r rhein? meddyliodd.

Deffrôdd. Roedd rhyw sŵn wedi'i deffro hi. Ond ddim yr

un sŵn ag oedd wedi cadw pawb yn ddeffro am oriau neithiwr, sef nadu Andreas. Doedd o ddim yn licio'i wely. Mi oedd o isio'i wely bach adra ac mi oedd o isio mynd adra, wir. Roedd hi'n bell wedi dau o'r gloch y bore arno'n tewi ar ôl iddo grio'i hun i gysgu yn y diwedd. Na, sŵn gwahanol oedd hwn. Cododd Seren ar ei heistedd. Na ... Doedd hi rioed?

Cododd o'i gwely a throedio ar hyd y llawr derw. Agorodd y llenni trymion ac edrych yn syn drwy'r drysau Ffrengig. Roedd hi'n tywallt y glaw. Clec arall. Roedd hi'n gwneud mwy na thywallt y glaw, roedd hi hefyd yn goleuo mellt ac yn taranu.

Cachu rwtsh! Pa mor ddrwg allai petha fod? Aeth yn ei hôl i'w gwely gan roi ei phen o dan y dillad, wedi pwdu go iawn.

Fflach mellten.

Clec taran arall.

Nid Andreas oedd yr unig un oedd isio mynd adra.

Mi fwriodd hi yn solat am ddau ddiwrnod. Doedd y glaw ddim i'w weld yn poeni Dylan na Lowri. Ond doedd yr un o'r ddau'n addoli'r haul, beth bynnag. Tueddu i losgi oedd croen Lowri a thueddu i chwysu oedd Dylan.

Cynhyrfodd hwnnw'n lân pan sylwodd ar y lle tân cerrig yn y lolfa a bod modd cynnau tân go iawn ynddo. Er ei bod hi'n ganol mis Awst, roedd Dylan yn benderfynol o gynnau tân. Ac ar ôl sawl ymdrech a sawl rheg, llwyddodd i gynnau tanllwyth o dân hefo'r coed oedd wedi'u darparu ac yno bu'r ddau'n ymlacio. Er ei bod hi braidd yn boeth.

Yn fuan iawn roedd o yn ei seithfed nef, wedi llwyr

ymgolli yng ngwaddol llenyddol yr Eisteddfod. Yn ôl ei arfer blynyddol, roedd o wedi prynu cyfrol y Daniel, y Fedal Ryddiaith a'r Beibl Mawr, wrth gwrs – *Y Cyfansoddiadau*. Mi roedd o wedi cystadlu ar y Goron eto eleni, am y trydydd tro. Roedd o'n grediniol y tro yma fod ganddo siawns go lew o'i hennill hi. Ond unwaith eto eleni, gosodwyd ei ymgais yn yr ail ddosbarth. Roedd o wedi darllen y feirniadaeth ganwaith ac yn ei gwybod hi ar ei go' bellach. Mi roedd o'n dal o'r farn doedd y tri beirniad yn dallt dim.

Aeth Lowri a Dylan i dref Pollenca yr ail ddiwrnod, ond oherwydd y tywydd fe benderfynon nhw beidio â cherdded y grisiau enwog, y Puig de Calvari, er mwyn cyrraedd yr eglwys fechan ar ben y bryn. Doedd 'na fawr o bwynt iddyn nhw gerdded y tri chant a phump o risiau i ben y bryn a nhwythau ddim yn gallu gweld yn bellach na'u trwynau. Ond mi gawson nhw orig ddifyr yn mochel rhag y glaw dan anferth o ymbarél yn y Placa Major, tu allan i dŷ bwyta, yn yfed coffi a siocled poeth yng nghysgod eglwys y Nostra Senyora dels Angels. A phan ddaeth cawod drom, aeth y ddau i mewn i'r eglwys i gysgodi am sbel gan edmygu ei ffenest gron, liwgar. Yr unig beth a darfodd ar fwynhad Dylan oedd cael ei atgoffa gan Lowri y byddai'n ofiwletio drennydd.

Welwyd mo lliw tinau Emyr, Bethan nac Andreas am y ddau ddiwrnod, er mawr ryddhad i'r tri arall. Gan nad oedd modd i Andreas chwarae yn y pwll na mynd i lan y môr chwaith, ar y diwrnod cynta aeth y tri i Palma, prifddinas Mallorca. Llwyddwyd i fodloni a thawelu'r hogyn drwy addo mynd i siop deganau a phrynu tegan newydd iddo fo. Ar yr ail ddiwrnod aeth y tri'r holl ffordd i Cabes Blanes, yn ne'r ynys, i ymweld â Marineland, er mwyn i Andreas gael gweld y dolffin, y pengwin a'r morlew.

Pwdu yn ei stafell yr oedd Seren. Gwnaeth hi'n glir nad oedd ganddi hi affliw o ddiddordeb yn y Mallorca yma. Ddim dyma be oedd hi wedi'i ddisgwyl o bell ffordd! Waeth 'sa hi wedi cael ei chladdu'n fyw, ddim. Lle oedd y neit-leiff, y bariau a'r clybiau? Ac yn waeth na hynny, lle oedd y blwmin haul?

Ond o leia cafodd pawb noson dda o gwsg yr ail noson. Roedd Andreas wedi dechrau ar ei stranciau – yn mynnu cael stori ar ôl stori. Yn wir, mi ddarllenodd Lowri a Dylan ddwy stori yr un iddo fo. Roedd hi wedi deg o'r gloch a'r pedwar wedi cyrraedd pen eu tennyn.

''Sa chi'n licio i mi drio'i ga'l o i gysgu?' holodd Seren yn reit ddidaro.

Roedd hi wedi llwyddo i anwybyddu'r ffracas am bwl drwy gau ei hun yn ei stafell wely yn gwrando ar fiwsig ar y foliwm uchaf un yn ei chlustiau ar ei iPhone.

'Chdi?' datganodd Bethan yn syn.

'Wel, ma pawb arall 'di trio,' meddai Dylan, a rhyw hen natur cur yn ei ben ganddo erbyn hyn.

'A 'dan ni wedi trio pob dim arall,' meddai Emyr wedyn, yn desbret. Mi oedd o wedi gobeithio y byddai Andreas wedi bihafio'n well ar eu gwyliau. Ond roedd hi'n amlwg mai breuddwyd ffŵl oedd peth felly. Os rhywbeth, mi oedd o'n waeth.

'Can croeso i ti drio!' Roedd Bethan yn dyheu am fynd i'w gwely ei hun a chael noson dda o gwsg. Roedd yr ail feichiogrwydd 'ma'n dweud arni.

Aeth Seren drwodd i stafell wely Andreas. Pasiodd Emyr y llyfr stori iddi.

Ysgydwodd Seren ei phen, 'Fydda i ddim angen hwnna. Jyst caewch y drws ar eich hola.'

Gadawodd y ddau gwpwl y stafell, gan adael llonydd i Seren hefo'r bychan. Eisteddai'r pedwar yn y lolfa'n clustfeinio. Roedd Andreas yn dal i igian crio ond pan ddechreuodd Seren siarad yn dawel hefo fo, o dipyn i beth, distawodd y crio ac yna stopio'n gyfan gwbl. Ymhen llai na phum munud daeth hi drwodd i'r lolfa.

Cododd Bethan ar ei thraed, 'Be sy? Ydi o'n iawn?'

'Mae o'n cysgu'n braf.'

Edrychodd y pedwar ar ei gilydd yn methu credu'r peth, cyn camu ar flaenau eu traed yn ôl i'r stafell i sbecian ar y bychan. Ac yn wir, dyna lle roedd o, yn cysgu'n braf a'i fawd yn ei geg. Roedd y Tasmanian Devil wedi'i weddnewid yn angel bach. Roedd ei fam a'i dad a Dylan a Lowri'n gegrwth.

'Mae'n gaddo hi'n braf fory,' datganodd Dylan amser swper y noson ganlynol.

Ers iddyn nhw gyrraedd doeddan nhw, hyd yma, ddim wedi cael cyfle i fwynhau unrhyw bryd bwyd allan yn yr awyr iach, gan fanteisio ar y teras bendigedig oedd yn edrych i lawr ar y dyffryn.

'Haleliwia!' ebychodd Emyr gan weld ei hun o'r diwedd yn cael cyfle i dorheulo wrth ochr y pwll.

'Andreas, plis, paid â gneud hynna, cariad bach, 'di o ddim yn neis,' meddai Bethan yn glên.

Roedd bys Andreas ymhell bell i fyny'i drwyn fel petai'n cloddio am aur.

'Pam?' holodd y bychan gan astudio'r snot melynwyrdd anferth oedd ar ei fys cyn ei roi yn ei geg.

Bu bron iawn i Seren gyfogi yn y fan a'r lle. Cael a chael oedd iddi gyrraedd y lle chwech mewn pryd. Yna, aeth drwodd i'r gegin i nôl glasiad o ddŵr. Yfodd o ar ei ben ac yna pwysodd ymlaen yn erbyn y sinc gan syllu i'r tywyllwch y tu allan.

Daeth Lowri drwodd i nôl potel arall o *cava* o'r ffrij.

'Ti'n ocê?' holodd.

Nodiodd hithau ei phen.

'Ti'm yn edrach yn ocê. Ti'n welw iawn.'

'Dwi'n siŵr 'mod i'n hel rhwbath . . . byg ella. A dwi'm yn cysgu'n dda 'ma . . . Gwely diarth.'

'O leia o'dd Andreas yn dawel neithiwr. Dŵad i mi, sut gest ti o i fynd i gysgu mor handi?'

'O, ddudis i os na 'sa fo'n mynd i gysgu'n hogyn da, yna mi fysa 'na fonstar yn dod yma i'w nôl o a'i fyta fo.'

'Blydi hel, Seren! 'Nest ti rioed ddeud hynna wrth yr hogyn bach? Ti ddim ffit!'

'Wel, o leia gaeodd y brat bach ei geg wedyn, 'do?'

'Ty'd, awn ni drwodd i agor hon,' meddai Lowri, gan chwifio'r botel *cava* yn ei llaw.

'Dwi'n meddwl yr a' i i 'ngwely.'

'Ti'n siŵr dy fod ti'n iawn? Ti ddim i weld yn chdi dy hun ers i ni gyrradd 'ma.'

'Yndw.'

'Go iawn?'

'Jyst . . . Wel . . . Jyst ddim dyma be o'n i wedi'i ddisgwl, 'lly.'

'Be ti'n feddwl?'

'Wel, pan ddudoch chi bo' chi'n mynd i Mallorca.'

'Be oeddat ti'n ei ddisgwyl 'ta?'

'Ddim rhyw fila yn ganol nunlla a hitha'n piso bwrw, dduda i hynna wrthat ti.'

'Oeddat ti'n disgwyl mwy o *sun*, *sea* a *sex*, ella?'

'Wel, o leia'r *sun* a'r *sea*, 'de.'

Tarfwyd ar eu sgwrs gan oleuadau a sŵn car yn cyrraedd y fila.

'Mae o 'di cyrraedd. Oeddan ni ddim yn ei ddisgwl o mor gynnar.'

'Disgwl pwy?'

'Math.'

'Math? Be mae o'n neud 'ma?'

'Mae o'n aros efo ni am weddill yr wsnos. 'Nes i ddim sôn? Penderfyniad munud ola. Gweld bod 'na ddigon o le yn yr *annexe*.'

Yn union fel roedd y rhagolygon yn gaddo i'r tywydd wella, hefo dyfodiad Math roedd y rhagolygon i Seren fwynhau ychydig o sbort a sbri, a phwy a ŵyr be arall, yn edrych yn addawol iawn. Falla y câi hi ymweld â Magaluf wedi'r cwbl.

'Duwcs, waeth i mi gymryd gwydriad efo chi ddim,' meddai hi gan gymryd y botel oddi ar Lowri.

Falla ei bod hi ar y *rebound* ar ôl Paul, ond allai hi ddim meddwl am neb gwell na Math i'w helpu hi i ddod dros ei thor calon.

Daw eto haul ar fryn . . .

'Na welliant, meddyliodd Seren, gan wenu.

Pan agorodd hi'r llenni'r bore wedyn, roedd yr awyr yn las, las ac yn ddigwmwl, a'r haul yn gwenu ar ei orau.

Roedd hi am gynnig i Math fynd efo hi i Magaluf y noson honno. Mi fyddai'n fwy o hwyl efo dau. Falla y byddai Dylan yn fodlon eu danfon nhw, tasan nhw'n gofyn yn glên iddo fo. Dim ond tacsi un ffordd fydden nhw ei angen wedyn. Biti fod Math wedi mynd i'w wely'n gynnar neithiwr hefyd, meddyliodd. Ond roedd o wedi bod ar ei draed ers pump, medda fo, ac wedi ymlâdd. Ar ôl dau wydriad o *cava*, roedd y cradur yn pendwmpian ar y soffa, yn hen barod am ei wely.

Yn gorffen gwisgo roedd Seren pan glywodd gnoc ysgafn ar y drws. Lowri oedd yno, yn cynnig iddi hi fynd efo hi a Dylan i Cap de Formentor.

'Ti ffansi dŵad efo ni?'

'Pwy sy'n mynd i gyd?'

'Dim ond Dyl a fi.'

'Dim diolch.'

'Ty'd yn dy flaen.'

'Be sy 'na?'

'Wel, goleudy, a 'dan ni am fynd i'r traeth a . . .'

'Goleudy?'

'Ia, ma 'na olygfeydd anhygoel i'w gweld ar y ffordd yna, meddan nhw.'

'Os dwi isio gweld goleudy, a' i i Ynys Lawd. Dwi'm yn bwriadu symud o fama. Melanoma neu beidio. Ella fydd hi'n piso bwrw eto fory.'

Ond, wrth gwrs, ddim yr haul oedd yr unig atyniad yn y fila y diwrnod hwnnw.

Er mwyn achub y blaen ar y fflyd o ymwelwyr a fyddai'n heidio i'r man mwya gogleddol ar yr ynys, roedd Lowri a Dylan wedi hen fynd. Newydd adael am y traeth ryw gwta chwarter awr i ffwrdd yn Cala Sant Vicente yr oedd Bethan, Emyr ac Andreas. Cawsant eu dal 'nôl am sbel am eu bod yn methu cael hyd i un o sandalau'r bychan. Ar ôl chwilio a chwalu am oesoedd, cafwyd hyd iddi, o'r diwedd, yn y bin bach o dan sinc y gegin. Doedd dim angen dyfalu pwy oedd wedi'i rhoi hi yno.

Gorweddai Seren yn ei bicini gorau ar un o'r gwelyau haul o flaen y pwll. Roedd hi wedi dechrau 'laru disgwyl i Math lanio, ond ymhen hir a hwyr gwnaeth ei ymddangosiad ar y teras. Hefo'i wallt yn dal yn wlyb ar ôl cael cawod, meddyliai Seren ei fod yr un sbit â Kit Harrison.

'Lle ma pawb?'

Tynnodd ei sbectol haul er mwyn edmygu'r olygfa o'i flaen yn well.

'Ma Lowri a Dylan wedi mynd i weld rhyw oleudy ac ma'r tri arall wedi mynd i lan-môr.'

Diolchodd ei bod wedi penderfynu gwisgo'i bicini newydd y bore hwnnw. Gwyddai ei bod yn edrych yn dda ynddo fo. Sylwodd ar edrychiadau edmygus Dylan ac Emyr yn gynharach. Yn wir, bu bron iawn i lygaid Emyr neidio allan o'i ben pan gerddodd Seren i'r gegin yn ei thop bicini blodeuog, pinc a'r siorts bach gwyn, tyn.

'Ma gin honna bwbis lot mwy na bwbis Mam,' datganodd y bychan yn uchel wrth ei dad pan oedd y ddau'n cael brecwast.

Ceryddodd Emyr ei fab am siarad â'i geg yn llawn. Ond allai yntau ddim llai na chytuno'n dawel bach wrth iddo lygadrythu ar y bronnau siapus.

'Lle braf,' meddai Math ar ôl cyrraedd y pwll.

'Fedra i feddwl am lefydd lot brafiach,' mwmialodd Seren.

'Ma'r fila 'ma'n ymesing.'

'Mm.'

'Tawel ydi hi yma, 'de?'

'Yn hollol.'

Roedd Seren yn ymwybodol iawn fod Math wedi eistedd ar y gwely haul drws nesa i'w gwely hi gan fod ei gorff cyhyrog newydd gysgodi'r haul ac achosi i'w breichiau a'i choesau fynd yn groen gŵydd i gyd.

'O'n i ddim yn disgwl dy weld di 'ma.' Tynnodd Math ei sbectol haul oddi ar ei ben a'i rhoi hi ar ei drwyn rhag disgleirdeb yr haul. 'O'n i ddim yn meddwl ei fod o dy fath di o beth. Gwylia mewn fila efo Dad, Lowri a'u ffrindia.'

'Tydi tŷ yng nghanol nunlla a thywydd shit ddim yn be 'swn i'n 'i alw'n holides. Fysa waeth 'sa nhw wedi rentio tŷ yn Llanfairynghornwy ddim.'

Chwarddodd Math, 'Ti'n iawn. Mae o braidd yn bell o bob man. *So*? Pam ti 'ma 'ta?'

'Fysat ti'n gwrthod holide am ddim? O'n i ddim yn meddwl y bysa fo dy deip ditha o holide chwaith. Pam w't ti 'ma, 'ta?'

''Run peth â chdi. Cynnig rhy dda i'w wrthod. Soniodd Dad fod 'na *annexe* ar gael. Dim ond ffleit oeddan ni ei angen wedyn.'

Gobeithiai Seren ei bod wedi'i gam-glywed.

'Ni?' Llyncodd ei phoer.

'Ia. Steph a finna. Ar y ffordd i'r maes awyr i'w nôl hi ydw i rŵan. O'dd hi wedi mynd i barti ieir un o'i ffrindia y penwythnos 'ma ac o'dd raid iddi gael ffleit o Glasgow bora 'ma.'

'Jet-set go iawn.' Roedd mwy na thinc o surni yn llais Seren.

'A deud y gwir,' edrychodd Math ar ei wats, 'fysa'n well i mi ei throi hi. Cha' i ddim byd ond ceg os fydda i'n hwyr.' Cododd Math ar ei draed, a medda fo wedyn cyn gadael, ''Swn i'n rhoi eli haul 'swn i'n chdi. Ti'n dechra llosgi.'

A gyda'r cyngor doeth yna'n atseinio yn ei chlustiau, g'leuodd Math i Palma i groesawu ei gariad.

'Ma'r tebygrwydd yn anhygoel!' datganodd Lowri pan gafodd pawb gyfle i gyfarfod Steph yn hwyrach. 'Mi fysa hi'n gallu bod yn efell iddi hi.'

Roedd Lowri a Bethan wedi dotio bod Stephanie mor debyg i Pippa Middleton.

'People are always commentating on the resemblance,'

gwenodd, gan ddangos dwy res o ddannedd claerwyn, perffaith, a fflicio'i gwallt hir, tywyll, sgleiniog yn ôl.

'Your dad didn't use to work for British Airways, did he?' meddai Dylan yn gellweirus, gan tsiecio'r un pryd a oedd ganddi gystal pen-ôl â'i *doppelgänger*.

'No,' atebodd hithau'n ddifrifol. 'He works for Coca-Cola. He's the Chairman of the UK board actually. Why?'

Roedd hi'n amlwg nad am ei synnwyr digrifwch yr oedd Math yn mynd allan efo hon, meddyliodd Dylan.

Manteisiwyd ar y tywydd braf y noson honno trwy fwyta allan ar y teras. Ar ddiwedd y pryd trodd Stephanie at Math.

'Well, are we going to tell them?' meddai'n wên o glust i glust.

'Tell us what?' holodd Dylan gan lenwi ei wydr hefo mwy o win.

'You're not pregnant?' ebychodd Lowri. Mi fysa hynny'n coroni'r cwbl, meddyliodd. Nain, a hithau ddim hyd yn oed yn fam eto.

'Good God, no!' chwarddodd Stephanie gan roi taw ar ei hofnau'n syth.

'Dwi a Stephanie,' meddai Math gan ryw fwmian.

'English, please, Math.'

Ond roddodd Stephanie ddim cyfle i Math fynd yn ei flaen gan ei bod wedi penderfynu gwneud y cyhoeddiad '*in English*' ei hun.

'Math has asked me to marry him and I've said yes. We've also set a date. April the sixth next year, my birthday!' A fflachiodd Stephanie ei llaw gan ddangos clamp o fodrwy ddyweddïo *solitaire* a oedd, tan y cyhoeddiad mawr, wedi'i chuddio ganddi.

Bonllefau o longyfarchiadau gan bawb, heblaw un.

Wrth gusanu ei ddarpar ferch yng nghyfraith ar ei boch gresynodd Dylan nad oedd hi'n siarad iaith y nefoedd ac nad oedd ganddi unrhyw fwriad o'i dysgu hi chwaith, hyd y gwelai o. Roedd hi'n bur debygol felly na fyddai ei wyrion a'i wyresau yn ei siarad hi chwaith.

Dim ond Lowri sylwodd ar wyneb ei chwaer yn disgyn. Roedd gobeithion Seren y bore hwnnw am swae yn Magaluf hefo Math, heb sôn am ddim byd arall, wedi'u chwalu'n shitrwns.

'Sgiwsiwch fi,' mwmiodd, gan godi oddi wrth y bwrdd.

'Ti'n iawn?' holodd Lowri hi.

'Yndw. Jyst wedi blino. Gormod o haul.' Yna edrychodd i fyw llygaid Math. 'Congratulations,' meddai'n swta.

Ar ôl glasiad neu ddau o *cava* i ddathlu, esgusododd Math a Steph eu hunain a diflannu i'r *annexe*.

'Diawl lwcus,' meddai Emyr o dan ei wynt wrth Dylan. 'Betia i di nad trafod y *wedding list* ma'r ddau i mewn yn fanna. Ond dwi'n siŵr fod 'na hen drin a thrafod ar ei *wedding tackle* o!'

'Be 'di wedin tacl?' holodd y mochyn bach efo clustiau mawr.

'Rhwbath ti'n ei iwsio i bysgota,' atebodd Emyr ei fab. 'Fysa'n well i'r hogyn 'ma fynd i'w wely, dwa', Beth?'

'Dos di â fo 'ta,' brathodd Bethan, oedd yn trio'i gwneud ei hun yn gyfforddus yn ei chadair, ac yn methu.

Cododd Emyr yn anfoddog, 'Ty'd, Andreas. Eith Dad â chdi eto heno, ia?' Gafaelodd y bychan yn llaw ei dad yn ufudd, 'Wyddoch chi be? Mi fysa Seren yn medru dysgu un neu ddau o betha i Supernanny ynglŷn â sut i drin plant, dwi'n siŵr.'

Dwi'n amau'n fawr y bysa honno'n cytuno hefo dulliau Mary-Seren-Poppins hefyd, meddyliodd Lowri, gan wenu iddi'i hun.

'Reit, pwy sydd isio mwy o win?' meddai Dylan, gan godi oddi wrth y bwrdd.

'Ti ddim yn meddwl dy fod ti wedi cael digon yn barod?' meddai Lowri wrtho drwy'i dannedd.

Aeth yn ei blaen i restru'r jin a'r tonics gafodd o cyn bwyd, wedyn y gwin coch hefo bwyd, heb sôn am y botel *cava*. Roedd hi wedi darllen ar y we bod alcohol yn gallu bod yn niweidiol iawn i ansawdd sberm, ac wedi rhoi cwota wythnosol ar gyfanswm alcohol Dylan.

'Dwi ar fy holides, Low,' brathodd yn ôl yn finiog gan ei 'nelu hi am y gegin.

Roedd Dylan wedi cael mwy na llond bol ar Lowri'n cadw tabs arno rownd y ril. Yn rheoli a chadw golwg ar faint roedd o'n ei yfed a be oedd o'n ei fwyta. Fuodd Dylan erioed mor iach. Doedd ddim wedi cael annwyd ers cyn co', diolch i'r holl lysiau a ffrwythau roedd yn gorfod eu bwyta, heb sôn am y myltifitamins a brynai Lowri iddo.

Roedd o bron wedi anghofio sut beth oedd cael llonydd i fwyta ac yfed beth bynnag roedd o isio a hyd yn oed gwisgo'r math o drôns roedd o'n dymuno'u gwisgo.

Mynnai Lowri mai *boxer shorts* llac a wisgai. Roedd gan Dylan hiraeth am glydwch y *pure cotton cool and fresh slips* o Marks a arferai gadw ei grown jiwals yn ddiddos. Doedd dim peryg hefo rheini i'r wialen ben piws ddianc na chwaith i'r gyset rwbio'n boenus yn erbyn yr afl. Fel y digwyddodd iddo fo pan aeth efo'r ysgol i wylio rhyw gynhyrchiad awyr agored o'r ddrama Branwen un tro. Er mwyn gweld y perfformiad, gorfodwyd iddynt gerdded milltir a mwy ar hyd lôn *single track* a thrampio wedyn drwy ddau gae yn trio'u gorau i osgoi'r baw defaid. Fuodd Dylan erioed mor falch pan roddodd Branwen ei hochenaid olaf, gan dorri ei chalon ar lan afon Alaw a marw wrth y bedd petryal. Yr unig ddrwg oedd bod raid trampio'n ôl yr holl ffordd wedyn cyn cyrraedd y bws mini. Gofynnodd i'w gyd-athro oedd yn dreifio i wneud *detour* bach sydyn ar y ffordd 'nôl i'r ysgol heibio Asda Llangefni, er mwyn iddo allu prynu Savlon i wella'i ddolur.

Ar ddiwrnod arall, aeth Lowri i dop caets pan sylwodd ei fod o wedi cadw ei ffôn symudol ym mhoced ei drowsus.

'Mi all y *radio waves* ffeithio ar dy sberm di, Dyl!' gwaeddodd, wedi mynd i banig llwyr.

Rhybuddiodd o hefyd i beidio â meiddio rhoi ei *laptop* ar ei lin, ond yn hytrach, ar y bwrdd neu'r ddesg bob amser.

Roedd o hyd yn oed wedi anghofio sut beth oedd cael rhyw normal – rhyw lle doedd Lowri ddim yn tsiecio'i thymheredd a'i miwcys gynta cyn cytuno i'r weithred. Rhyw lle nad oedd Lowri'n ei wthio oddi arni yn syth ar ôl gorffen caru er mwyn propio'i thin i fyny hefo dwy glustog ac wedyn gorwedd yna'n llonydd fel corff am hanner awr.

Y gwir amdani oedd bod gan Lowri fwy o ddiddordeb yn ei sberm na'i bidyn bellach. Oedd, meddyliodd, roedd popeth yn cylchdroi er budd ei sberm: be sy orau i'r tacla bach. Uffar o ots am ddim byd arall, fel lles ei enaid a lles eu perthynas. Dim ond ei blydi sberm. Feddyliodd Dylan erioed y byddai'n casáu ei sberm ei hun cymaint.

Tolltodd wydriad mawr arall o win coch.

'Aw!' cwynodd Bethan, gan rwbio'i bol a cheisio gwneud ei hun yn gyfforddus eto.

'Cicio mae o?' holodd Lowri.

'Cicio? Mwy fel neud jiwdo! Dydi'r diawl bach ddim yn stopio.'

Gwyddai Bethan ac Emyr mai hogyn bach arall roedd hi'n ei gario ar ôl holi adeg y sgan. Roedden nhw'n awyddus i gael gwybod beth oedd rhyw'r babi o flaen llaw er mwyn paratoi Andreas i ymgynefino â'r syniad o gael brawd bach.

'Ga' i deimlo?' amneidiodd Lowri i gyfeiriad bol chwyddedig ei ffrind.

'Cei, siŵr.'

Rhoddodd Lowri ei llaw yn ysgafn a gofalus ar fol Bethan a theimlodd droed neu fraich fach yn pwnio'n galed.

'Deimlis i hynna!' gwenodd, wedi dotio. 'Mae'n anodd credu bod 'na berson bach tu mewn yn fanna.'

'Dwi'n gwbod. Mae o fatha bod 'na *alien* bach wedi cymryd fy nghorff i drosodd. Fedra i'm gwitsiad i gael fy nghorff yn ôl, dwi'n deud wrthat ti.'

Gwenodd Lowri'n wanllyd, 'Sgin ti ddim llawer i fynd rŵan. Faint s'gin ti ar ôl?'

'Ryw saith wsnos, diolch byth. Dwi'n teimlo bod y naw mis wedi llusgo tro 'ma.'

Syllodd Lowri'n eiddigeddus ar bwmp Bethan. Pam fod bywyd mor annheg?

Gweld sêr

Ugain munud wedi hanner nos. Roedd Seren yn methu cysgu. Roedd hi wedi bod yn troi a throsi ers oriau. Roedd cymaint o bethau yn mynd rownd a rownd yn ei phen.

Sodia hyn, meddyliodd. Cododd o'i gwely a mynd i'r gegin. Agorodd a chaeodd y cypyrddau gan geisio gwneud cyn lleied o sŵn â phosib. Ym mha gwpwrdd roedd Dylan wedi cadw'r gwin coch?

Bingo!

Estynnodd un o'r poteli a'i hagor. Thrafferthodd hi ddim i estyn gwydr. Datglodd ddrws y teras, ei agor fymryn, a thanio sigarét. O, wynfyd, meddyliodd. Penderfynodd fynd i eistedd allan wrth y pwll ar un o'r gwelyau haul hefo'i photel o win. Roedd ganddi ofn am ei bywyd i Lowri, oedd mor ffroendenau, arogli mwg sigarét yn y fila.

Wrth iddi gamu i lawr o'r teras roedd yr awel yn gynnes braf, a'r goleuadau *halogen* isel fel petai'n dangos y ffordd iddi ffoi.

Teimlodd ei hun yn ymlacio'n braf wrth i'r gwin a'r nicotin gael effaith arni.

Tolltodd wydriad arall iddi hi ei hun a'i flasu'n foddhaus.

Edrychodd i fyny i'r awyr. Roedd hi'n noson berffaith glir, y lleuad yn olau a'r miloedd ar filoedd o sêr yn wincio arni. Chwythodd gylchoedd mwg gan eu gwylio'n hofran am sbel uwchben y pwll, cyn iddynt ymchwalu. Daeth rhyw deimlad o fodlonrwydd mawr drosti, teimlad nad oedd hi wedi'i brofi erioed o'r blaen. Y funud honno, teimlai mai hi oedd yr unig berson ar wyneb y ddaear. Dim ond cân y *cicadas* a sioncyn y gwair a gadwai gwmni iddi. Eisteddodd felly am sbel yn syllu ar y sêr ac ar adlewyrchiad y lleuad ar wyneb y pwll.

Tarfwyd ar ei llonyddwch.

Clywodd sŵn ddrws y teras yn agor ac yna lais, 'Methu dallt pwy o'dd allan 'ma.'

Anwybyddodd Seren y sylw a chymryd dracht mawr arall o'r botel win.

'Be ti'n neud allan 'radag yma o'r nos? 'Ta "bora" ddylwn i ddeud.'

Daeth perchennog y llais yn agosach.

'Ca'l llonydd,' atebodd hithau'n sych.

'Ma hwnnw fel aur.'

'Be ti'n da ar dy draed?'

'Godis i i fynd i'r tŷ bach ac i nôl diod, ac o'n i'n ama' 'mod i'n gweld golau tân sigarét wrth y pwll. O'n i'n meddwl mai byrglar o'dd 'na.'

Cymerodd Seren ddrag hir arall o'i sigarét, 'Na, dim ond fi.'

'Ti'n bwriadu yfed y botel 'na i gyd dy hun fach?'

'Dwi ddim yn meddwl y bysa dy ddyweddi di'n hapus iawn tasa hi'n dy ffeindio di allan yn fama yn yfed efo hogan arall.'

Edrychodd Seren i fyw llygaid Math.

'Rhaid i ni jyst gneud yn siŵr na neith hi ffeindio allan, felly, bydd?'

Eisteddodd wrth ei hochr ar y gwely haul a chymryd swig hegar o'r botel win a'i phasio'n ôl iddi. Eisteddodd y ddau am yn hir felly mewn tawelwch. Y ddau'n syllu ar y sêr.

'Ti'n gwbod y noson 'na . . .' gostyngodd Math ei lais.

'Pa noson rŵan?' edrychodd Seren i fyw ei lygaid yn herfeiddiol.

'Ti'n gwbod . . . pan aethon ni'n dau yn ôl i Taliesin a . . .'

'O, honno. Be amdani?' gofynnodd Seren iddo, gan drio'i gora glas i roi'r argraff ei bod hi prin yn cofio am ba noson yr oedd Math yn sôn, er bod y noson wedi'i saernïo ar ei chof.

'Dwi ddim rili'n cofio lot ond . . .'

'Paid â phoeni dim, dw inna'm chwaith, deud y gwir,' torrodd Seren ar ei draws. Doedd hi ddim am roi'r cyfle iddo fo ddweud wrthi mai mistêc oedd mynd yn ôl i Taliesin efo hi ac mai mistêc oedd cysgu efo hi.

'O, reit, wel . . . ym . . . Wel, dwi'n falch ein bod ni wedi clirio'r aer. Dallt ein gilydd, 'lly.'

Tawelwch eto rhwng y ddau heblaw am sŵn swnllyd sioncyn y gwair.

Blydi hel, meddyliodd Math gan gymryd dracht mawr arall o win. Mi roedd o wedi gwneud llanast go iawn o bethau. Byth ers y noson honno roedd o'n methu cael Seren allan o'i ben. Ar ôl mynd yn ei ôl i Fryste roedd o wedi bwriadu dod â'i berthynas efo Stephanie i ben. A dweud y gwir, doedd pethau ddim wedi bod yn wych rhwng y ddau ers sbel. Rhyw hen ffraeo a checru yn ddi-baid, ond ar ôl y noson honno yng nghwmni Seren, gwyddai nad oedd dyfodol iddo fo a Steph. Ar ôl cyrraedd Bryste, aeth yn syth draw i'w fflat, heb hyd yn oed ddadbacio. Cyn iddo hyd yn oed gau'r drws ar ei ôl, dechreuodd ar ei araith, honno roedd o wedi bod yn ei pharatoi'n drylwyr a'i hymarfer drosodd a throsodd yn ei ben yn y car yr holl ffordd.

'Steph, we need to talk, I think . . .'

Ond chafodd o ddim cyfle hyd yn oed i orffen ynganu ei frawddeg agoriadol, cyn i Steph dorri ar draws yn beichio crio.

'I think I'm pregnant . . .'

Lloriwyd Math yn llwyr.

'But how?'

Cwestiwn dwl os buodd un erioed gan gofio mai milfeddygaeth oedd pwnc Math yn y brifysgol. Roedd Steph i fod ar y bilsen. Soniodd am ryw fŷg pedair awr ar hugain roedd hi wedi'i gael ychydig wythnosau'n ôl, a'i bod yn edrych yn debyg bod hwnnw wedi effeithio ar effeithlon-rwydd y bilsen.

Ffyc, meddyliodd. O, ffyc.

Er nad oedd Steph eisiau rhoi Math o dan unrhyw bwysau o gwbl, nac ar unrhyw gyfri eisiau iddo deimlo o dan unrhyw orfodaeth, gwyddai'n iawn y byddai ei mam a'i thad yn siŵr o dderbyn y newyddion am y babi yn llawer iawn gwell petaen nhw'n bwriadu priodi a bod modrwy ddyweddïo ar ei bys. Gwell fyddai torri'r newyddion da yma gynta, cyn gollwng y grenâd fod 'na fabi ar y ffordd hefyd. Byddai ei mam a'i thad yn siŵr o'i hesgymuno fel arall, meddai hi wrth Math. Roedd y ddau'n bobol grefyddol iawn, meddai hi wedyn ar yr un gwynt. Synnodd Math pan glywodd hyn; doedd Giles nac Ingrid ddim wedi'i daro fel y math o bobol oedd yn mynychu unrhyw fath o gwrdd. Dyma gwpl oedd yn gwybod yn iawn sut i fwynhau eu hunain. Y ddau wedi bod, sawl tro, i ŵyl Glastonbury a'r ddau'n mwynhau pythefnos yn yr haul yn eu fila yn Ibiza bob blwyddyn.

Beth bynnag oedd Math, doedd o ddim yn un i anwybyddu ei gyfrifoldebau. Falla'i fod o wedi cysgu efo hogan arall, ond doedd o ddim yn gymaint o fastad â gorffen efo Steph a hithau newydd gyhoeddi ei bod hi'n disgwyl. Ddim y fo fyddai'r cyntaf, na'r olaf, i orfod priodi mam ei blentyn.

Ond, wythnos ar ôl prynu'r fodrwy ddyweddïo a'r ddau ar eu ffordd adra o gartref Steph ar ôl parti mawr i ddathlu'r dyweddïad, datganodd Steph fod ei misglwyf wedi landio. *False alarm* mae'n rhaid, meddai gan chwerthin yn ysgafn. Yr un pryd, cododd ei llaw chwith i fyny. Syllodd yn edmygus ar y *solitaire* anferth ar ei bys oedd yn disgleirio yng ngolau'r lampau stryd. Doedd 'na ddim dwywaith nad oedd Stephanie wedi gwnïo ei din o go iawn.

'Dwi'n licio sêr,' datganodd Seren gan dorri ar y mudandod.

'Mi ddylat ti. A chditha 'di cael dy enwi ar ôl un ohonyn nhw.' Pwyntiodd Math i'r nos. 'Weli di hwnna – fel bocs efo cynffon? . . . Ti'n ei weld o?'

'Yn lle?'

Symudodd Math yn nes ati hi a theimlodd Seren ei glun yn cyffwrdd â'i choes.

'Fanna,' pwyntiodd Math gan symud yn agosach eto.

Gallai Seren arogli ei afftyrshêf. 'Sbia – ma nhw fatha siâp sosban. Weli di?'

'O, ia. Da 'ŵan.'

'Wel, yr Ursa Major Constellation ydi honna, neu'r Great Bear fel mae'n cael ei galw. Ac os edrychi di i fyny wedyn, i'r dde, weli di seren ddisglair?'

'Gwelaf.'

'Seren y gogledd, Polaris, ydi honna. Dwy seren ti'n eu gweld mewn gwirionedd. Ers talwm, honna oedd y morwyr yn ei dilyn er mwyn gwbod lle'r o'dd y gogledd.'

'Sut w't ti'n dallt y dalltings gymaint am sêr?'

'Dad ddysgodd fi amdanyn nhw pan o'n i'n hogyn bach.'

Cymerodd Math swig arall o'r gwin.

'Ma 'na rwbath reit sbesial am fod allan yr adeg yma o'r nos, 'does?'

'Blydi ymesing.'

'Ti'n iawn,' gwenodd Math, gan edrych i fyw llygaid Seren. 'Blydi ymesing.'

Rywsut, rywffordd, roedd yr awyrgylch rhyngddyn nhw wedi newid. Heb dorri gair, symudodd Math gudyn o wallt Seren o'i llygaid gan fwytho'i boch yn dyner. Ond tarfwyd ar y foment pan glywyd sŵn drws y teras yn agor. Gwahanodd y ddau fel petaen nhw wedi cael sioc drydan.

'O, chi'ch dau sydd allan 'ma,' datganodd Lowri mewn syndod wrth agosáu atynt.

'Reit, well i mi fynd . . .' Ciledrychodd Math ar Seren cyn codi ar ei draed. 'Wela i chi'n bora.'

Diflannodd i fyny'r grisiau gan gau drws y teras ar ei ôl.

Doedd o ddim yn siŵr a ddylai fod yn ddiolchgar i Lowri am darfu ynteu a ddylai ei damio hi.

'Roeddech chi'ch dau i'ch gweld yn *cosy* iawn,' meddai Lowri'n awgrymog.

Eisteddodd wrth ochr Seren, yn yr union fan lle roedd Math yn eistedd eiliadau ynghynt.

'Tasat ti heb landio, ella 'sa ni 'di bod yn fwy *cosy*,' datganodd Seren yr un mor awgrymog, gan danio sigarét arall.

'Seren! Ma'r hogyn newydd ddyweddïo!'

'So?'

'So? Ond dydi o ddim yn iawn. Pam na ffeindi di ddyn sengl, wir? Be 'di'r dynfa 'ma s'gin ti at ddynion sydd mewn perthynas yn barod? Cael dy frifo 'nei di.'

'Dwi'n ddigon hen a gwirion i neud fy nghamgymeriadau fy hun, diolch yn fawr iawn i ti.'

'Felly dwi'n gweld.' Cymerodd Lowri'r botel oddi ar ei chwaer a chymryd swig hegar. 'Er, dwi ddim yn gweld bai arna chdi chwaith.'

'Be ti'n feddwl?'

'Math.'

'Be amdano fo?'

'Taswn i ryw ddeng mlynedd yn fengach a ddim yn briod efo'i dad o . . .'

'Dwi'n siŵr ei fod o'n nes at dy oed di na'r Dylan 'na. Dal yn methu dallt be welis ti ynddo fo.'

''Dan ni'n meddwl mynd am dro i Palma fory. Wyt ti am ddŵad efo ni?'

'No wê.'

'Ty'd yn dy flaen.'

''Sa well gin i sticio pinna yn fy llgada.'

Cododd Seren oddi ar y gwely haul.

'Ti ddim yn mynd i dy wely, rŵan?'

'*As if*! Dwi'n mynd i nôl potel arall. Ma hon yn wag.'

'Ty'd â dau wydr efo chdi,' gwaeddodd Lowri ar ôl Seren. Doedd swigio o botel win ddim cweit ei steil hi.

Pan ddaeth Seren yn ei hôl, bu'n bron iawn iddi ollwng y botel a'r ddau wydr ar y llawr.

'Be uffar ti'n neud, Low?' ebychodd wrth weld Lowri ar fin tynnu ei choban dros ei phen. Roedd ei *dressing gown* eisoes ar y llawr.

'*Skinny* dipio. Ti'n dŵad?' Plymiodd Lowri i'r pwll tywyll.

Doedd dim rhaid iddi ofyn ddwywaith. Rhoddodd Seren y botel win a'r ddau wydr i lawr ar y bwrdd bach gerllaw. Stripiodd o'i chrys-T a'i siorts bach a neidio i mewn ar ôl ei chwaer fawr.

'Blydi hel! Mae o'n oer!' sgrechiodd, gan nofio i gyfeiriad Lowri.

'Paid â bod yn gymaint o fabi, wir!' chwarddodd Lowri, gan ddechrau ei sblasio.

'Rho'r gora iddi!' gwichiodd Seren a dechrau sblasio'n ôl, yn galetach os rhywbeth.

Sgrechiodd Lowri. Y ddwy wedyn am y gorau i sblasio'i gilydd.

Yn sydyn, goleuwyd yr holl deras a bu bron iawn i'r ddwy gael eu dallu gan y disgleirdeb.

'Be uffar dach chi'ch dwy'n feddwl dach chi'n neud? Dach chi'n gwbod faint o'r gloch ydi hi?' Safai Dylan yn ei byjamas a'i slipars yn nrws y teras a chroen ei din yn amlwg ar ei dalcen.

'Blewyn newydd basio blewyn!' gwaeddodd Lowri'n ôl a dechreuodd y ddwy biffian chwerthin, y ddwy'n amlwg yn feddw.

'Ty'd i mewn atan ni, Dyl!' gwahoddodd ei chwaer yng nghyfraith a dechrau sblasio i gyfeiriad Dylan.

Wedi iddo sylwi ar y goban a'r crys-T a'r siorts wedi'u lluchio ar y llawr gerllaw, gwawriodd ar Dylan fod ei wraig a'i chwaer yng nghyfraith yn gwbl noeth.

'Dewch allan o'r pwll 'na, rŵan!' ordrodd yn styrn.

'Take a chill pill, Dyl bach!' gwaeddodd Seren yn ôl a dechrau mynd amdani go iawn i sblasio'i chwaer.

'Dwi ddim yn deud eto! Dewch allan o'r pwll 'na. Rŵan. Y funud 'ma. Lowri!' Roedd Dylan wedi mynd i'r *mode* athro go iawn erbyn hyn.

'Ffyc off, Dyl!'

Pwy oedd newydd ymuno hefo Dylan ar y teras ac wedi clywed datganiad Lowri, ond Bethan ac Emyr. Roedd yr holl chwerthin, y gweiddi a'r sgrechian wedi'u deffro nhwythau hefyd.

'Be sy'n mynd 'mlaen . . . Blydi hel . . .' ebychodd Emyr wrth weld y ddwy chwaer yn joio.

'Lowri?' Methai Bethan gredu ei llygaid, bod Lowri, o bawb, am hanner awr wedi un o'r gloch y bore mewn pwll nofio yn feddw ac yn noeth.

Ar ôl sychu a gwisgo, eisteddai Lowri a Seren yn magu mygiad mawr o de i gynhesu ar y soffa yn y lolfa. Doedd dim sôn am fynd i gysgu gan yr un o'r ddwy. Roedd dŵr oer y pwll wedi deffro'r ddwy drwyddynt. Roedd Dylan, ar y llaw arall, ar ôl llwyddo i'w perswadio ymhen hir a hwyr i ddod allan, wedi mynd yn ôl i'w wely, yn amlwg yn bell o fod yn hapus ynglŷn ag antics y ddwy.

'Ers i Seren ddod i'n bywydau ni, mi wyt ti wedi newid, Lowri,' roedd o wedi'i ddweud wrthi'n flin pan gamodd hi o'r pwll. Daliai dywel mawr o'i blaen i guddio'i modesti, er bod ei 'siop' i gyd wedi cael ei harddangos ychydig funudau ynghynt.

'Dwi ddim yn meddwl fod Mistar Grympi'n hapus iawn efo chdi, *sis*,' amneidiodd Seren i gyfeiriad stafell wely Lowri a Dylan.

Ochneidiodd Lowri, 'Dim ots gin i. 'Nes i joio fy hun beth bynnag. A deud y gwir, dwi ddim wedi joio fy hun gymaint ers talwm iawn, iawn.'

'Ti ffansi Magaluf nos fory 'ta?'

Gwenodd Lowri, 'Dwi ddim yn meddwl.'

'Pam ddim? Ty'd 'laen. Yli laff 'sa ni'n dwy'n ga'l. Dwi'n gwbod dy fod ti awydd.'

'Dwi yn y dog-hows yn barod.'

'So? Be ti'n da efo hen ddyn fel'na eniwe? Ma'n amser i chdi ga'l gafa'l ar fodel fengach, sti.'

'Ti'n meddwl?'

'Gwbod, 'li. Ffycar boring di Dyl, 'de?'

'Seren! Paid â galw 'ngŵr i'n ffycar boring!'

'Wel, ma'n wir. Tydi o'n gneud dim byd ond chwara golff a sgwennu ryw blincin *poems*.'

'Ella 'mod i'n licio'i fod o fel'na.'

'Be – yn boring?'

'Tydi Dyl ddim yn boring!' protestiodd Lowri unwaith yn rhagor.

'Tydi o ddim yn Mr Ecseiting, nachdi?'

'Fel o'dd Dad, ti'n feddwl?'

'Be?'

'Wel, mi o'dd hwnnw'n *exciting* a *glamorous* ar bapur, toedd? Drymar mewn grŵp a hynna i gyd. Ac yli sut nath o drin Mam a dy fam ditha.'

'Yn hollol. Fuodd o rêl bastard efo Mam. Oeddet ti'n gwbod ei fod o'n ei churo hi?'

'Na wyddwn i.'

'Diolch byth ei bod hi wedi cael digon o gyts i'w adal o yn diwedd . . . Eniwe, 'na ddigon am y ffycar yna. Dwi'n nacyrd, dwi'n mynd i 'ngwely.'

Edrychodd Lowri ar ei ffôn. 'Mae'n hanner awr wedi pedwar!' ebychodd. 'Shit. Mi fydd Dylan isio cychwyn am Palma ben bora.'

'Pam? Mae o ar ei holides.'

'Dylan, 'de. Ty'd efo ni.'

'I Palma?

'Ty'd yn dy flaen. Gei di ista yn y ffrynt os lici di.'

'Be?'

'Gei di ista'n ffrynt.'

'No wê.'

'Be ydi'r hen lol wirion 'ma sy gin ti yn gwrthod ista yn y cefn, beth bynnag? 'Nest ti wrthod mynd i'r cefn ar y ffordd i'r maes awyr hefyd.'

'Ofn mynd yn sâl car dwi.'

'Ti'n hen iawn i fod yn diodda o hwnnw. Na, mae o'n fwy nag ofn mynd yn sâl car. Welis i'r panig ar dy wyneb di.' Roedd Lowri fel ci efo asgwrn ac yn benderfynol o fynd at wraidd ffobia Seren ynglŷn â seti ôl ceir. 'Be ddigwyddodd, Seren?'

Ddeudodd Seren ddim byd am sbel. Yna, taniodd sigarét. Gwyddai Lowri nad dyma'r lle na'r amser i wrthwynebu arferiad afiach ei chwaer.

Ymhen hir a hwyr, datganodd Seren, gan syllu i'r gwagle, 'Fues i mewn damwain car.'

'Pryd?'

'Pan o'n i'n hogan fach. Pan o'n i ryw bump oed. Mi o'dd tad Sioned, fy ffrind i, yn danfon ni'n dwy adra o barti pen-blwydd Catrin, o'dd yn 'run dosbarth â ni. Cofio ni'n canu "Fuoch chi 'rioed yn morio?" yn y sedd gefn. Mi ddaeth y car 'ma o rwla, syth atan ni. *Head on*. Glywis i Mam yn sôn wedyn bod y dreifar wedi ca'l hartan wrth y llyw. Mi gafodd tad Sioned ei ladd yn y fan a'r lle . . . a Sioned . . . Oedden nhw'n methu fy ngha'l i allan o'r sedd ôl. O'n i'n styc. Mi fuodd dynion y frigâd dân a'r dynion ambiwlans yn trio am hydoedd. Roedden nhw ofn i'r car fynd ar dân. Tasan nhw wedi bod ryw ugain eiliad arall, mi fysa'r car yn wenfflam . . . Hyd yn oed heddiw, bob tro dwi'n arogli ogla petrol, dwi'n ôl yn set ôl y car 'na. Weithiau, cyn mynd i gysgu, dwi'n dal i allu clywed sŵn y torrwr hydrolig yn rhwygo to'r car i ffwrdd . . . Fydda i'n meddwl am Sioned yn aml. Pam ges i fy arbed a hithau ddim . . . Hi o'dd fy ffrind gora i.'

Gwenodd Seren yn wan. Cymerodd ddrag hir o'i sigarét a sychu'r dagrau oedd yn rhedeg i lawr ei boch efo'r llaw arall.

Dim rhyfedd fod Seren mor anghyfforddus yn teithio

mewn unrhyw gar, yn enwedig yn y sedd ôl, meddyliodd Lowri.

'Mae mor, mor ddrwg gin i, Seren,' sibrydodd yn dawel.

Cofleidiodd ei chwaer fach yn dynn. Roedd y dagrau'n llifo i lawr ei hwyneb hithau.

Llyncu pry

Ddiwrnod ar ôl i Lowri ddychwelyd o Mallorca y daeth yr alwad.

'Meddwl 'swn i'n gadal i ti wybod 'mod i'n dal ar dir y rhai byw, a dwi wedi gweld cocapŵs ar y we, y rhai dela welist ti, ar werth yng Ngwalchmai.'

'Helô, Mam. Do, diolch. Gafon ni amser braf iawn, diolch am ofyn.'

Anwybyddodd Rhiannon goegni ei merch ac aeth yn ei blaen, 'Ddo' i efo chdi i'w gweld nhw os leci di. Ma 'na rai aur a rhai du ar werth 'na. Ma nhw'n ddigon o sioe.'

'Ylwch, Mam, sawl gwaith sy rhaid i mi ddeud? Dwi ddim isio ci.'

'Mi fysat ti, tasat ti'n gweld rhein. Dos ar y We rŵan i ga'l lwc.'

'Sgin i ddim amser i sbio ar ryw gŵn. Os a' i i chwilio am rywbeth, chwilio am siwt newydd ar gyfer gwaith wna i. Dim chwilio am gocapŵs!'

'Awn ni i Gaer ddydd Sadwrn,' meddai Rhiannon fel bwled.

'I chwilio am gocapŵs?'

'Paid â siarad yn wirion. I chwilio am siwt, siŵr.'

Doedd Lowri ddim eisiau mynd i Gaer i chwilio am siwt fwy nag oedd hi eisiau bwled yn ei phen, ond mi gafodd hi ddos dda o euogrwydd, wrth i'w mam edliw nad oedd hi wedi gweld ei merch ers dros bythefnos a hanner. A doedd neb cystal â Rhiannon am roi llwyaid go fawr o hwnnw. Ac felly y ffeindiodd Lowri ei hun yn treulio'r dydd Sadwrn yng Nghaer efo Myddyr.

Trefnwyd y byddai Rhiannon yn ei nôl hi am hanner awr wedi naw. Chwarter wedi deg landiodd hi. Ar ôl cael hyd i le parcio, roedd hi'n tynnu am amser cinio. Doedd sgiliau parcio Rhiannon ddim y rhai gorau o bell ffordd. Roedd y ffaith fod 'na sensors ar din ei char wedi arbed sawl tolcan. Gwichiai'r rheini mewn protest fod Rhiannon o drwch blewyn gwybedyn i daro'r wal y tu ôl iddi. Atgoffodd Lowri ei hun i wneud yn siŵr mai hi fyddai'n dreifio'r tro nesa. Hynny ydi, pe byddai yna dro nesa, meddyliodd wedyn, wrth i Rhiannon stolio'r car am yr ail waith y diwrnod hwnnw. Wrth gwrs, doedd y sodlau uchel oedd am draed ei mam yn fawr o help i'w sgiliau dreifio.

'Reit 'ta, cinio,' cyhoeddodd Rhiannon, wedi llwyddo i gloi'r car o'r diwedd, ar ôl gwneud i'r larwm ganu deirgwaith.

Byddai paned o goffi a rhyw frechdan sydyn wedi gwneud y tro'n iawn i Lowri. Ond roedd hi'n ddefod haearnaidd gan Rhiannon fod yn rhaid cael gloddest dau gwrs pan oedd hi ar ddê owt yng Nghaer. Bwyty Eidalaidd oedd y dewis y dydd Sadwrn hwn.

'W! Dwi isio dangos rhywbeth i ti,' meddai Rhiannon wedi cynhyrfu'n lân, ar ôl i'r ddwy ordro'u pasta. Estynnodd ei ffôn symudol o'i bag.

'Es i am goffi efo Mair, Llwyn Idris, ddoe. Wir i ti, ma Mair yn medru siarad,' meddai'r ragarŷg ei hun.

'Pwy?' holodd Lowri, gan gymryd fawr o ddiddordeb. Roedd hi newydd sylwi ar Eleri Llywenan, oedd wedi cerdded i mewn i'r tŷ bwyta hefo'i ffrind. Bu'n rhaid i Lowri edrych ddwywaith arni i wneud yn siŵr mai hi oedd hi. Roedd hi wedi torri ei gwallt yn gwta mewn bòb ffasiynol, a hwnnw efo arlliw o aur trwyddo.

'Mair Williams, Llwyn Idris,' meddai Rhiannon wedyn a dechrau chwilio drwy'r lluniau yn ei ffôn.

'Nabod dim arni hi, Mam.'

'Ti'n nabod Mair, siŵr. O'dd ei gŵr hi'n arfer bod yn fanijar banc Lloyds. Un o Ryd-y-main yn wreiddiol – Mair 'lly – dim ei gŵr hi. 'Ta Rhydyclafdy o'dd hi, dwa'? Acen be sgin hi, dwa'? Wa Bala 'ta Pen Llŷn?'

'Dydw i ddim yn ei nabod hi, Mam,' meddai Lowri, yn prysur golli'i hamynedd. Toedd 'na ddim dwywaith nad oedd hi wedi colli pwysau hefyd, sylwodd Lowri wrth i Eleri dynnu ei chôt.

'Wel, w't, mi w't ti,' meddai Rhiannon yn daer. 'O'dd hi yn Weight Watchers efo fi. 'Ta Slimming World, dwa'?'

Yn ddi-ffael, ymaelodai Rhiannon ag un o'r grwpiau colli pwysau bob Ionawr, yn llawn brwdfrydedd ac yn benderfynol o golli dwy stôn. Ond ymhell cyn y Pasg byddai ei holl fwriadau da wedi hen ddiflannu.

'Ta waeth, yli be sy ganddi hi!'

Chwifiodd Rhiannon ei ffôn o flaen trwyn Lowri gan guddio Eleri Llywenan o'i golwg. Ar sgrin y ffôn roedd llun cŵn bach digon o ryfeddod.

'Yli del ydyn nhw! West Highland Terriers. *Pure pedigree, Kennel Club registered* a phob dim.'

'Dach chi'n bwriadu cael ci bach? Ond be am Twm?'

Roedd gan ei mam feddwl y byd o'i chath.

'Hy! Ddim Twm fysa'r broblem. Tydi Anthony ddim yn cîn ar gŵn. Ond ta waeth am hynny. Tri chant a hanner ma hi'n gofyn amdanyn nhw. Bargian i ti!'

'Fi? Ond dwi ddim isio ci!'

'Dwi'n siŵr 'sa hi'n gwerthu un i chdi am dri chant, sti.'

'Mam. Dwi ddim isio ci! Sawl gwaith sy raid i mi ddeud?'

'Ond yli del ydyn nhw. Mi fyddan nhw'n barod ymhen rhyw bythefnos, medda hi. Fysan ni'n medru galw i'w gweld nhw ar y ffordd adra heddiw.'

'Tasa nhw'n barod fory nesa, dwi ddim isio un!' hisiodd Lowri ar ei mam.

Cadwodd Rhiannon ei ffôn yn bwdlyd. Sylwodd Lowri fod Eleri'n syllu arni. Gwenodd Lowri'n glên arni a chodi'i llaw. Nodiodd Eleri ei phen arni i'w chydnabod. Doedd dim gwên ar gyfyl ei hwyneb. Trodd ei phen i ffwrdd a dechrau siarad hefo'i ffrind. Rhyfedd, meddyliodd, roedd hi wedi bod yn ddigon clên y tro diwetha iddi ei chyfarfod pan aeth Lowri i wrando ar dîm Mawrion Môn yn recordio rhaglen ar gyfer y *Talwrn* y llynedd. Ond heddiw, yn y tŷ bwyta, doedd Eleri prin yn ei chydnabod hi. Falla nad oedd wedi'i nabod hi, neu ddim yn ei chofio hi. Neu falla mai jyst un oriog oedd hi, meddyliodd wedyn. Doedd Lowri ddim yn mynd i boeni am y peth, beth bynnag.

Ar y ffordd allan o'r tŷ bwyta, amneidiodd Lowri i

gyfeiriad bwrdd Eleri Llywenan. 'Hwyl rŵan,' meddai wrth y ddwy fwytawraig.

'Hwyl,' atebodd Eleri'n ôl ar hyd ei thin. Ai dychmygu'r peth oedd Lowri, neu oedd wyneb Eleri wedi troi'n fflamgoch?

'Pwy oedd honna?' holodd Rhiannon yn drwyn i gyd, y funud y camodd ei sawdl dros riniog y drws.

'Eleri, Eleri Llywenan.'

'Eleri Llywenan o'dd honna? Duwcs 'nes i ddim 'i nabod i. Doedd hi ddim yn debyg iddi hi ei hun. Honno sydd wedi priodi efo Llew Llywenan, mab Owen Huw Edwards, gweinidog Bethania?'

'Ia, dyna chi. Ma Dylan yn sôn dipyn amdani gan fod y ddau yn y *Talwrn* efo'i gilydd.'

'Glywis i fod petha'n ddrwg yn fanno.'

'Be dach chi'n feddwl?'

'Glywis i fod o newydd fod ar ryw wyliau beicio hebddi.'

'Tydi hynny'n deud dim, nachdi? Ma 'na lot o gyplau'n mynd ar wyliau ar wahân.'

'Mm, ella. Ond o'dd Gaynor – ti'n nabod Gaynor, 'dwyt? Honno sy'n gneud ioga efo fi – yn deud bod hi a Llew yn byw bywydau ar wahân ers misoedd. Er eu bod nhw'n byw yn yr un tŷ, 'lly. Cofia di, 'swn innau ddim isio mynd ar holides efo'r Llew 'na chwaith. Hen lipryn welis i o rioed. Ma 'na sôn fod ganddi hi ryw ffansi man, medda Gaynor. A synnwn i damaid chwaith. Tydi'r arwyddion i gyd yna, tydyn?'

Camodd Rhiannon i mewn i Debenhams a Lowri'n dynn ar ei sodlau.

'Pa arwyddion, d'wch?' holodd ei mam, oedd yn gwneud bî-lein am y cownter colur.

'Yr arwyddion pan mae gŵr neu wraig yn ca'l ei damaid oddi cartra. Sylwest ti ddim arni hi?' Chwistrellodd Rhiannon bersawr drudfawr yn hael drosti ei hun. 'Tydi hi wedi slasaneiddio trwyddi? A ma hynna wastad yn arwydd, 'li. Mi ddylwn i wybod. Siafio'i fwstásh nath dy dad.'

'Siafio'i fwstásh?'

'Ia. Pan ddechreuodd o focha efo'r Lyn 'na. Torri ei wallt i groen y baw a siafio'i fwstásh. A finna wedi crefu a chrefu arno fo i dorri ei wallt ers dwn i ddim pa bryd, ond y munud y dechreuodd o weld y Lyn 'na, y mwstásh a'r *pony tail* o'dd y petha cynta i fynd. Sgin ti ddim lle i boeni ar y sgôr yna, nag o's?'

'Be dach chi'n feddwl?' gofynnodd Lowri, gan chwistrellu ei hoff bersawr ar ei harddyrnau, ond ddim hanner mor hael â'i mam, chwaith.

'Wel, tydi Dylan ddim wedi newid steil ei wallt ers i mi ei nabod o. Tydi o ddim chwaith wedi tyfu mwstásh na barf yn ddiweddar. Felly, does gin ti dim lle i boeni, 'li. Mwy na sgin innau efo Anthony. Er does gin y cradur diawl fawr o ddewis yn y matar, a hwnnw heb flewyn ar ei ben.'

Ai dyna un o'r pethau ynglŷn ag Anthony oedd wedi apelio at ei mam – y ffaith nad oedd ganddo flewyn ar ei ben, yn wahanol iawn i'w thad o'i flaen? Yn wahanol i Brian, doedd 'na ddim modd i Anthony newid ei ddelwedd i blesio dynes arall, ac efallai mai dyma oedd yr atyniad ar y dechrau i Rhiannon. Hynny a'r ffaith ei fod o mor wahanol o ran personoliaeth a phryd a gwedd. Roedd Rhiannon wedi llosgi ei bysedd yn ddrwg efo un math o fodel. Felly, beth am drio model cwbl wahanol yr eildro?

Rhyw feddyliau gwirion fel hyn oedd yn mynnu mynd drwy feddwl Lowri wrth iddi ffarwelio â'i mam ddiwedd y pnawn. Gwahoddodd Rhiannon hi i mewn am baned, ond gwrthod wnaeth hi – mi roedd hi ac Anthony'n mynd i weld rhyw ddrama yn Pontio'r noson honno, ac wrth gwrs, yn ôl ei harfer, roedd Rhiannon yn rhedeg yn hwyr. Cododd Lowri law ar ei mam wrth i honno refio'i char yn swnllyd ac yna gyrru i ffwrdd yn wyllt.

Roedd Dylan wedi mynd i chware golff am y dydd a heb gyrraedd yn ei ôl. Ond roedd yn amlwg bod Seren adref – roedd ei beic wedi'i barcio'n flêr o flaen y tŷ. Ond pan gerddodd Lowri i mewn i'r tŷ, doedd dim golwg ohoni yn unman.

'Seren?' galwodd. 'Ti isio paned?'

Dim ateb.

'Seren?' galwodd yng ngwaelod y grisiau drachefn.

Yna clywodd sŵn rhywun yn griddfan a thaflu i fyny o gyfeiriad y stafell molchi.

'Seren? Ti'n ol-reit?'

Dringodd Lowri i fyny'r grisiau a chael hyd i Seren ar ei phengliniau o flaen pan y toiled. Roedd ei hwyneb fel y galchen.

'Ti'n iawn?'

Sychodd Seren ei cheg hefo cefn ei llaw. Nodiodd ei phen.

'Ffwc, dwi'n sâl,' griddfanodd.

'Wedi byta rhwbath w't ti?'

Ysgydwodd Seren ei phen.

'Ma 'na ryw hen fŷg o gwmpas. Ma'n rhaid dy fod ti 'di dal hwnnw. Dos i dy wely. Fyddi di'n teimlo'n well fory, sti.'

Cododd Seren a phwyso'i phen yn erbyn y sinc, 'Na, fydda i ddim.'

'Byddi siŵr,' cysurodd Lowri. 'Rhyw bedair awr ar hugain ma petha fel hyn yn para.'

'Ddim be sgin i.' Edrychodd Seren i fyw llygaid Lowri, 'Dwi'n disgwl.'

Roedd Lowri'n gegrwth, 'Be? Ond sut . . ? Be dwi'n feddwl ydi . . .'

'Dwi 'di bod mor, mor stiwpid, Low,' torrodd Seren ar ei thraws a dechrau beichio crio. 'Be dwi'n mynd i neud?'

'O, Seren fach,' gafaelodd Lowri yn ei chwaer a'i chysuro. Byddai hi wedi gwneud unrhyw beth i fod yn esgidiau ei chwaer y funud honno a doedd hi'n amau dim y byddai Seren wedi gwneud unrhyw beth i fod yn ei hesgidiau hithau hefyd.

'Wyt ti 'di deud wrth Paul?'

Ysgydwodd Seren ei phen a chwythu ei thrwyn yn swnllyd mewn pishyn o'r rholyn papur lle chwech.

'Pryd wyt ti am ddeud wrtho fo?' pwysodd Lowri.

'Ella does 'na'm pwynt deud wrtho fo.'

'Ond ma'n iawn iddo fo ga'l gwbod . . .'

Rhoddodd bol Lowri dro. Doedd Seren erioed yn bwriadu cael erthyliad?

'Mi wyt ti'n mynd i gadw'r babi, 'dwyt?'

'Yndw, siŵr.'

'O'n i'n meddwl am funud . . .'

'Siŵr iawn 'mod i'n ei gadw fo. Ella doedd hyn ddim yn rhan o'r plan. Ond 'na fo, 'de. Nid ei fai o, neu hi, ydi hynny, nage?'

'Mi helpa i ti. Ti'n gwbod hynny, 'dwyt?'

Gwenodd Seren yn wan. 'Diolch.'

'Ond ma'n iawn i'r tad ga'l gwbod. Ma'n iawn i Paul gymryd cyfrifoldeb a thalu tuag at ei fagu fo.'

'Ella nad y fo ydi'r tad,' mwmiodd Seren, yn methu edrych i lygaid ei chwaer.

'Be ti'n feddwl efo "ella nad y fo ydi'r tad"?'

Tawelwch.

'Seren?' Yna gwawriodd ar Lowri. 'O, na. Ddim . . .?'

'Dwi ddim yn gwbod. Allith fod yn Paul neu Math.'

'Blydi hel, Seren. Be ti'n mynd i neud?'

'Does 'na ond un peth fedra i neud. Aros. Aros nes i'r bych landio.'

Dechreuodd Seren frwsio'i dannedd er mwyn cael y blas chwerw o'i cheg.

'Be 'nei di wedyn? Gneud prawf DNA?' holodd Lowri, yn meddwl fod y sefyllfa'n ymdebygu fwyfwy i senario allan o sioe deledu *Jeremy Kyle* bob eiliad. Duw a ŵyr be fyddai ymateb Dylan i hyn i gyd.

Stopiodd Seren frwsio'i dannedd, 'Na. Fydd dim rhaid gneud hynny.' Syllodd ar adlewyrchiad Lowri a hithau yng ngwydr cabinet y stafell molchi.

'Be ti'n bwriadu ei neud felly?'

Trodd Seren o'r drych i wynebu ei chwaer.

'Fydd ddim rhaid gneud prawf DNA a rhyw gybôl felly.'

'Pam? Dwi'm yn dallt.'

'Pan landith bych, mi fydd hi'n berffaith glir pwy ydi'r tad.'

'Sut wyt ti mor siŵr?'

'Achos mai dyn du ydi Paul.'

Sâl fel ci

Fe fuodd Seren yn sâl fel ci am wythnosau.

'*Morning sickness* ydi o i fod. Dim *all-day sickness*,' griddfanodd a'i phen i lawr pan y toiled un bore.

'Mae o'n arwydd da, sti,' cysurodd Lowri. 'Yli, yfa'r dŵr yma 'cofn i ti fynd yn *dehydrated*.'

'Be ti feddwl – arwydd da?' holodd Seren ar ôl i'r cyfog gwag basio. Cymerodd y gwydriad o ddŵr a'i sipian yn araf.

'Mae teimlo'n sâl yn arwydd bod yr hormons beichiogrwydd yn uchel yn dy gorff di. Mi wyt ti'n llai tebygol o golli'r babi os ti'n teimlo sâl.'

'*Obstetrician* 'ta twrna wyt ti?'

'Sôn am *obstetrician*, wyt ti di cael dyddiad dy sgan eto?'

'Be?'

'Wyt ti wedi cael dyddiad dy sgan?'

'Ym . . . Do, bore dydd Mercher nesa.'

'Fysat ti'n licio i mi ddŵad efo chdi?'

''Nei di?'

'Wrth gwrs y gna' i.'

'Diolch.'

'Croeso, siŵr. Fysat ti'n licio i mi neud panad a thost i ti?'

'Fyddi di ddim yn hwyr i dy waith?'

'Duwcs, neith rhyw ddeg munud bach fawr o wahaniaeth. A dwi ddim yn y llys tan ddeg beth bynnag,' meddai'r ferch a oedd bob bore, fel arfer, wrth ei desg, wedi mynd drwy ei e-byst i gyd ac ateb eu hanner nhw cyn hanner awr wedi wyth.

'Ti'n dda efo fi. Diolch.' Ochneidiodd Seren. 'Yr unig beth dwi'n neud y dyddiau yma ydi diolch i chdi.'

Gwenodd Lowri, 'Paid â bod yn wirion. Dyna be ma chwiorydd yn da, 'te.'

'Ti'n dal yma?' meddai Dylan mewn syndod pan gerddodd i mewn i'r gegin a gweld Lowri'n rhoi dwy sleisen o fara yn y tostiwr. Ciledrychodd ar y cloc, roedd hi'n chwarter wedi wyth.

'Dwi'n gneud tost a phaned i Seren cyn mynd.'

'Hy. Ti'n gneud gormod i'r hogan 'na,' oedd ei unig sylw.

Llugoer, a deud y lleia, oedd ymateb Dylan i newyddion Seren. Roedd llai o siawns fyth rŵan i'r gwcw adael, meddyliodd yn flin. Ac ar ben hynny, roedd y gwcw'n mynd i gael blincin cyw! Ac ar ben hynny wedyn, falla mai ei ŵyr neu ei wyres o oedd y cyw gog!

'Plis, paid â sôn gair wrth Math, Dyl, plis,' erfyniodd Lowri ar Dylan pan dorrodd hi'r newyddion da o lawenydd mawr wrtho.

'Ond ma'n iawn i'r hogyn ga'l gwbod'.

'Gwbod be? Does 'na ddim byd i ddeud ar y funud. Ella nad y fo ydi'r tad. Fel ma Seren yn deud, be ydi'r pwynt sôn wrth Math os nad ei fabi o ydi o?'

'A rhoi uffar o sioc iddo fo ymhen naw mis neu lai os mai y fo ydi'r tad? Ma hi'n iawn iddo fo ga'l rhyw fath o rybudd. A be am Stephanie? Ma'r ddau i fod i briodi mis Ebrill. Be ddeudith honno ei fod o'n dad i blentyn hogan arall, ella?'

'Yn hollol – *ella*. Be 'di'r pwynt achosi helynt a dim rheswm, falla, dros ei godi yn y lle cynta? Ella y bysa hyn yn ddigon i chwalu perthynas y ddau. Taw piau hi.'

'Mm. Ella . . . ond dwi'n dal i feddwl . . .'

'Plis, Dyl, dwi wedi gaddo i Seren 'nawn ni ddim deud gair wrtho fo.'

'Ol-reit. Ond dwi'n deud wrthat ti rŵan, dwi ddim yn hapus o gwbl am yr holl beth. A dwi ddim yn licio ein bod ni'n dau yn cael ein llusgo i mewn i'w hen lanast hi. Y peth gwaetha ddigwyddodd oedd i honna landio ar ein stepen drws ni, dallta.'

'Reit, bygra hyn.' Cododd Seren ar ei thraed yn y stafell aros. Roedd y ddwy'n eistedd yn disgwyl i Seren gael ei galw. Un ar ddeg oedd amser apwyntiad Seren am sgan, ond roedd hi rŵan yn ugain munud wedi, a Seren bron â byrstio.

'Lle ti'n feddwl ti'n mynd?' gofynnodd Lowri iddi'n syn.

'Pi-pi. No wê fedra i ddal mwy.'

'Ond fiw i ti. Ma'n rhaid i dy fladyr di fod yn llawn.'

'Uffar o ots gin i. Un ai dwi'n mynd i bi-pi neu mi fydda i wedi gneud yn fy nicer.'

'Ista i lawr, Seren,' hisiodd Lowri drwy ei dannedd.

Ond anwybyddodd Seren y gorchymyn a dechreuodd gamu i gyfeiriad y toiled ar frys gwyllt.

'Seren, tyrd yn ôl!' gwaeddodd Lowri. Syllai'r merched

eraill oedd yn aros eu tro am sgan yn gegrwth ar Seren.

'Seren Hughes?' galwodd y sonograffydd, jyst mewn pryd cyn i Seren ddiflannu am y lle chwech.

'O'r diwedd,' gwgodd Seren arni, a rhuthro i'r stafell uwchsain o'i blaen a Lowri'n dynn ar ei sodlau. Cyn i'r ferch hyd yn oed ofyn iddi dynnu ei jîns ac ati, roedd Seren wedi'u tynnu, ac yn gorwedd ar y gwely. Cododd ei thop a datgan. 'Ty'd 'laen. Dwi jyst â marw isio piso.'

Ond anghofiodd Seren yn syth am ei bladyr gorlawn pan welodd y llun ar y sgrin.

'Sbia, Lowri!'

Roedd Lowri hefyd wedi dotio.

Symudodd y ferch y prôb yn ôl ac ymlaen ar draws bol Seren gan syllu'n ddwys ar y sgrin.

'Ydi pob dim yn iawn?' holodd Seren yn boenus.

'Yndi tad,' gwenodd y sonograffydd. 'Dach chi isio gwbod be dach chi'n ga'l?'

'Dach chi'n gallu deud?' gofynnodd Seren.

'Dwyt ti ddim isio'i gadw fo'n syrpréis?' gofynnodd Lowri.

'Ga' i ddigon o syrpréis pan ffeindia i babi pwy ydi o. Os nad ydw i'n gwbod pwy ydi'r tad, o leia fydda i'n gwbod be dwi'n mynd i ga'l, byddaf?'

Bu bron iawn i'r sonograffydd ddisgyn oddi ar ei chadair pan glywodd gyfaddefiad y ddarpar fam, ond ceisiodd fwrw yn ei blaen gan symud y prôb yn ôl ac ymlaen dros fol Seren unwaith yn rhagor.

'Merch fach,' datganodd ymhen sbel.

'Go iawn?' gwenodd Seren.

'Go iawn,' cadarnhaodd y sonograffydd.

Trodd Seren ei phen i gyfeiriad ei chwaer, 'Hogan fach, Low.'

Nodiodd Lowri gan wenu, a dagrau'n mynnu ymwthio i'w llygaid. Nith fach. Byddai wedi rhoi'r byd i gyd am gael newid lle hefo'i chwaer y funud honno.

Y noson honno aeth Lowri draw i weld Bethan, oedd wedi rhoi genedigaeth i hogyn bach, Macsen, rhyw bythefnos ynghynt. Roedd Lowri'n ysu am fynd draw i weld y bychan er pan glywodd ei fod o wedi landio, ond gwyddai y byddai'r teulu bach angen llonydd yn y dyddiau cynta ac am yr wythnos gynta o leia. Gallai dychmygu bod pethau'n reit hectig, a dweud y lleia, yng nghartref y Gwilymiaid. Byddai cael babi newydd ar ben Andreas yn sialens hyd yn oed i Mary Poppins.

Roedd Lowri yn disgwyl i'r lle fod â'i draed i fyny, yn union fel ag yr oedd o ar ôl geni Andreas. Ond, er mawr syndod iddi, roedd yno ryw awyrgylch hamddenol braf. A dweud y gwir, teimlai fel tasa hi newydd gamu ar set ffilmio hysbyseb yn darlunio'r teulu perffaith. Dyna lle roedd Bethan fel rhyw fam ddaear fodlon yn bwydo Macsen bach ac Andreas yn chwarae'n ddel (am newid) hefo'i deganau wrth ei thraed. Pictiwr perffaith o fam a'i dau blentyn. Teimlai Lowri'r eiddigedd yn ystwyrian tu mewn iddi. Dim ond Emyr yn rhoi ei ben heibio drws y lolfa bob dau funud yn holi am gyfarwyddiadau sut i ddefnyddio'r peiriant golchi oedd yn tarfu ar y llun.

Cafodd Lowri bob manylyn am yr enedigaeth, o'r gwych i'r gwachul. O pan dorrodd dŵr Bethan i'r adeg y cafodd hi ei phwytho hefo'r pwyth olaf. Gwyddai fwy am fagina ei ffrind nag am ei fagina ei hun.

'Pan yrrais i Emyr lawr i'r pen yna i weld sut oedd petha'n mynd, ddeudodd o wrtha i wedyn ei bod hi fatha'r Somme i lawr 'na! Wir i ti! A phan oedd ei ben o'n crownio, o'n i'n meddwl 'mod i'n hollti'n ddau! Ond, er y boen, ma Macsen bach werth y byd i gyd yn grwn, yn tydi, Andreas?' byrlymodd Bethan.

Chafwyd dim ymateb gan y brawd mawr.

'Mae o mor wahanol tro 'ma,' eglurodd Bethan, yn codi gwynt y bychan yn ddeheuig ac yna'n ei roi i fwydo ar y fron arall. 'Dwi mor relacsd, ac mae o'n hogyn bach mor dda.'

Roedd Andreas wedi codi ar ei draed erbyn hyn, ac yn ceisio codi top blodeuog ei fam.

'Dwi isio titi hefyd!' gorchymynnodd.

'Ti'n hogyn mawr, Andreas. Ti ddim isio llefrith Mam, siŵr! Dim ond babis bach sy'n cael diod fel hyn, sti,' ceisiodd Bethan ymresymu hefo fo. Ond roedd ei mab yn benderfynol ei fod yntau am gael titi hefyd.

Ildiodd Bethan gan ochneidio.

'Newydd ddechra hyn mae o,' esboniodd wrth Lowri. 'Aw!' gwaeddodd wedyn gan neidio. Stopiodd Macsen sugno'r fron arall a dechreuodd grio. 'Gofalus, Andreas. Be dwi 'di ddeud? Dim brathu.'

Roedd gweld Bethan yn bwydo'i mab pythefnos oed yn lyfli, ond doedd Lowri ddim mor siŵr o weld Bethan yn bwydo'i mab teirblwydd a hwnnw'n sugno'n awchus.

'Dwi'n gwbod fy mod i wedi sôn am ddod 'nôl i weithio ar ôl chwe mis . . .'

Ar ôl styrbans y brathiad roedd Bethan wedi setlo'i hun unwaith eto i fwydo'i meibion.

'Wel, dwi ac Emyr wedi bod yn siarad, a dwi 'di penderfynu cymryd blwyddyn i ffwrdd. Fedra i ddim meddwl mynd yn ôl cyn hynny. Fydd o ddim yn broblem, na fydd?'

Roedd Lowri'n gegrwth. Ddim hon oedd y Bethan yr oedd hi'n ei hadnabod. Y ferch benderfynol, uchelgeisiol oedd â'i golygon ar fod yn uwch-bartner yn y cwmni? Y ferch oedd â dagrau yn ei llygaid pan dorrodd hi'r newydd am y beichiogrwydd wrthi?

'Na fydd, siŵr. Dim problem o gwbl. Ond does dim raid i ti benderfynu hynny rŵan, nagoes?'

Gwenodd Lowri ei gwên orau. Roedd hi mor eiddigeddus o'i ffrind.

Ymhen hir a hwyr, cynigiodd Bethan yr hyn yr oedd Lowri wedi bod yn dyheu amdano ers iddi roi ei throed dros riniog y drws.

'Wyt ti isio'i fagu o?'

'O, oes plis,' atebodd Lowri'n eiddgar, gan mai dyma oedd prif bwrpas ei hymweliad. Hynny a dod ag anrheg i'r bychan, ac i Andreas, wrth gwrs, rhag troi'r drol.

Gosododd Bethan y bychan yn ei breichiau. Agorodd ei lygaid, blincio a syllu arni am ennyd fel petai'n dweud wrtho'i hun, 'Hei, hold on, dim hon ydi Mam.' Roedd o mor fach, mor ysgafn, mor berffaith.

'Mae o'n dy siwtio di,' meddai Bethan wrth fynd drwodd i'r gegin i wneud paned i'r ddwy.

'Be?' gofynnodd Lowri ar ei hôl.

'Babi bach yn dy freichiau di.'

'Ti'n meddwl?' gwenodd, gan roi cusan fach ysgafn ar ei dalcen ac arogli'r oglau unigryw sydd gan fabis – cymysgedd o Johnson's Baby Shampoo a'r sawr unigryw hwnnw.

Allai Lowri ddim tynnu ei llygaid oddi arno. Astudiodd ei law fechan bach – y bysedd a'r gwinedd bach, bach wedi'u ffurfio'n berffaith. Gafaelodd y llaw fechan yn dynn am fys Lowri. Daeth lwmp i'w gwddw.

Ar hynny, sleifiodd Andreas at ei hochr gan glosio'n dynn ati.

'Del ydi o, 'de?' meddai Lowri. 'Dwyt ti'n lwcus yn cael brawd bach ddigon o sioe i chwarae efo fo?'

Welodd Lowri mo'r olwg ddirmygus yn llygaid y teirblwydd oed. Hefo llif y presantau wedi hen arafu, roedd y nofelti o gael brawd bach oedd yn gwneud dim byd ond crio, cysgu, bwyta a pw-pw wedi hen basio. Ysai Andreas am fod yn ganolbwynt bydysawd ei fam a'i dad unwaith yn rhagor. Ac meddai'r bychan, gan olygu pob gair, 'Gei di fynd â fo adra efo chdi os tisio. 'Dan ni ddim isio fo ddim mwy.'

'Pa hanes 'ta? Unrhyw gosip yn gwaith?' holodd Bethan pan ddaeth hi yn ei hôl yn cario trê efo dau fŵg a phlatiad o fisgedi siocled arno.

'Na, ddim rili. Digon diflas. O, ma Seren yn disgwl.'

'Be? Disgwl babi?' Bu bron i Bethan ollwng y trê. 'Blydi hel! Pryd?'

'Mis Ebrill.'

'Wyddwn i ddim ei bod hi'n canlyn.'

'Wel, ma'r sefyllfa braidd yn gymhleth.'

Doedd Lowri ddim yn awyddus i ymhelaethu ymhellach, a diolch i'r mawredd, cyn i Bethan gael cyfle i holi mwy, achubodd Andreas y dydd drwy fynnu ei fod yntau hefyd eisiau paned o de.

'Y chdi fydd nesa, gei di weld,' meddai Bethan gan godi i dendiad ar ei mab hynaf.

'Be ti'n feddwl?' holodd Lowri, yn syllu ar Macsen oedd yn cysgu'n braf yn ei breichiau.

'Ti'n gwbod be ma nhw'n ei ddeud, 'dwyt? Ma pob dim yn digwydd fesul tri. Fi gynta, a rŵan Seren. Y chdi fydd nesa,' meddai Bethan ar ei ffordd yn ôl i'r gegin.

'Dwi'm yn meddwl,' atebodd Lowri'n dawel, gan ddal i syllu ar y bychan.

Y gwir amdani oedd nad oedd hi a Dylan wedi cysgu efo'i gilydd ers wythnosau. Y tro diwetha oedd yn Mallorca. Ac un waith oedd hynny – y noson pan gyrhaeddodd Math a'r *cava*'n llifo. Roedd Dylan a hithau wedi'i dal hi braidd ac roedd ymbalfaliad meddw wedi arwain at ymbalfaliad pellach. Ond yn ddiweddar roedd Dylan wedi blino gormod i 'ymdrybaeddu yn y pethe', fel byddai yntau, â thwincl yn ei lygaid a chan godi'i aeliau, yn licio galw'r weithred o garu efo'i wraig. Neu fe fyddai'n aros ar ei draed tan berfeddion yn cyfansoddi rhyw hir-a-thoddaid neu gywydd neu'n gwylio rhyw raglen deledu. Byddai Lowri wedi hen fynd i'w gwely ac wedi syrthio i gysgu ers meitin. Anobeithiai Lowri. Er ei bod yn trio bod yn falch ynglŷn â beichiogrwydd Seren, roedd yn uffernol o anodd ar brydiau ac yn halen ar y briw. Roedd yr eiddigedd a'r genfigen yn ei bwyta'n fyw.

Roedd 'na ryw eironi brwnt yn y sefyllfa, meddyliodd. Hap a damwain llwyr oedd y ffaith fod Seren yn feichiog. Roedd hi wedi cysgu unwaith efo dau ddyn yr un diwrnod, a bang!

Roedd hi'n disgwyl babi. Jyst fel'na. Roedd hi, ar y llaw arall, yn trio ers misoedd, ac yn methu. Roedd bywyd mor annheg weithiau.

Pwy ydi hi?

Brasgamodd Lowri o'r swyddfa. Fel arfer, fyddai hi ddim wedi diolch o gwbl bod achos llys wedi cael ei ohirio. Ond heddiw, roedd hynny wedi gweithio o'i phlaid.

Newydd gyrraedd y swyddfa oedd hi pan gafodd alwad ffôn gan glerc y llys yn dweud bod y Barnwr Huw Morgan Rowlands wedi'i gymryd yn bur wael y noson cynt, a'i fod yn yr ysbyty. Byddai rhaid gohirio'r achos felly. Roedd gan Lowri barch mawr tuag at y Barnwr a gobeithiai nad oedd o'n ddifrifol wael ac y byddai'n gwella'n fuan. Ond golygai hyn fod ei dyddiadur yn glir drwy'r dydd ac roedd hi wedi penderfynu cymryd diwrnod i ffwrdd. Peth anarferol iawn iddi hi. Gwenodd wrth feddwl am y syrpréis y câi Dylan o'i gweld. Gan ei bod hi'n hanner tymor, roedd Dylan adref ac roedd hi'n bwriadu trîtio'r ddau ohonyn nhw i ginio bach neis allan yn rhywle. Y bore hwnnw, roedd o wedi codi ers cyn cŵn Caer i daclo'i hir-a-thoddaid. Roedd o wedi bod yn ymlafnio dros y cwpled ola ers dyddiau, medda fo. Ond pan ffarweliodd Lowri ag o yn ei stydi, doedd 'na fawr o arwydd fod yr awen yn llifo chwaith, gan mai twtio a chlirio'i ddesg yr oedd o.

Roedd y cyfle i'r ddau ohonyn nhw gael amser hefo'i gilydd yn brin fel aur y dyddiau yma. Rhwng gweithio oriau hir a'r ffaith fod ganddyn nhw lojar yn byw efo nhw bellach, doedd y ddau prin yn cael amser i fod hefo'i gilydd, heb sôn am ddim byd arall. Doedd Dylan ddim wedi cyffwrdd ynddi hi ers wythnosau, a bob tro roedd hi'n dechrau hel mwythau byddai Dylan yn gwneud sioe fawr o agor ei geg a datgan ei fod wedi blino, neu byddai'n aros ar ei draed tan berfeddion yn sgwennu neu'n gwylio'r teledu. Pa obaith oedd yna iddi feichiogi os nad oedd y ddau yn trio gneud babi? meddyliodd.

Falla, ar ôl cinio bach neis a glasiad neu ddau o win, ond dim gormod, y gallai'r ddau fanteisio ar dŷ gwag. Ia, dyna wnaen nhw. Gwyddai y byddai Seren allan drwy'r pnawn yn glanhau. Fyddai 'na ddim esgus i Dylan ddweud ei fod wedi blino'r adeg yna o'r dydd. Cyn mynd am ginio, byddai'n rhaid iddi gofio newid ei dillad isaf a gwisgo'r bra a'r nicer silc neis 'na oedd ganddi. Roedd set o *lingerie* ffansi wastad yn gwneud y tric efo Dyl, gwenodd.

'Haia!' gwaeddodd wrth gamu i mewn drwy'r drws. 'Dyl?' gwaeddodd eto.

Aeth drwodd i'r stydi. Roedd y stafell fel pìn mewn papur. Roedd hi'n amlwg fod Dylan wedi treulio'r bore yn tacluso yn hytrach na thaclo'i gerdd.

'Dyl, lle wyt ti?'

Dim ateb. Roedd o adref, roedd hynny'n amlwg, gan fod ei gar o flaen y tŷ.

Sylwodd fod ei gyfrifiadur yn dal ar agor a bod rhyw sgwennu ar y sgrin. GADAEL. Teitl cerdd, roedd Lowri'n amau, wedi'i brintio'n fawr mewn llythrennau bras. Doedd Dylan ddim wedi mynd yn bell iawn efo'r gerdd yn amlwg. Dim ond tair llinell roedd o wedi'u sgwennu a doedd y rheini ddim yn gampwaith o bell ffordd. O ran 'myrraeth yn fwy na dim, darllenodd Lowri'r llinellau:

> Anodd ydi dy adael di.
> Anodd ydi dweud beth sydd wir yn fy nghalon i,
> ond calon un arall sy'n mynd â 'mryd.

Llyncodd Lowri ei phoer. Gwyddai'n syth nad rhyw dasg ar gyfer *Y Talwrn* oedd hon.

'Lowri, be ti'n neud adra?'

Safai Dylan yn y drws. Syllai yntau ar y sgrin.

'Be 'di hyn?' holodd Lowri, gan bwyntio at y cyfrifiadur. Sylwodd ar wyneb ei gŵr. Roedd golwg fel ci defaid wedi lladd oen bach ar ei wep.

Distawrwydd.

'Dylan?'

'O'n i ddim yn gwbod pa ffordd arall i ddeud wrthat ti.'

'Deud be'n union?'

Ennyd o dawelwch oedd yn teimlo fel oes.

'Dwi 'di cyfarfod rhywun arall.'

Hefo'r pum gair bach yna chwalwyd byd Lowri'n rhacs. Llyncodd ei phoer mewn ymgais i stopio'r beil rhag codi o'i stumog, oedd yn troi fel top. Roedd hi'n ofni ei bod hi am lewygu.

'Pwy?' gofynnodd Lowri'n dawel a diemosiwn.

'Eleri,' mwmiodd Dylan ymhen hir a hwyr.

Teimlai Lowri ei bod yn mynd i daflyd i fyny yn y fan a'r lle.

'Eleri Llywenan?' gofynnodd mewn anghrediniaeth. Fflachiodd eu cyfarfyddiad yng Nghaer wythnosau'n ôl i'w meddwl. Dim rhyfedd ei bod hi'n ymddwyn yn od. Roedd yr ast yn ffwcio'i gŵr hi! Euog oedd y bitsh.

'Ers pryd?'

'Ydi o'r ots?'

'Ydi, ma blydi ots. Ma ots gin i.'

'Dechrau Ionawr, ballu.'

Dechrau Ionawr? Roedd hynny fisoedd yn ôl a hithau ddim callach. Ceisiodd ei gorau i ymwroli, ond roedd hi bron yn amhosib dan yr amgylchiadau.

'Tydi petha ddim wedi bod yn dda rhyngom ni ers sbel, Lowri. Mi wyt ti a fi isio petha gwahanol . . . Ma Eleri yn fy nallt i. 'Dan ni ar yr un donfedd a 'dan ni'n . . .'

'Jyst cau dy geg, Dylan, 'nei di?' torrodd ar ei draws. 'Be oeddat ti am ei neud?' datganodd yn oeraidd wedyn. 'Gadal y ffwcin gerdd 'na ar fwrdd y gegin i mi ei darllen hi, a rhoi marciau allan o ddeg i ti?'

'Dwi mor sori, Lowri . . . O'n i ddim isio dy frifo di.'

'Wel, ma gin ti ffordd od ar y diawl o ddangos hynny.'

Roedd geiriau gwag Dylan yn bowndio drwy ei phen. Roedd hi wedi rhuthro adref i roi syrpréis iddo fo ond y hi gafodd y syrpréis. Neu'r sioc yn hytrach. Roedd hi wedi cyrraedd adref i ganfod bod ei gŵr wedi sgwennu cerdd – nid cerdd yn datgan ei gariad tuag ati, ond tair llinell smala yn cyfaddef ei fod wedi cyfarfod rhywun arall ac yn bwriadu ei gadael.

Tarfwyd ar y ddau gan sŵn ffôn mobeil yn canu. Mobeil Dylan. Ceisiodd ei anwybyddu.

'Wyt ti am ateb hwnna 'ta be?' gofynnodd Lowri. Roedd hi'n amlwg fod y person yr ochr arall i'r lein yn benderfynol o gael gafael arno.

'Na, ma'n iawn. Dydi o ddim yn bwysig,' meddai, heb hyd yn oed estyn ac edrych ar sgrin ei ffôn. 'Tyrd i ista i lawr i ni ga'l siarad . . . i mi drio esbonio . . .'

'Ateba'r ffôn 'na,' mynnodd Lowri.

Roedd golwg fel tasa fo wedi lladd nid un ond diadell o ddefaid, a'u hŵyn bach, ar Dylan bellach. Estynnodd ei fobeil o boced ei jîns yn anfoddog. Llyncodd ei boer cyn ateb.

'Haia . . .' mwmiodd yn dawel. 'Dwi'n dŵad rŵan, dwi ar fy ffordd . . . Yli, fedra i ddim siarad rŵan . . . Yndi . . . Yndi . . . Yndw . . . Ta-ra.'

Diffoddodd Dylan ei ffôn. Roedd yr olwg ar ei wyneb yn dweud cyfrolau.

'Jyst dos, Dylan. Dos!'

Fedrai Dylan ddim edrych ar Lowri. Camodd i fyny'r grisiau'n araf i orffen pacio.

Am un foment wyllt, cafodd Lowri ei chludo'n ôl i'r noson uffernol honno pan oedd hi'n bedair oed. Lleisiau'n gweiddi. Llais ei mam yn crio, yn crefu ar ei thad i beidio â gadael. A dyma hithau, bron i dri deg mlynedd yn ddiweddarach, fel ei mam yn union yn gweld ei gŵr yn ei gadael hi am ddynes arall.

'Plis, Dyl, paid â mynd. Rho un cyfle arall i ni . . .' ysai i weiddi arno.

Ond wnaeth hi ddim.

Y Sglyfath!

Ar ôl i Seren orffen ei dyletswyddau glanhau yn Annedd Wen, roedd wedi mynd yn arferiad y byddai Rhiannon a hithau'n cael paned a rhoi'r byd yn ei le.

Yr holl fisoedd rheini yn ôl pan gyfarfu'r ddwy am y tro cynta noson angladd Brian Hughes, feddyliodd 'run o'r ddwy y bydden nhw wedi rhyw glosio. Er nad oedden nhw'n ffrindiau mynwesol o bell ffordd, roedd 'na ryw ddealltwriaeth wedi datblygu rhyngddynt. Roedd Rhiannon wedi trio'i gorau i ddrwg-licio merch ei chyn-ŵr a'i 'hwran'. Ond er ei gwaetha, allai hi ddim peidio â chymryd at y ferch hyderus, blaen ei thafod. Roedd 'na hefyd rywbeth reit hoffus amdani hi. A phan sylweddolodd fod Seren yn rhannu'r un farn yn union â hi am ei chyn-ŵr, seliodd hynny barch newydd tuag at ei gilydd.

Digwyddodd hynny un diwrnod pan oedd Seren newydd orffen glanhau'r byngalo ac ar fin ei throi hi. Daeth drwodd i'r lolfa i ddweud ta-ta pan gafodd hyd i Rhiannon yn chwilio a chwalu drwy bentwr o hen luniau. Roedd hi angen cael hyd i lun ohoni hi'n ferch fach ar gyfer rhyw gwis neu'i gilydd ar gyfer noson Merched y Wawr – dyfalwch pwy ydi pwy. Fel roedd hi'n digwydd bod, be oedd yn llechu yng nghanol y pentwr ond llun prin o'i phriodas â Brian, un o'r ychydig rai a oedd heb gael eu difa ar ôl y gwahanu mawr.

Pan welodd Rhiannon y llun du a gwyn, ebychodd yn uchel, 'Y bastyn!'

Rhwygodd y llun yn ddau a'i luchio'n ddiseremoni i'r tân.

'Rhywun wedi pechu,' amneidiodd Seren i gyfeiriad y fflamau.

'Faddeua i byth iddo fo. Y sglyfath!'

'Pwy?'

'Pwy ti'n feddwl? Dy dad,' poerodd Rhiannon y gair.

'Oes ganddoch chi fwy o lunia ohono fo?'

'Nefoedd fawr, nag oes! Wn i ddim sut o'dd hwnna'n dal gin i. Mi ges i wared ar bob un llun o'dd gin i o'r brych hyll.'

'Biti.'

Trodd Rhiannon ei phen yn wyllt a syllu ar ferch ei gŵr. Rhag ei chywilydd hi'n amddiffyn y godinebwr uffar, meddyliodd.

''Swn inna 'di licio rhwygo llun ohono fo a'i weld o'n mynd i fyny'n fflamau hefyd.'

Am unwaith wyddai Rhiannon ddim beth i'w ddweud.

'O'n i'n ei gasáu o,' datganodd Seren, a'i hwyneb yn ddiemosiwn. 'A dwi'n dal i'w gasáu o.'

Chlywodd Rhiannon erioed eiriau mor beraidd i'w chlustiau. Meddalodd drwyddi. Gwenodd ar ei henaid hoff, cytûn.

'Wyt ti ar frys mawr i fynd i rwla? 'Sgin ti amser am banad?' holodd yn glên.

Gan nad oedd Seren ar unrhyw frys gwyllt, a neb na dim

arall yn galw, derbyniodd y cynnig. A dyna lle bu'r ddwy drwy'r pnawn yn mynd trwy hen luniau o Rhiannon a Lowri'n ferch fach, a Rhiannon wrth ei bodd yn sôn am gefndir a hanes rhyw lun. Er mawr siomedigaeth i'r ddwy, ddaeth yna ddim unrhyw lun arall o Brian Hughes i'r fei. Chawson nhw mo'r pleser felly o rwygo Brian yn ddarnau mân a'i losgi.

Newydd eistedd i lawr oedd y ddwy i yfed eu coffi. Allai Seren ddim tynnu ei llygaid oddi ar Rhiannon a oedd, y bore hwnnw, yn edrych yn ddim byd tebyg iddi hi ei hun. Roedd golwg y diawl arni hi. Yn wahanol i'r arfer, doedd ganddi ddim llyfiad o unrhyw fath o golur yn agos i'w gwep leiniog, welw, ac roedd rhyw hen dywel brown wedi hen ffêdio o gwmpas ei gwar. Yng nghanol lliwio'r mwng roedd hi ac roedd hwnnw, yn ôl y cloc ar wal y gegin, bron iawn â gorffen cwcio ar ei phen.

Hwn oedd y tro cynta i Rhiannon fentro rhoi lliw DIY. Ond roedd Cliff, ei steilydd gwallt ers degawd a mwy, wedi ei phechu'n anfaddeuol drwy anghofio rhoi gwadd iddi i ryw noson agored yn y salon. I rwbio'r halen yn ddyfnach yn y briw, deallodd fod Gaynor a dwy neu dair o'i ffrindiau eraill wedi cael gwahoddiad. Felly, roedd wedi ffonio'r salon yn ddiymdroi i ganslo'i hapwyntiadau i gyd. Er gwaetha ymddiheuriadau'r dderbynwraig am yr amryfusedd, datganodd Rhiannon ei bod am fynd â'i chwstwm a'i gwallt i salon arall, thenciw. Mewn protest, martsiodd i mewn i'r fferyllfa agosaf a phrynu bocsiad o'r *chocolate truffle*.

Yng nghanol hel atgofion am ei phrofiadau'n geni Lowri roedd Rhiannon.

'Fues i *in labour* o hanner awr wedi saith o'r gloch y bora tan un ar ddeg y gloch nos,' adroddodd, yn orddramatig fel arfer. 'Ges i *gas and air*, a'r peth yn din 'na ganddyn nhw. Sôn am fod mewn poen, Seren bach, sgin ti ddim syniad. O'n i'n meddwl 'mod i'n marw. Wir i ti. Ac wedyn, ar ôl hynna i gyd, gorfod ca'l *caesarean* yn y diwedd. Fysa'n well tasan nhw wedi'n agor i i ddechrau ddim. "*Put me to sleep, I want a caesarean*" o'n i'n gweddi arnyn nhw. A'r ffernols yn gwrando dim arna i. Naw pwys, deg owns. Doedd 'na ddim gobaith iddi ddod allan, nag oedd?'

Roedd Seren wedi mynd i deimlo'n reit sâl. Ai dyma beth oedd o'i blaen ymhen ychydig fisoedd? Dyna'r tro cyntaf a'r tro olaf iddi holi Rhiannon ynglŷn â rhoi genedigaeth ac am unrhyw fater arall yn ymwneud â beichiogrwydd a babis, meddyliodd. Ceisiodd symud ei meddwl a chau allan ddisgrifiadau lliwgar Rhiannon. Edrychodd drwy ffenest y gegin a gweld car cyfarwydd yn stopio tu allan i'r byngalo.

'Car Lowri ydi hwnna?' holodd ar draws Rhiannon, oedd bellach yn sôn mewn manylder am y *mastitis* drwg gafodd hi wrth drio bwydo Lowri.

Cododd Rhiannon o'i chadair i'r ffenest i gael gwell sbec. 'Be andros ma hi'n neud yma'r adeg yma o'r dydd?' gofynnodd yn syn, a marc mawr, piws ar ei thalcen a rownd tamaid cefn ei chlust dde.

Buan iawn y cafodd y ddwy wybod pan agorwyd y drws cefn ac y camodd Lowri i'r gegin ac ôl crio mawr arni.

'Be sy . . . be sy wedi digwydd?' gofynnodd Rhiannon, wedi dychryn o weld y stad ar ei merch. Roedd Lowri, yn wahanol iawn i'w mam, wastad mor hunanfeddiannol.

Drwy'i dagrau, bwriodd Lowri ei bol.

'Y bastyn iddo fo! Ma nhw i gyd yr un fath!' poerodd Rhiannon. 'Ac efo'r Eleri Llywenan 'na o bawb! Ddeudes i fod honna wedi ca'l dyn, 'do? Be haru'r sglyfath? Mi wyt ti ganwaith gwell peth na honna! Ti'n ddelach, fengach a chlyfrach. Ti'n dwrna!'

''Nes i ama',' meddai Seren, gan estyn darn o *kitchen roll* er mwyn i Lowri gael chwythu ei thrwyn a sychu ei dagrau.

'Be ti'n feddwl?' gofynnodd Lowri gan dderbyn y papur yn ddiolchgar.

'Dwi'n cofio gweld y ddau . . .'

'Be? Hefo'i gilydd? Yn lle? Pryd?' holodd Lowri.

'Pam 'sa ti 'di deud rwbath?' brathodd Rhiannon.

'Peidiwch ag edrych arna i fel'na,' protestiodd Seren wrth weld dau bâr o lygaid blin yn rhythu arni. 'Doedd 'na ddim byd rili i'w ddeud. Dim ond 'mod i wedi gweld y ddau fisoedd yn ôl yn y garej efo'i gilydd. O'dd y ddau ar eu ffordd i recordio rwbath. O'dd Dylan yn ca'l lifft ganddi hi.'

'Lifft o faw!' ysgyrnygodd Rhiannon ar ei thraws. 'Y petha *Talwrn y Beirdd* 'na. Hen dacla cocwyllt.'

'Ddoth o i mewn i'r garej ar fy ôl i,' aeth Seren yn ei blaen. 'A gneud sioe fawr o esbonio i mi efo pwy o'dd o a lle o'dd y ddau'n mynd. Fel tasa gin i ots, 'lly. Ddoth hithau i mewn wedyn i dalu. 'Nes i ama' fod 'na rwbath yn mynd 'mlaen pan nath hi ofyn iddo fo oedd o isio mints.'

'Isio mints?' gofynnodd Lowri'n syn.

'Ia. Y ffordd nath hi ofyn iddo fo. 'Sa waeth 'sa hi wedi cynnig *blow job* iddo fo ddim.'

Yr union eiliad honno, pwy gerddodd i mewn i'r gegin ond

Anthony a'i fryd ar wneud paned o de iddo'i hun. Roedd Rhiannon wedi cynnig gwneud un iddo ers meitin ond doedd 'na byth olwg ohoni. Roedd o wedi bod yn gwylio rhyw raglen ddogfen oedd yn sôn am arferion golchi dillad y Rhufeiniaid, a rŵan fod honno wedi gorffen doedd dim amdani ond codi o gyfforddusrwydd ei gadair-traed-i-fyny Parker Knoll a'i gwneud hi ei hun. Ond yna, heb yngan gair, trodd ar ei sawdl a 'nelu'n ôl am y lolfa. Câi'r baned aros. Doedd y merched ar y rhaglen *Loose Women* ddim ynddi o'u cymharu â'r rhain, grwgnachodd dan ei wynt wrth eistedd yn ei ôl yn y Parker Knoll.

Anwybyddodd y tair Anthony a chario ymlaen i drafod Dylan a'i ffliwsan.

'Pam na fysat ti 'di deud rhwbath?' meddai Lowri, yn gweld bai ar Seren.

''Nes i feddwl. Ond wedyn, dyma fi'n meddwl ella doedd 'na ddim byd i'w ddeud. Codi twrw heb isio. Gneud lle cas rhyngthoch chi. Fysa chi'ch dau wedyn yn meddwl 'mod i'n trio codi trwbwl. Eniwe, o'dd gin i fwy na digon ar fy mhlât ar y pryd efo Paul yn tecstio bob dau funud. Y lleia o 'mhroblemau i oedd y posibilrwydd fod Dylan yn boncio dynes arall.'

'Ddylat ti 'di deud wrtha i.'

'Deud be'n union?'

'Dy fod yn ama' bod Dylan yn ca'l affêr.'

'Fysat ti ddim wedi diolch i mi.'

'Byswn, mi fyswn i.'

'Fysat ti? O ddifri?

'Byswn. A fedra i'm coelio dy fod wedi celu'r peth oddi wrtha i.'

'Dwi ddim wedi celu dim byd. Doedd 'na ddim byd i'w ddeud. Roeddat tithau'n gwbod fod y ddau'n rhannu lifft.'

'Ond o'n i ddim yn gwbod dim am y mints. Ac mi oeddat ti!

'E?'

'Glywaist ti hi'n cynnig *blow job* iddo fo.'

''Nes i ddim 'i chlywed hi'n cynnig y ffasiwn beth!'

'Wel, do, medda chdi.'

'Wel, naddo!'

Erbyn hyn roedd cega go hyll rhwng y ddwy chwaer.

'Glywaist ti hi'n cynnig prynu mints iddo fo, medda chdi.'

'Mints, do. Ond ddim *blow job*.'

'Y chdi ddeudodd, "Waeth tasa hi wedi cynnig *blow job* iddo fo ddim",' edliwiodd Lowri yn wyneb ei chwaer.

Daeth sgrech aflafar o enau Rhiannon. Tawodd y ddwy chwaer ac edrych yn syn arni.

'Fy ngwallt i!' ebychodd mewn panig.

Dim ond lliw ei thin hi welwyd wrth iddi drotian yn wyllt i gyfeiriad y stafell molchi i rinsio'r *chocolate truffle* oedd bellach yn debycach i *black tar*.

Isio deryn glân i ganu

Edrychodd Math o'i gwmpas ar y dafarn ar ei newydd wedd gan edmygu'r newidiadau. Roedd dros ddwy flynedd, os nad mwy, ers iddo fo fod yno ddiwetha – cyrchfan sawl nos Wener a nos Sadwrn cyn iddo adael am y brifysgol. Prin roedd o'n adnabod y lle bellach: roedd y bwrdd pŵl wedi hen fynd, a'r teledu lloeren anferth. Roedd y partisiwns bach tywyll a'r seddau felôr gwyrdd tywyll lle roedd naw deg y cant o boblogaeth Môn wedi eistedd ryw dro neu'i gilydd wedi diflannu hefyd. Edrychai'r fwydlen newydd yn addawol. Ond nid wedi dod yno i wledda yr oedd o, ond i gael gwybod be ddiawl oedd ar ben ei dad yn gadael Lowri am ddynes arall, ac Eleri Llywenan o bawb? Doedd dim dwywaith amdani, roedd ei dad yn cael mid-leiff creisis.

Roedd Math wedi ffonio Taliesin y nos Fercher cynt, i siarad hefo'i dad. Roedd wedi penderfynu dod adref y penwythnos hwnnw i glirio'i ben fymryn. Teimlai ei fod yn cael ei fygu gan Steph. Doedd dim byd yn ei cheg y dyddiau yma ond hefru a hewian am drefniadau'r briodas: pwy oedd yn mynd i gael gwahoddiad, pwy oedd mynd i gael gwahoddiad i'r parti nos, pa fath o ffrog ddylai hi fynd amdani: steil *mermaid* 'ta steil *ballgown*? Pa fath o *favours* roedd Math yn ei feddwl y dylen nhw eu rhoi i'w gwesteion? Be ddiawl oedd *favours*, beth bynnag? meddyliodd Math. Teimlai ei fod ar feri-go-rownd a'i fod yn methu'n glir â dod oddi arno.

Roedd o wedi gobeithio bwrw ei fol efo'i dad am y sefyllfa. Sut yn y byd mawr roedd o am gael ei hun allan o'r llanast yma? Ond cafodd sioc ei fywyd pan ddatganodd Lowri wrtho'n ddagreuol nad oedd ei dad yno. Ei fod wedi'i gadael hi.

Roedd yn methu credu fod ei dad wedi gadael Lowri am ddynes arall. Doedd hynny ddim yn natur yr hen ddyn. Wedi'r cwbl, chwarae teg i'w dad, ei fam gafodd affêr hefo'i fêt gora, neu ei gyn-fêt erbyn hyn. Roedd o a Lowri i'w gweld yn ddigon hapus.

'Ella y daw o'n ei ôl, sti,' cysurodd Math. 'Sylweddoli ei fod wedi gneud uffar o fistêc.'

'Dwi ddim yn meddwl. A ph'un bynnag, dwi ddim isio fo'n ôl. Mae o wedi gneud ei benderfyniad. Gobeithio bydd o a'r ast Eleri yna'n hapus iawn yn cyfansoddi cywyddau i'w gilydd.'

Peth mawr ydi balchder gwraig sydd wedi'i diystyru am ddynes arall. Welwyd Lowri erioed yn debycach i'w mam yn y modd yr oedd hi'n ymdopi ac yn ymateb i'r gwahanu.

Y funud y ffarweliodd Math efo Lowri, ffoniodd fobeil ei dad yn syth. Ond aeth y ffôn yn syth i'r peiriant ateb. Gadawodd neges swta: 'Dad, lle wyt ti? Ffonia fi. Be ddiawl sy'n mynd 'mlaen?'

Dyna pam, felly, roedd Math yn eistedd yn y Bull er mwyn

i'w dad allu taflu ychydig o oleuni ar y mater.

'Hwda,' meddai'i dad a gosod dau beint o'u blaenau ar y bwrdd.

'Diolch.'

Rhwbiodd Dylan ei lygaid yn lluddedig a dylyfu ei ên, 'Sori, 'nes i ddim cysgu'n rhy dda neithiwr . . . gwely diarth.'

'A dynas ddiarth, ia?' Ni wnaeth Math unrhyw ymgais i guddio'r coegni o'i lais. 'Be ddiawl ddaeth dros dy ben di, dwa'? Gadal Lowri am honna?'

'Eleri ydi ei henw hi. A dwi erioed wedi bod mor hapus, dallta. 'Dan ni'n dau'n dallt ein gilydd, 'dan ni ar yr un donfedd. Licio'r un pethau . . .'

'Ond o'n i'n meddwl dy fod ti a Lowri'n hapus.'

'Mi roedden ni ar y cychwyn. Ar ôl i dy fam fy ngadael i, mi o'dd o'n uffar o fŵst i'n ego fi, bod hogan smart, ddel a chlyfar fatha hi isio bod efo rhywun fatha fi. Ond, ar ôl i ni briodi, buan iawn ffeindis i ein bod ni'n dau isio pethau gwahanol. 'Dan ni'n dau yn bobol hollol wahanol, efo diddordebau a dyheadau gwahanol, ond ma Eleri, ar y llaw arall . . . Ma Eleri yn fy nallt i. 'Dan ni'n dallt ein gilydd a . . .'

'Paid â malu cachu, Dad, efo dy "Ma Eleri yn fy nallt i". Gin ti wraig grêt yn Lowri a ti'n mynd off efo rhywun arall. Ti ddim yn gall.'

Roedd cael ei farnu fel hyn gan Math fel chwifio cadach coch o flaen tarw i Dylan. Daeth y geiriau allan o'i geg yr un pryd ag roedd o'n eu meddwl nhw.

'O, ac mi wyt ti yn un da i siarad, 'dwyt! Ma isio deryn glân i ganu, dallta. Paid ti â meiddio pregethu efo fi yn hunangyfiawn i gyd.'

'Be ti'n feddwl?'

Rhy hwyr. Sylweddolodd Dylan ei fod wedi rhoi ei droed ynddi.

'Dim. Dim byd. Anghofia fo.'

'Dad? Be oeddat ti'n ei feddwl efo "mi wyt ti'n un da i siarad"?'

'Anghofia fo, medda fi.'

'Na wnaf. Deuda, 'nei di?'

''Nes i addo.'

'Gaddo be? Blydi hel, Dad. Jyst deuda!'

''Nes i addo na fyswn i'n deud wrthat ti, Math. Ond ella ei fod o am y gora dy fod ti'n cael gwbod p'run bynnag.'

'Gwbod be? Ffycin hel, ddyn, deuda.'

'Ma Seren yn disgwl ac ella ma' chdi ydi'r tad.'

Doedd gan Math ddim cof o yrru adref o'r dafarn i dŷ i fam y noson honno. Roedd ei ben yn troi a geiriau ei dad yn atsain yn ei ben. 'Mae Seren yn disgwl ac ella ma' chdi ydi'r tad.'

Ella.

Soniodd ei dad rywbeth am ryw gyn-gariad i Seren, a falla mai hwnnw oedd y tad. Doedd Seren ddim isio i Math gael gwybod rhag ofn nad y fo oedd piau'r babi. Fyddai ddim angen prawf DNA, meddai Dylan; fe fyddai lliw'r babi bach yn ddigon o brawf, medda fo.

Diolch byth doedd ei fam nac Arwyn i mewn yn y tŷ. Tolltodd fesur helaeth o wisgi Glenmorangie Arwyn iddo'i hun a'i yfed ar ei dalcen. Tolltodd un arall. Yfodd hwnnw ar ei dalcen hefyd.

Roedd hyn i gyd yn ormod iddo'i gymryd i mewn. Roedd

Seren yn feichiog a fo, falla, oedd y tad. Gwnaeth y sym yn sydyn yn ei ben: naw mis. Roedd y babi i gael ei eni ym mis Ebrill felly. Yr un mis ag yr oedd o a Steph yn priodi! Falla y byddai'n ŵr a thad yr un pryd.

O, ffyc, meddyliodd. Ond yn rhyfedd iawn, o'r ddau, y cynta oedd yn ei boeni fwya.

Gollwng y gath . . .

Math oedd y person diwetha roedd Seren yn disgwyl ei weld yn sefyll ar stepen drws Taliesin.

''Dan ni angan siarad, dwi'n meddwl,' datganodd a golwg ddifrifol iawn ar ei wep, yn union fel tasa fo'n ohebydd newyddion yn datgan bod aelod blaenllaw o'r teulu brenhinol newydd gicio'r bwced.

'Ydan ni?' holodd Seren yn syn.

Ar ôl methu cysgu winc, roedd Math yn benderfynol bod yn rhaid iddo fynd i weld Seren.

'Ga' i ddod i mewn?' gofynnodd wedyn, yn methu tynnu'i lygaid oddi ar ei bol chwyddedig.

Arweiniodd Seren Math drwodd i'r gegin.

'Pam 'nest ti ddim deud wrtha i – dy fod ti'n disgwl?'

'Pwy agorodd ei geg fawr, 'ta? Dy dad, ma siŵr.'

'Diolch i Dduw ei fod o wedi. Neu 'swn i'n gwbod dim.'

'Ddeudodd o hefyd ella nad y chdi ydi'r tad?'

'Do.'

''Na fo 'ta,' atebodd Seren yn oeraidd. 'Os ffeindia i i mai chdi ydi o, gysyllta i 'radeg hynny.' Trodd ei chefn oddi wrtho, rhag ofn iddo sylwi ar y dagrau'n pigo yn ei llygaid. O'r funud y gwelodd hi o'r diwrnod hwnnw yn sefyll yn ei siorts a'i grys-T yn yr union gegin yma, a'i lygaid tywyll yn rhythu arni, roedd hi'n gwybod. Yn gwybod yn gwbl bendant mai y fo oedd yr un iddi hi. Ond doedd bywyd ddim mor syml â hynna. Gallai ddal i gofio'r siom fel gwayw pan ddalltodd hi nad oedd o ar ei ben ei hun yn Mallorca. Yr hoelen olaf yn yr arch oedd y cyhoeddiad fod Math a Steph yn priodi. Mi deimlodd hi i'r byw bryd hynny.

Petai'r amgylchiadau'n wahanol, meddyliodd. Tasa Math ddim ar fin priodi'r Stephanie 'na. Tasa hi heb gysgu hefo'r llwdwn Paul 'na. Petai hi wedi cofio cymryd y bilsen 'na, fyddai hi ddim yn y sefyllfa yma beth bynnag.

'Ti'n cadw'n iawn?' holodd Math wedyn.

'Grêt. Heblaw bod fy ffera i wedi chwyddo, y dŵr poeth, a 'mod i'n dal i chwydu ddydd a nos, ond fel arall fedra i'm cwyno.'

Gwenodd Math.

'Ti'n edrych yn dda.'

'Tew, ti'n feddwl.'

Tawelwch lletchwith rhwng y ddau.

Torrodd Seren ar y mudanod drwy atgoffa Math o'i ddyweddi, 'Sut ma trefniadau'r briodas yn mynd?'

Anwybyddodd Math y sylw, 'Gwranda, os ma' fi ydi'r tad, dwi isio helpu. Dwi isio bod yn rhan o'i fywyd o.'

'Y hi. Hogan fach dwi'n ga'l.'

Gwenodd Math.

'Hogan fach? Wel, 'swn i'n licio bod yn rhan o'i bywyd hi.'

'A be fysa gin Stephanie i'w ddeud am hynny, 'ta?'

'Dim ots am honno,' meddai'n dawel a'i lygaid tywyll yn dal i syllu ar Seren.

Oedd Seren wedi'i glywed yn iawn?

'Dwi'n siŵr fysa hi ddim yn hapi byni'n gwbod ella dy fod ti'n dad i blentyn rhywun arall.'

'Fel ddeudes i, tydi o ddiawl o ots gin i be ma hi'n ei feddwl. Y babi bach yma sy'n bwysig. Y chdi a'r babi sy'n bwysig i mi.'

Roedd o'n dal i syllu arni.

'Y fi?'

Llyncodd Seren ei phoer a rhoddodd ei bol dro bach.

'O, haia, Math.'

Roedd Math ar fin dweud mai camgymeriad oedd ei ddyweddïad efo Stephanie. Tasa ganddo fo ddigon o asgwrn cefn, mi fysa fo wedi dod â'r berthynas i ben yn Mallorca neu ynghynt. Ddim efo Stephanie roedd o eisiau bod, ond efo hi. Seren. Roedd o'n fodlon magu a bod yn dad i blentyn dyn arall os oedd rhaid. Ond chafodd o ddim cyfle i ddadlennu hyn i gyd gan fod Lowri wedi ymddangos o rywle. Roedd hi wedi bod am ginio efo Bethan a honno newydd ei danfon adref. Er ei bod wedi yfed potel o Prosecco ar ei phen ei hun, doedd hi ddim yn ddigon meddw i allu synhwyro'i bod yn tarfu ar y ddau.

'Reit, well i mi fynd,' mwmiodd Math gan droi ar ei sawdl. Ond cyn iddo ddiflannu drwy'r drws, trodd yn ei ôl a datgan, 'Cofia be ddeudes i, Seren.'

Estynnodd Lowri botel o win o'r rhewgell. Ers y gwahanu, roedd Lowri wedi troi am gysur at y Sauvignon Blanc a sawl math arall o rawnwin.

'Be o'dd Math yn neud 'ma?' holodd gan igian.

'Mae o'n gwbod am y babi.'

Caeodd Lowri ddrws y rhewgell â chlep.

'A finna wedi gofyn i Dylan gau ei hen geg! Nath o addo i mi y bysa fo! Y bastad dan din iddo fo.'

Roedd clywed bod Dylan wedi gollwng y gath allan o'r cwd wedi rhoi'r esgus perffaith i Lowri ddechrau tantro a rhedeg ar ei darpar gyn-ŵr.

'Dim ots.'

'Ydi, ma'r ots, Seren!'

Rhoddodd Seren ochenaid fach. Pam, o, pam roedd yn rhaid i Lowri ymddangos pan wnaeth hi? Sôn am amseru amherffaith! 'Y chdi a'r babi sy'n bwysig i mi,' dyna ddeudodd Math. Oedd ganddo fo deimladau tuag ati hi fel roedd ganddi hi ato fo? Ond mi roedd o'n priodi Steph.

'Mae o lot o ots!' edliwiodd Lowri wedyn dan dorri ar feddyliau Seren. 'Pan wyt ti'n rhoi dy air i rywun, ti'n cadw ato fo. Ond, wrth gwrs, tydi peth felly'n golygu dim i Dylan, nac ydi?'

Tolltodd wydriad mawr o win iddi hi ei hun ac yna estynnodd am ei ffôn symudol oddi ar y wyrctop .

'Pwy ti'n ffonio?' holodd Seren.

'Pwy ti'n feddwl? Y brych Dylan 'na.'

'Na, paid,' meddai Seren wrthi'n flinedig. 'Gad lonydd. Tydi o ddim ei werth o.'

'Ydi, mae o! Tydi o ddim yn mynd i ga'l get awê efo hyn.'

Gwyddai Seren yn iawn nad y ffaith fod Dylan wedi agor ei geg ynglŷn â'i beichiogrwydd oedd gwir asgwrn y gynnen fan hyn.

'Damia, ateb y diawl.'

‘Ma’r ddau wedi mynd i lansiad rhyw lyfr heno,’ meddai Seren, gan fwytho’i bol chwyddedig

‘Sut wyt ti’n gwbod?’ gofynnodd Lowri’n syn.

‘O’n i’n bôrd, felly ’nes i stôlcio Eleri Llywenan ar Ffesbwc gynna.’

‘’Nest ti be?’

‘Busnesu yn ei chyfri Ffesbwc hi. Oeddet ti’n gwbod ei bod hi’n bum deg pedwar? Ac ma ganddi hi gath o’r enw Saunders. Pwy ffwc sy’n galw eu cath yn Saunders?’

‘Dangosa i mi,’ meddai Lowri, gan eistedd i lawr yn ymyl Seren wrth y bwrdd. Gwyddai na ddylai hi fusnesu fel hyn, ond allai hi ddim helpu ei hun. Roedd ganddi ryw chwilfrydedd masocistaidd bron i wybod popeth am y ddynes oedd wedi dwyn ei gŵr.

Fu Seren ddim eiliad yn canfod proffil Eleri Llywenan ar Ffesbwc. Yn anffodus i Eleri, ond yn ffodus i Lowri, roedd ei gosodiadau preifatrwydd hi’n llac iawn.

‘Dyma hi a’r mingar, sbia.’

Dangosodd Seren lun o Eleri yn magu cwrcath boliog, du a gwyn. Mewn llun arall, roedd Saunders yn gorweddian yn braf o flaen tanllwyth o dân. Roedd yna hyd yn oed lun o’r cradur hefo coler fawr blastig o gwmpas ei wddw’n cynnwys y pennawd: Saunders druan ar ôl y snip.

‘Ma Eleri Llywenan yn obsesd efo’r blydi gath ’na,’ slyriodd Lowri’n feddw. ‘Reit,’ cododd yn wyllt a dechrau tyrchu yn ei bag.

‘Be ti’n neud?’ holodd Seren.

‘Chwilio am oriadau’r car.’

‘Lle ti’n feddwl ti’n mynd? Dwyt ti ddim ffit i ddreifio.’

'Yndw, tad. Dim ond glasiad neu ddau dwi 'di ga'l.'

'A'r gweddill! Lle ti'n meddwl mynd eniwe?'

'Yli,' slyriodd Lowri, a bron iawn â baglu dros ei thraed ei hun. 'Ma'r bitsh Eleri Llywenan 'na wedi dwyn fy ngŵr i, felly, dwi'n mynd i ddwyn ei chath hi. Geith yr ast wbod sut deimlad ydi o pan ma rhywun yn dwyn rhwbath ti'n ei garu.'

'Callia, Low.'

Roedd Seren yn difaru ei bod hi hyd yn oed wedi sôn am Saunders y gath bellach.

'*Tit for tat*. Neu *cat for husband*, yn yr achos yma,' dechreuodd Lowri chwerthin.

'No wê ti'n dreifio i nunlla,' mynnodd Seren, a chipio'r allweddi oddi ar ei chwaer.

'Ty'd â rheina'n ôl y munud 'ma!' gwaeddodd Lowri.

Wrth iddi geisio'u cipio'n ôl, disgynnodd yr allweddi ar y llawr teils. Aeth Lowri i'w codi ond baglodd a disgyn yn glewt ar y llawr.

Rhuthrodd Seren ati, 'Low, ti'n ocê?'

Dechreuodd Lowri chwerthin yn afreolus ond buan iawn trodd y chwerthin yn ebychiadau dagreuol. Er gwaetha'i bol, aeth Seren ar ei chwrcwd gan afael yn dynn, dynn yn ei chwaer fawr.

'Blydi hel, dwy o rai da ydan ni,' meddai hi gan sychu dagrau Lowri efo'i llaw. 'Un yn disgwl babi a ddim yn gwbod pwy ydi'r tad. Bridget Jones o beth 'ta be? A gŵr y llall wedi'i gadal hi am ddynas sy'n galw ei phwsi'n Saunders!'

Gwenodd Lowri er gwaetha'i dagrau, 'O, Seren,' ochneidiodd, 'sgin ti ddim syniad pa mor falch ydw i dy fod ti yma.'

Pwyll piau hi?

Pnawn dydd Iau oedd hi a Seren, yn ôl ei harfer, yn glanhau yn Annedd Wen. A hithau wedi mynd saith mis, roedd Rhiannon yn mynnu mai dyletswyddau ysgafn yn unig roedd Seren yn eu gwneud, sef tynnu llwch a mymryn o smwddio.

'Paid ti â phoeni am fopio'r lloria, hwfro a gwagio bins yn dy gyflwr di, Seren fach. Geith Anthony neud, 'li. Fydd o'n rwbath iddo fo neud o gwmpas lle 'ma yn lle byddaru rhywun ar y piano 'na, wir.'

Ers ychydig fisoedd, roedd Anthony wedi penderfynu ailafael mewn chwarae'r berdoneg, ac yn treulio oriau yn ceisio meistroli 'Llwyn Onn' a 'Ragtime'. Er, yn ôl Rhiannon, yn anffodus, mi roedd ei ddawn canu'r piano yn debycach i un Les Dawson na Liberace.

'Tyrd i ista i lawr i ga'l panad, wir,' meddai wrth Seren. 'Gwylia di neud gormod, neu mi fydd dy breshyr di'n mynd i fyny.'

Roedd gofal a chonsýrn Rhiannon dros gyflwr Seren wedi'i chyffwrdd. Falla fod Rhiannon yn dwrw ac yn ddrama i gyd ar yr olwg gynta, ond roedd ganddi galon fawr. Ac roedd yn rhaid i Seren gyfaddef fod 'na rywbeth reit braf a chysurlon am gonsýrn Rhiannon drosti. Ar adegau fel hyn roedd Seren yn gweld colli ei mam fwyaf, ond roedd Rhiannon yn fwy na bodlon cymryd ei rôl, a byth a beunydd yn cynnig gair o gyngor a thips ynglŷn â'r enedigaeth:

'Gwthia di, 'mechan i, fel tasat ti'n rhoi dy gachiad ola.'

Ac ar fagu: 'Rwtîn. Ma raid i ti ga'l rwtîn.'

A phetai Rhiannon yn gweu (doedd hi ddim), byddai wedi gweu dwsinau o gardigans a bwtîs bach bellach. Hwn oedd ei chyfle hi i fod yn rhyw fath o nain fenthyg. Doedd dim gobaith yn y byd iddi gael bod yn nain bellach, efo Lowri a Dylan wedi gwahanu.

'Ma gin i fisgits siocled i ni, rhai neis o Waitrose. Mi biciodd Anthony a finnau i mewn ddoe ar y ffordd adra o Ysbyty Gwynedd.'

'Dach chi'n sâl?' holodd Seren, gan gadw'r hetar smwddio yn un o'r cypyrddau yn y gegin.

'Bobol mawr, nac'dan. Anthony 'ma o'dd isio batris newydd i'w *hearing aid*. Er, tydi o'n clywed dim gwell ar ôl cael y bali peth.'

Gwenodd Seren iddi'i hun; roedd hi'n amau'n gry mai *selective hearing* oedd gan Anthony a'i fod yn dewis peidio â chlywed Rhiannon yn rhuo.

'Tyrd yn dy flaen,' hwrjiodd Rhiannon, gan wthio plât o fisgedi siocled o dan ei thrwyn.

'Dim diolch,' gwrthododd Seren. 'Neu ga' i ddŵr poeth.'

'Cythgam o beth – fydda i'n ei ga'l o ar ôl byta *pastry*. Gaviscon w't ti isio. Hwnnw ydi'r boi. Es i drwy boteli ohono fo pan o'n i'n disgwl Lowri. Dwi'n cofio un tro, a finnau wedi rhedeg allan o'r stwff, mi anfonis i Brian . . . dy dad 'lly, allan berfeddion nos i nôl peth i mi. Doedd 'na ddim siopa bedair awr ar hugain yr adeg hynny, wrth gwrs. Nath o ffonio'n ffrindiau ni a'n perthnasau ni i gyd, bron, i holi oedd ganddyn nhw beth. Yn ffodus, mi achubodd Gaynor y dydd – mi oedd ganddi hanner potelaid yn gefn cwpwrdd.' Rhoddodd Rhiannon ochenaid flin, 'Dyna'r tro cynta a'r tro diwetha iddo fo fynd allan o'i ffordd i mi.'

'Y tro cynta a'r tro diwetha iddo fo fynd allan o'i ffordd i unrhyw un,' atebodd Seren fel bwled.

'Be welodd dy fam a finnau yn y sglyfath, dwa'?'

'Duw a ŵyr. Ei *charm* o ella,' meddyliodd Seren, gan ddwyn i gof ei hatyniad hithau tuag at Paul. Roedd hwnnw'n eitha tebyg i'w thad mewn ffordd, yn dipyn o rebel a charisma yn diferu ohono fo.

'A'i fod o'n arfer bod yn andros o bishyn,' ategodd Rhiannon wedyn. 'Mi wyt ti wedi ca'l ei liw o, a'i llygada fo. Ma Lowri wedi tynnu fwy ar ôl ochr fi o'r teulu. Teulu 'nhad. A sôn am honno, pryd ma hi'n ôl o Lundain, dwa'?'

'Nos fory, dwi'n meddwl,' atebodd Seren gan sipian y te gwan. Roedd Seren wedi blino deud wrth Rhiannon mai paned gry efo sigwr roedd hi'n ei hoffi. I mewn drwy un glust ac allan drwy'r llall oedd hi efo Rhiannon bob gafael.

'Ar gwrs ma hi, ia?'

'Dyna ddeudodd hi.'

'Neith ddaioni iddi fynd o 'ma. Newid ei meddwl hi dipyn. Oeddat ti'n gwybod fod Dylan wedi gofyn am ysgariad?'

'O'n.'

'Bastyn iddo fo. Ond 'na fo, wn i ddim be welodd hi ynddo fo erioed. Wel, 'doedd o'n rhy hen iddi hi yn un peth. A hen

greadur digon diflas weles i o erioed.'

'A finna,' ameniodd Seren. 'Dim byd yn ei geg o ond golff a sgwennu cerddi. Pwy sy'n darllen pethau felly eniwe?'

'O be dwi 'di weld, ma'r Math bach 'na well dyn o'r hanner na'i dad. Ma 'na fwy o *go* yn hwnnw o lawer. Ac mae o'n fwy o bishyn. Hwnna 'sa'n gneud i chdi.'

Gwridodd Seren, 'Dach chi'n meddwl?'

'Tasat ti ddim yn be-ti'n-galw . . .' amneidiodd Rhiannon i gyfeiriad bol chwyddedig Seren. ''Swn i'n deud wrthat ti am neud bî-lein am yr hogyn.'

'Ma ganddo fo gariad yn barod a mae o'n priodi ymhen rhyw ddeufis.'

'Bechod. Bechod mawr hefyd.'

Ciledrychodd Seren ar y cloc, 'Reit, well i mi fynd.' Roedd hi bron yn chwarter i bump.

'Gwranda, pam na 'nei di aros am damaid o swper efo ni? Waeth i chdi fod yn fama efo ni ddim nag yn yr hen dŷ mawr 'na ar dy ben dy hun. Wn i, geith Anthony nôl tecawê i ni. Be ti'n ddeud?'

Doedd dim gwell gan Seren na tecawê, ac ers pan oedd hi'n disgwyl roedd hi'n cael blys mawr am reis, unrhyw fath o reis.

'Gawn ni Chinese?' holodd yn awchus.

'Anthony!' gwaeddodd Rhiannon, gan drotian i gyfeiriad y lolfa lle roedd Richard Clayderman yn ymarfer ei grefft. 'Lle ma *menu* yr Orient Garden, dwa'?'

Bu chwilio mawr am y *menu*, ac agorwyd pob drôr a chwpwrdd yn y gegin. Cafwyd hyd iddo yn y diwedd yn y bocs ailgylchu. Rhiannon oedd ar fai, wedi'i luchio ymysg rhyw bapurach eraill. Doedd fiw gadael unrhyw beth o gwmpas yn hir iawn yn Annedd Wen, neu'r bin fyddai'i dynged. Doedd fiw hyd yn oed i Anthony sefyll yn llonydd yn hir iawn neu roedd peryg y byddai yntau'n ffeindio'i hun yn un o'r bocsys ailgylchu.

Yn y cyfamser, roedd Lowri'n mwynhau cwmni cyd-gyfreithiwr ym mar y gwesty. Roedd y cwrs tri diwrnod ar eiriolaeth yn y llysoedd uwch wedi bod yn reit ddwys, ond heddiw, gan fod un o'r tiwtoriaid yn sâl, roedd y cwrs wedi gorffen yn gynnar. Manteisiodd Lowri ar ei phnawn rhydd ac aeth i nofio ym mhwll y gwesty a defnyddio'r *gym*. Yna, ffoniodd *room service* ac ordro cinio bach hwyr iddi hi ei hun a gwydriad mawr, oer o win i olchi'r cyfan i lawr.

Ar ôl gorffen bwyta, edrychodd ar ei wats a sylweddoli'n siomedig mai dim ond deg munud i dri oedd hi byth. Roedd yn mynd i fod yn bnawn a noson hir, a hithau ar ei phen ei hun. Doedd dim awydd mynd i siopa arni na thrampio i ryw amgueddfa. Fe allai hi fynd i'r sinema, neu'r dewis arall oedd mynd i lawr i'r lolfa. Gallai ordro coffi a darllen a pharatoi ar gyfer y cwrs yfory yn y fan honno. Penderfynodd ar yr ail ddewis. Roedd dipyn o'r criw oedd ar yr un cwrs â hi yn aros yn y gwesty hefyd, falla y byddai un neu ddau ohonyn nhw i lawr yn y lolfa. Câi gyfle am sgwrs a bod yn gymdeithasol yn lle cadw iddi'i hun fel roedd hi wedi'i wneud am y ddwy noson ddiwetha.

Newidiodd ei thop, rhoi brwsiad sydyn i'w gwallt ac ail-wneud ei cholur. Ceisiodd gerdded yn hyderus i mewn i'r lolfa. 'Cerdded fel tasa Seren yn cerdded i mewn i stafell,' dywedodd wrthi ei hun. Yn hytrach nag ordro coffi, penderfynodd fynd i'r bar ac ordro gwin. Pam lai? Trît bach, meddyliodd.

Roedd stôl wag wrth y bar ac eisteddodd i lawr ac ordro gwin gwyn mawr iddi hi ei hun. Ciledrychodd o'i chwmpas; damia, doedd hi'n adnabod yr un enaid byw. Yfodd ei gwin a dechreuodd chwarae efo'i ffôn. Ceisiodd roi'r argraff ei bod yn disgwyl rhywun. Edrychodd ar Ffesbwc, Twitter ac Instagram ac yna ar ei negeseuon e-bost. Doedd hi ddim yn disgwyl gweld unrhyw negeseuon newydd gan ei bod newydd tsiecio hwnnw cyn cinio. Ond gwelodd fod ganddi ddau e-bost newydd. Roedd un gan gwmni dillad roedd Lowri wedi ordro rhyw gôt ganddyn nhw fisoedd yn ôl, a bellach roedd y cwmni'n bla yn anfon e-bost ati'n ddyddiol, bron. Roedd y llall gan Iestyn John, ei chyd-weithiwr, ac yn bwysicach, ei chyfreithiwr oedd yn delio â'i hysgariad. Holi am fanylion polisi insiwrans roedd o. Oedd gan Dylan a hithau bolisi ar y cyd?

Pedair blynedd o briodas i lawr y draen, meddyliodd. Cymerodd lowc mawr o'r gwin oer. Mi ddylai hi fynd am y lolfa i ddarllen y nodiadau ar gyfer yfory, ond ordrodd win arall yn lle hynny.

'Gaf i hwn,' meddai'r llais wrth ei hochr.

Trodd Lowri i wynebu'r llais a gweld dyn lled-gyfarwydd yn sefyll wrth ei hochr. Roedd o sbel fengach na hi, yn ei ugeiniau hwyr, ei wallt golau wedi'i dorri'n fyr. Gwenodd arni'n ddireidus.

'Dwi'n ddigon tebol i brynu diod fy hun, diolch yn fawr,' atebodd hithau, gan wenu'n ôl arno.

'Wy'n siŵr dy fod ti.'

'A dwi, chwaith, ddim yn derbyn diodydd gan ddieithriaid,' ychwanegodd wedyn yn bryfoclyd.

Be sy'n bod efo ti, Lowri? Callia, wir Dduw, meddyliodd. Ond eto, pa ddrwg oedd 'na mewn chydig o fflyrtio a hwyl ddiniwed?

'Menyw gall iawn. Neu s'mo ti'n gwybod i ba drafferthion yr ei di,' atebodd yn awgrymog a'i lygaid glas yn dawnsio.

O, mam bach. Mi fedra i'n hawdd fynd i ddŵr poeth go iawn efo'r dyn yma, meddyliodd.

'Ond 'sa i yn ddieithryn, ti'n gweld,' medda fo wrthi wedyn. 'Mi wyt ti a finne wedi hala lot fawr o amser 'da'n gilydd yn barod, drwy'r dydd ddoe a heddi.'

Y cwrs, wrth gwrs. Dim rhyfedd fod ei wyneb o'n gyfarwydd.

'Tom. Tom Lewis,' estynnodd ei law iddi. Sylwodd nad oedd modrwy briodas ar ei fys.

'Lowri, Lowri Wyn,' meddai hithau'n ôl, gan afael yn y llaw gadarn.

Roedd ei modrwyau hithau bellach 'nôl yn eu bocsys bach yn ei drôr nicers. Doedd hi ddim yn siŵr iawn be oedd hi'n mynd i'w wneud efo nhw. Be oedd y drefn hefo modrwyau ridyndant? Eu gwerthu nhw oedd argymhelliad ei mam.

'Gwertha nhw'r ffor' gynta, Lowri bach. Mi gedwis i'r modrwyau ges i gin dy dad am flynyddoedd. I be, dwn i ddim. Mi ddes i ar eu traws nhw un diwrnod yn llechu yng nghornel un o fy jiwelri bocsys. Mi es i â nhw yn strêt i siop jiwelri yn dre. Gafodd Anthony a finna wicend bach gwerth chweil efo'r pres. Gwertha nhw ar y peth *e-beach* 'na. Mi fedri di brynu ci bach efo'r pres. Dyna ti syniad, ti angen ci bach yn fwy nag erioed rŵan a chditha ar ben dy hun yn yr hen dŷ mawr 'na.'

'Mam, am y tro diwetha, dwi ddim isio ci. A dydw i ddim ar ben fy hun, ma Seren efo fi.'

Roedd fel siarad efo'r wal. Roedd Rhiannon yn benderfynol bod Lowri angen ci i gyfoethogi ei bywyd er gwaetha gwrthwynebiad chwyrn ei merch.

Sylwodd Lowri nad oedd Tom ar unrhyw frys i ollwng ei llaw.

'Nawr bo' ni wedi sefydlu s'mo ni'n ddieithriaid, gaf i brynu drinc i ti?'

'Ar yr amod fy mod i'n prynu'r nesa.'

'Ma hynny i'w weld yn deg iawn i mi.' Trodd Tom at y ferch tu ôl i'r bar a gofyn yn glên iddi, 'A bottle of your finest Bollinger, please. Wy'n cymryd dy fod yn lico siampên?' gwenodd ar Lowri gan edrych i fyw ei llygaid.

Daeth ton sydyn o deimlad o banig drosti. Be andros roedd hi'n feddwl roedd hi'n ei wneud yn rhannu potel o siampên efo dieithryn? Be oedd ar ei phen hi? Doedd hyn ddim fel hi, y Lowri gall, bwyllog. Y Lowri fysa ddim yn mynd drwy olau coch am bris yn y byd. Y Lowri oedd wastad yn disgwyl i'r golau gwyrdd ymddangos cyn croesi'r ffordd. Dyma'r hogan oedd ddim yn ddigon anturus hyd yn oed i newid lliw ei hewinedd pan fyddai'n cael *shellac*. Glynai at y lliw llwydfrown *rubble* wastad neu, pan fyddai'n teimlo ychydig bach yn fwy rhyfygus, byddai'n dewis *French manicure*. Doedd byrbwyll ddim yn rhan o eirfa Lowri, heb sôn am ymddwyn felly. Ond eto, pa ddrwg oedd 'na mewn mwynhau cwmni dyn deniadol?

Nodiodd ar Tom gan syllu i ddyfnderoedd ei lygaid llwydlas. 'Dwi wrth fy modd efo fo,' meddai, gan wenu'n ôl.

Roedd Tom yn ddyn difyr dros ben i fod yn ei gwmni, ac wedi bod yn gweithio am flwyddyn yn Toronto. Sgwrsiai'r ddau'n rhwydd, yn cymharu a rhannu profiadau am achosion llys roeddent wedi ymwneud â nhw. Ymhen dim o dro, roedd y botel siampên yn wag.

'Un arall?' Amneidiodd Tom i gyfeiriad y botel.

'Another bottle of Bollinger, please,' gofynnodd Lowri i'r barman. 'Y fi sy'n ca'l hon,' meddai wrth ei chwmni.

'Ti moyn mynd i iste lawr?' gofynnodd Tom iddi ar ôl i'r ail botel ymddangos. 'Ma bwrdd gwag fan'co.'

'Dim ots gin i. Er, ma'r stolion 'ma braidd yn uchel. Mi fydd rhaid i mi ga'l help i ddod lawr, dwi'n meddwl,' chwarddodd Lowri'n ysgafn.

'Ro' i *piggy back* i ti.'

'Hy! Fysat ti ddim yn gallu 'nal i.'

'Wrth gwrs 'sen i'n gallu. Sdim ohonot ti.'

'Wel, ti'n gwbod be ma nhw'n ei ddeud, 'dwyt?'

'Beth?'

Roedd y ddau'n methu tynnu eu llygaid oddi ar ei gilydd.

'Ychydig o beth da sydd i'w ga'l.'

'Ma hynny'n wir. Grynda . . .'

Mam fach, roedd gan hwn lygaid del, meddyliodd Lowri, a gwefusau meddal a llawn. Dychmygodd y gwefusau ar ei gwefusau hi.

'Wel?'

Dadebrodd. Roedd o newydd ofyn rhywbeth iddi.

'Sori, be ddeudest ti?'

'Meddwl o'n i, tybed ti moyn gorffen y botel 'ma yn rhywle arall? Rhywle tawelach, mwy preifat, falle?'

Oedd o'n meddwl be oedd hi'n feddwl oedd o'n ei ofyn iddi?

Gwenodd arni a syllu i ddyfnderoedd ei llygaid. Rhoddodd ei bol dro bach. Oedd, yn bendant.

Gwenodd hithau'n ôl.

'Syniad da.'

Gafaelodd Tom yn y botel siampên ag un llaw, ac yn ei llaw hithau â'r llall. Cerddodd y ddau i gyfeiriad y lifft. Roedd Lowri wedi 'laru ar fod yn gall a rhesymol.

Sŵn.

Deffrôdd Lowri.

Sŵn ffôn yn canu.

Ia, ei mobeil yn canu.

Agorodd ei llygaid. Stafell ddiarth a gwely diarth. Corff diarth wrth ei hochr.

Cofiodd.

Gwenodd.

Daliai'r corff wrth ei hochr i gysgu'n sownd. Estynnodd am ei ffôn gerllaw. Gwelodd enw ei mam yn fflachio ar y sgrin a chythru i'w ateb.

'Mam? Dach chi'n iawn? Be sy?'

'Ma dŵr Seren wedi torri!' gwaeddodd Rhiannon i lawr y lein, wedi panicio'n lân. 'Oedden ni yng nghanol byta'n *sweet and sour chicken* a *duck in black pepper sauce* a dyma'i dŵr hi'n torri.'

'Dach chi'n siŵr?' Cododd Lowri ar ei heistedd yn wyllt.

'Wel, dydi hi ddim wedi pi-pi ar fy nghwshin fflôr i, ma hynny'n saff i ti!'

'Ond ma hi'n rhy fuan o lawer. Dydi hi ddim i fod i eni'r babi am ddeufis arall!'

'Tydw i'n gwbod hynna, 'dydw! 'Dan ni wedi ffonio am ambiwlans i fynd â hi i mewn.'

'Naethoch chi'n iawn.'

'Ond ma hi'n gwrthod mynd i mewn iddo fo,' ychwanegodd ei mam wedyn.

'Be?'

'Ma hi'n gwrthod mynd i mewn i'r ambiwlans. Dwi, Anthony a'r ddau baramedig bach wedi trio a thrio'i pherswadio hi, ond ma hi'n gwrthod yn lân a rŵan ma hi wedi cloi ei hun yn y bathrwm. 'Dan ni ddim yn gwbod be i neud.'

'Gadewch i mi gael gair efo hi.'

Clywodd Lowri ei mam yn cnocio ar ddrws stafell ymolchi Annedd Wen.

'Seren? Ma Lowri ar y ffôn isio gair efo chdi,' gwaeddodd Rhiannon drwy'r drws.

Dim ymateb.

Triodd Rhiannon eto.

'Agor y drws, Seren. Plis, agora'r drws.'

Ymhen hir a hwyr, clywyd sŵn drws yn cael ei ddatgloi ac yn agor yn araf.

'Dyma hi, Seren, i chdi rŵan,' meddai Rhiannon, gan roi ochenaid o ryddhad a phasio'r ffôn i Seren.

'Seren? Fi sy 'ma, Lowri.'

'Dwi ofn, Lowri . . .' dechreuodd Seren grio. 'Ma hi'n rhy gynnar . . . lot rhy gynnar.'

'Mi fydd pob dim yn iawn, gei di weld.'

'Sut wyt ti'n gwbod?'

'Ma 'na lot o fabis yn ca'l eu geni'n gynnar, sti. Ond ma'n rhaid i ni dy ga'l di i mewn i'r ysbyty cyn gynted â phosib,' pwysleisiodd Lowri.

'No ffycin wê dwi'n mynd yn yr ambiwlans 'na!'

'Ma'n rhaid i chdi, Seren. Ma'n rhaid i chdi fynd i'r 'sbyty. Yli, dwi ar fy ffordd yn ôl rŵan. Fydda i efo chdi cyn gynted ag y galla i. Dallt?'

'Ti'n gaddo?'

'Gaddo.'

Griddfanodd Seren a rhegi nes roedd yr awyr yn las. Cipiodd Rhiannon y ffôn oddi arni.

'Well i ni fynd. Welwn ni chdi yn y 'sbyty, Lowri.'

Aeth hithau ar y we'n frysiog ar ei ffôn. Tsieciodd amseroedd y trên. Tasa hi'n gallu dal y trên ddeg munud i saith, dylai hi gyrraedd Bangor am hanner awr wedi deg. Roedd hi'n bum munud wedi chwech rŵan. Cael a chael fyddai hi. Doedd y gwesty ddim yn rhy bell o orsaf Euston, diolch i'r drefn. Neidiodd o'r gwely a gwisgo amdani. Wrth bacio gweddill ei phethau, bu bron iawn iddi â baglu dros y botel siampên wag ar y llawr. Gwenodd wrth gofio'u horig bleserus. Roedd Tom yn dal i gysgu (roedd hi'n meddwl mai Tom ddeudodd o oedd ei enw), effaith yr holl garu nwydus a'r holl siampên, mae'n debyg. Dechreuodd hwnnw ryw stwyrian pan glywodd ddrysau cypyrddau'n agor a chau'n wyllt. Ond heb esboniad, heb ofyn am rif ffôn, e-bost na dim, heb ffarwelio hyd yn oed, diflannodd Lowri drwy'r drws. Roedd ganddi drên i'w ddal.

Lot rhy gynnar

Yr unig beth ddeudodd Seren drosodd a throsodd yr holl ffordd i'r ysbyty oedd: 'Ma hi'n rhy gynnar. Ma hi'n lot lot rhy gynnar. Ma gin i wyth wsnos arall i fynd!'

Gafaelai'n dynn, dynn yn llaw Rhiannon.

'Mi fydd pob dim yn iawn, gei di weld,' cysurodd honno.

'Ffycin hel,' griddfanodd Seren gan wasgu llaw Rhiannon. 'Wnaethoch chi ddim deud wrtha i y bysa fo'n brifo gymaint â hyn chwaith!'

Stopiodd yr ambiwlans a'r seiren.

Wrth i Seren gael ei rhuthro i mewn i'r ysbyty, trodd at Rhiannon ac ofn yn ei llygaid, 'Ddowch chi i mewn efo fi, gnewch? Plis, peidiwch â 'ngadal i.'

'Wrth gwrs y do' i efo chdi,' gwenodd Rhiannon yn gysurlon arni. Doedd hi ddim yn bwriadu gadael i Seren wynebu hyn ar ei phen ei hun bach ar unrhyw gyfri.

Roedd y bydwragedd yn hynod glên ac yn trio'u gorau i dawelu ofnau Seren. Cafodd archwiliad llawn yn syth bìn. Cymerwyd ei phyls, ei phwysau gwaed a gwrandawyd ar galon y babi. Cadarnhaodd y doctor fod y dŵr wedi torri.

'O'n i'n ama' nad wedi piso o'n i,' meddai Seren wrth honno'n goeglyd.

Daeth ton o boenau crampiau ar draws gwaelod ei bol a rhegodd dros y lle eto.

Rhoddwyd monitor am ei bol i gadw golwg ar guriad calon y babi. Chafodd Rhiannon erioed gymaint o ryddhad o glywed calon fechan yn curo ar garlam. Gafaelodd yn llaw Seren yn dynn.

Yn sydyn, arafodd y curiadau'n ddifrifol. Cododd pawb eu golygon yn wyllt i wylio'r monitor, oedd yn dangos bod curiadau'r galon yn gostwng yn beryglus o isel. Edrychodd y ddwy fydwraig ar ei gilydd.

'Be sy? Be sy'n digwydd?' holodd Rhiannon yn ffrantig.

'Well i ni alw'r doctor, dwi'n meddwl,' meddai'r hynaf o'r ddwy, gan drio'i gorau i gadw'r panig o'i llais. Pwysodd y botwm uwchben y gwely'n wyllt.

Cyn i Rhiannon gael cyfle i gynnig unrhyw air o gysur, llenwyd y stafell gan dîm meddygol.

Roedd y galon yn arafu yn arwydd pendant bod y babi mewn trafferthion, esboniodd y meddyg. Roedd yn rhaid i'r babi gael ei eni ar frys. Yr unig opsiwn oedd *caesarean*. Rŵan. Syth bìn.

'Dwi'm isio *caesarean*!' protestiodd Seren.

Fflachiai ofn yn ei llygaid wrth i'w gwely gael ei wthio ar frys i'r theatr, lle roedd mwy o'r tîm meddygol yn disgwyl amdani.

'Low? . . . Lle ma Low? . . . Dwi isio Lowri . . .' gwaeddodd wrth ddiflannu drwy'r drws.

Gadawyd Rhiannon y tu allan i'r drysau caeedig yn gwbl

ddiymadferth. Roedd bywyd Seren a'r babi bach bellach yn nwylo'r arbenigwyr.

Gollyngodd y tacsi Lowri reit tu allan i ddrws adran famolaeth yr ysbyty. Fu'r daith o Lundain erioed mor hir. A hithau'n ugain munud i un ar ddeg y nos, doedd 'na fawr neb o gwmpas. Rhuthrodd i fyny'r grisiau i'r adran famolaeth. Gwelodd Rhiannon yn eistedd ymhen draw'r coridor.

'Mam!' Rhuthrodd tuag ati. Roedd llygaid Rhiannon yn goch.

'Sut ma Seren?' holodd, gan ofni'r gwaetha.

Dechreuodd Rhiannon grio.

'Be sy? Be sy 'di digwydd?'

Rhwng ei ocheneidiau a'i dagrau, atebodd ei mam, 'Ma . . . Ma'r ddwy'n . . . ocê.'

'Ydi'r babi wedi cyrraedd? . . . Rŵan? . . . Yn gynnar?'

Nodiodd Rhiannon.

'Ond ma hi'n iawn? Ma'r fechan yn iawn?'

Nodiodd Rhiannon eto.

'O, diolch i Dduw!'

'O'dd raid iddi gael *caesarean*,' esboniodd Rhiannon. 'Mi roedd calon y babi'n arafu, ac roedd y cord o amgylch ei gwddw. Felly mi roedd yn rhaid iddyn nhw roi *caesarean* ar frys iddi.'

'Dach chi 'di gweld y fechan?'

'Mi ges i ei gweld hi'n sydyn cyn iddyn nhw fynd â hi i'r SCBU.'

'SCBU?'

'I'r *Special Care Baby Unit*.'

'Ond mi fydd hi'n iawn?'

'Bydd . . . Gobeithio. Ma hi mor fach, Lowri. Dim ond croen am asgwrn. Tri phwys, wyth owns.'

'A Seren? Sut ma hi?'

'Dal yn gysglyd ar ôl yr anesthetig.'

'Graduras fach. Wna' i adal llonydd iddi gysgu. Ddo' i'n ôl yn y bora efo dillad glân a phethau molchi iddi hi.'

Ymlwybrodd y ddwy ar hyd y coridor gwag i gyfeiriad y drws. Roedd gan y ferch fach frwydr hir a chaled o'i blaen. Roedd yr wythnosau nesaf yma am fod yn rhai tyngedfennol, meddyliodd Lowri. Dim ond gobeithio na fyddai'r fechan yn gorfod wynebu cymhlethdodau a phroblemau pellach ar ôl dechrau digon bregus i'w bywyd.

Deffrôdd Seren. Teimlai'n sigledig er gwaetha'r ffaith ei bod hi'n gorwedd i lawr. Lle roedd hi? Roedd y stafell yn dywyll heblaw am oleuadau bach oren a choch y peiriannau gerllaw. Deallodd wedyn mai'r peiriant pwysau gwaed oedd un ohonyn nhw a'r drip ar gyfer lleddfu'r boen oedd y llall. Roedd rhywbeth wedi digwydd. Cofiodd. Cofiodd ei dŵr yn torri, y crampiau, y daith yn yr ambiwlans, calon y babi'n arafu – cael ei rhuthro i'r theatr. Rhiannon yn chwifio llun o flaen ei llygaid. Llun babi. Cap bach melyn ar ei phen. Cofio gofyn oedd hi'n iawn? Rhiannon yn deud ei bod hi, bychan ond perffaith. Sôn rhywbeth am *special care*? Teimlodd ei llygaid yn trymhau. Er iddi drio'i gora glas i gadw'n effro, caeodd ei llygaid drachefn.

Deffro eto. Roedd yn olau erbyn hyn. Teimlai ychydig bach

tebycach i hi ei hun. Ceisiodd symud a chodi. Camgymeriad. Saethodd cyllell o boen ar draws gwaelod ei bol. Teimlai fel petai wedi cael ei hollti'n ddwy. Gorweddodd yn ei hôl. No wê fyddai hi'n gallu cerdded eto. Be uffar oedden nhw wedi'i neud iddi hi? Caeodd ei llygaid.

'Sut wyt ti'n teimlo erbyn hyn 'mechan i?' gofynnodd nyrs yn glên.

Agorodd Seren ei llygaid, 'Fatha shit.'

Esboniodd y nyrs y bysa hi'n syniad iddi fynd i'r SCBU i weld y fechan. Roedd hi'n bwysig iawn, meddai hi, i'r fam a'r babi fondio.

'Ond fedra i ddim symud,' protestiodd Seren. 'Fedra i byth fynd i mewn i'r gadair olwyn 'na!'

'Galli, siŵr. Cynta'n byd y codi di o'r gwely 'na, gora'n byd,' meddai'r nyrs wedyn, yn fwy styrn. 'Helpwn ni chdi.'

Yn araf bach, gyda chymorth dwy nyrs, llwyddodd Seren i godi ar ei heistedd, sefyll ar ei thraed a rhoi dau gam bychan i eistedd yn y gadair olwyn, rhywbeth na feddyliai y gallai hi ei wneud byth eto. Gwthiwyd hi ar hyd y coridor, draw i'r Uned Gofal Arbennig. Golchodd y nyrs a hithau eu dwylo ar ôl cyrraedd a syllodd Seren o'i chwmpas. Roedd y stafell yn llawn inciwbators, peiriannau'n bipian, gwifrau a thiwbiau.

'Dyma ni,' meddai'r nyrs yn glên a'i harwain at inciwbator ym mhen draw'r stafell.

Syllodd Seren ar y babi bach a orweddai a'i llygaid ynghau y tu mewn iddo. Roedd mop o wallt tywyll ganddi.

'Paid â chymryd sylw o'r tiwbiau 'na,' esboniodd y nyrs.

'Ma un yn rhoi ychydig bach mwy o ocsigen iddi a drwy'r llall ma hi'n cael ei maeth.'

Gwyddai'r nyrs fod gweld yr holl diwbiau ar gyrff a wynebau'r babis fel arfer yn ypsetio'r mamau.

'Fysat ti'n licio gafael ynddi hi?'

Nodiodd Seren. Estynnwyd cadair iddi ac eisteddodd Seren ynddi'n ddisgwylgar ond nerfus.

Agorodd nyrs arall, honno oedd yn gofalu am y babis yn yr uned, yr inciwbator, a gosod y babi'n ofalus ym mreichiau Seren.

'Oes gin ti enw iddi eto?' gofynnodd y nyrs.

Ysgydwodd Seren ei phen.

'Rhaid i ti benderfynu ar enw yn go handi. Ma'n rhaid i'r beth bach gael enw, siŵr.'

Chlywodd Seren mo'r sylw. Allai hi ddim tynnu ei llygaid oddi ar y bwndel bach yn ei breichiau. Roedd hi mor fychan, mor fregus. Allai hi ddim credu bod y corff bychan bach yma wedi bod tu mewn iddi hi ychydig oriau ynghynt.

'Helô, babi del. Dy fam di dwi.'

Plygodd ymlaen a phlannu cusan ysgafn ar y talcen bychan bach. A'r un pryd, syrthiodd deigryn unig ar dalcen ei merch fach.

A, del! Babi del!

Brasgamodd Lowri i lawr y grisiau o'r ward famolaeth. Doedd hi ddim yn un oedd yn credu mewn defnyddio lifft pan oedd 'na risiau digon derbyniol ar gael. Ar gyfer pobol anabl a diog oedd pethau fel lifftiau.

Er gwaetha'i brys mawr i gael ei geni, roedd y fechan yn dod yn ei blaen yn ardderchog. Ac er mai dim ond ers dau ddiwrnod yr oedd hi wedi dod i'r byd roedd Adele yn altro bob dydd. Ddim Adele fyddai'r enw o ddewis Lowri chwaith, ond dyna fo, Seren oedd ei mam hi, wedi'r cwbl.

Câi Lowri drafferth i'w llusgo'i hun oddi wrth y fechan yn yr Uned Gofal Arbennig. Edrychai Adele mor eiddil a bregus yn yr inciwbator. Roedd sôn fod Seren am gael ei symud i'r uned ar gyfer rhieni oedd â phlant a babanod yn yr ysbyty. Gobeithiai Lowri na fyddai hwnnw'n gyfnod rhy hir. Edrychai ymlaen at gael y ddwy adref, ond roedd gofyn i Adele gryfhau a magu pwysau cyn i hynny allu digwydd.

Ond doedd hynny ddim yn debygol o ddigwydd bellach chwaith, meddyliodd Lowri'n siomedig. Rŵan fod tad Adele newydd landio.

Doedd Paul ddim byd tebyg i'r hyn roedd Lowri wedi'i ddychmygu. Roedd o lot hŷn i ddechrau – *yn ei bedwardegau cynnar*. Y dyn tebyca fyw i'r actor Idris Elba a welodd Lowri erioed. Pan welodd hi o'n sefyll yn nrws stafell Seren, meddyliodd mai fo oedd o, neu ei frawd, yn bendant. Anwybyddodd Lowri'n llwyr, fel petai hi ddim yn y stafell. Cyflwynodd Seren y ddau i'w gilydd, ond prin y gwnaeth o ei chydnabod hi hyd yn oed wedyn. Pan ddechreuodd Paul ddatgan ei gariad am byth bythoedd i Seren a'i fod yn awyddus i'r tri ohonyn nhw fod yn deulu, gwnaeth Lowri ei hesgusodion a gadael. Roedd gan y ddau lot lot fawr o siarad i'w wneud yn amlwg.

Hwnna oedd Paul, felly, meddyliodd wrth gamu i lawr y grisiau. Ddim y dyn mwya serchus o dan yr haul, o bell ffordd.

Allai Lowri ddim credu ei llygaid pwy oedd yn cerdded i'w chyfarfod.

'Math!' ebychodd.

Yn un llaw roedd ganddo dusw mawr o flodau a thedi-bêr yn y llall.

'Haia, Lowri. Ti'n ocê?'

'Yndw, chditha? Wedi dod i weld Seren wyt ti?

''Bach yn amlwg, tydi?' gwenodd Math gan chwifio'r blodau.

'Ym . . .' syllodd Lowri ar y tedi-bêr. 'Ti yn gwbod, 'dwyt? . . . Ti yn gwbod nad . . .?'

'Nad y fi ydi'r tad?' gorffennodd Math frawddeg Lowri. 'Yndw. Nath Seren decstio fi.'

Pan ddarllenodd Math y neges swta, Adele wedi cyrraedd.

Wyth wsnos yn fuan. Dim achos i chdi boeni. Ddim y chdi ydi'r tad x, roedd wedi teimlo siomedigaeth enbyd. Roedd o wedi meddwl yn siŵr mai ei fabi o oedd hi. Mi ddylai deimlo rhyddhad o'r mwyaf; roedd yn rhydd i briodi Stephanie heb unrhyw gymhlethdodau. Ond gwyddai nad dyna roedd o eisiau. Gwyddai'n bendant nad oedd o eisiau priodi Stephanie. Allai o ddim ei phriodi hi. A neithiwr, o'r diwedd, roedd wedi magu digon o blwc i ddweud hynny wrthi. Theimlodd o erioed y fath bwysau'n codi oddi ar ei ysgwyddau, er ei fod yn ymwybodol ei fod wedi'i brifo i'r byw. Ond allai o ddim byw celwydd mwyach na chuddio'i deimladau. Gwyddai nad efo Stephanie yr oedd ei ddyfodol ond efo Seren, pe byddai hi'n cytuno. A phwy a ŵyr – rhyw ddiwrnod byddai'n fwy na bodlon magu a charu ei merch fach hi'n ogystal, waeth pwy oedd ei thad biolegol.

'Ma ganddi hi fisitor ar y funud,' eglurodd Lowri iddo.

'O?'

'Paul. Paul, tad Adele. Dwi wedi gadal i'r ddau gael llonydd. Dwi'n meddwl fod ganddyn nhw lot o waith siarad. Mae'n edrych fel bod y ddau am drio eto.'

Gwelodd Lowri wyneb Math yn disgyn. Roedd ei galon wedi suddo fel carreg i waelod chwarel Dorothea.

'O, reit, dwi'n gweld.' Llyncodd ei boer. ''Nei di roi'r rhain iddi?' Cynigiodd y blodau a'r tedi i Lowri.

''Dwyt ti ddim am aros? Awn ni am baned ac awn ni'n dau i fyny i'w gweld hi wedyn?'

'Na, na, well i mi fynd. Jyst cofia fi ati . . .' Ar hynny, trodd Math ar ei sawdl a cherdded yn wyllt i gyfeiriad y drws.

'Math? . . . Math?'

Anwybyddodd Math lais Lowri'n galw arno. Roedd y siom yn ei lethu. Siwrnai seithug os buodd 'na un erioed.

Roedd Seren wedi bod yn ddigon ffodus i gael stafell fechan ar ei phen ei hun ym mhen draw'r ward. Roedd hynny'n lot brafiach na gorfod bod mewn stafell efo'r mamau eraill a'u babis wrth ei hymyl, a'i babi bach hithau mewn inciwbator yn yr Uned Gofal Arbennig.

Cnociodd Lowri'n dawel ar y drws. Clywodd leisiau'n siarad yn uchel yr ochr arall iddo. Yna llais Seren yn gweiddi, 'Fuck off, Paul!'

Wrth daranu allan o'r stafell, anwybyddodd hwnnw Lowri'n llwyr.

Camodd hithau i mewn i'r stafell yn ei le.

'Ti'n iawn?' gofynnodd i'w chwaer.

'Dwi'n well ar ôl deud wrth y brych yna lle i fynd,' atebodd Seren gan godi o'i gwely'n ofalus. Roedd ei bol yn dal yn ddolurus ar ôl y *caesarean*.

Estynnodd am ei *dressing gown*. Roedd hi bron yn amser bwydo Adele a byddai hithau'n mynd draw i'r SCBU i'w bwydo o'r fron.

'Ond o'n i'n meddwl . . .' gwawriodd ar Lowri ei bod wedi cam-ddallt pethau'n llwyr.

'Meddwl be? Y bysa Paul a finnau yn ôl efo'n gilydd? No tshians.'

'Ond mi nath o ofyn i ti, glywis i o'n deud ei fod o isio cyfle arall. Ei fod o isio bod yn dad i Adele. Dyna pam es i allan, i chi'ch dau gael llonydd i siarad.'

'A tasat tithau wedi aros, mi fysat ti wedi cael clywed fy

ateb i. Mi gafodd ei gyfle. Ond mi ddewisodd ei wraig adeg hynny. A rŵan, ma hi'n rhy hwyr. Dwi ddim isio fo.' Sylwodd ar y tusw blodau yn llaw Lowri. 'Dydyn nhw ddim yn caniatáu blodau ar y wardiau. Ond diolch i chdi 'run fath.'

'Ddim gen i ma nhw. Gan Math. A hwn hefyd.' Dangosodd Lowri'r tedi iddi.

'Math?'

Rhoddodd bol Seren dro bach. Gwibiai pob mathau o bethau drwy ei meddwl. Pam fod Math wedi dod i'w gweld hi? Doedd o ddim wedi dod yr holl ffordd o Fryste i'w gweld hi, 'doedd bosib? Pam? Ond roedd yn gwybod yn iawn nad ei blentyn o oedd Adele. Felly, pa reswm oedd ganddo i ddod i'w gweld hi? Ar wahân i . . . Na, allai hi ddim caniatáu iddi'i hun feddwl hynny, gobeithio hynny. Roedd o'n priodi, roedd o mewn cariad efo Steph. Ond eto . . . tybed?

'Lle mae o 'ta? Dos i'w nôl o.'

Roedd Seren yn torri'i bol isio'i weld o.

'Mae o wedi mynd.'

'Mynd? Mynd i le? Pam?'

Roedd hi'n methu credu'r peth. Pam fod Math wedi gadael heb ddod i'w gweld hi? Doedd y peth ddim yn gwneud synnwyr.

'Dwi'n meddwl mai fy mai i ydi o,' cyfaddefodd Lowri'n llawn embaras.

'Dy fai di? Sut, 'lly?'

'Dwi'n meddwl 'mod i wedi'r rhoi'r argraff iddo fo dy fod ti a Paul yn ôl efo'ch gilydd.'

'Blydi hel, Lowri!' ebychodd Seren, gan estyn am ei ffôn yn wyllt.

Pan welodd Math rif Seren ar ei fobeil, llamodd ei galon, 'Helô?'

'Fi sy 'ma, lle w't ti?

'Ar y ffordd i'r car. Dwi 'di gorfod parcio reit yn y pen draw. Fysa'n gynt 'swn i 'di parcio yn Tesco.'

Gwenodd Seren. 'Diolch am y bloda a'r tedi. Er, 'sa fo wedi bod yn neis ca'l diolch i chdi wyneb yn wyneb 'fyd.'

'O'n i ddim yn licio, rŵan dy fod ti a . . .'

'Rŵan 'mod i'n be?

'Wel, dy fod ti a thad Adele yn ôl efo'ch gilydd.'

'Dydan ni ddim. Lowri o'dd wedi cam-ddallt pethau big teim. Dwi a fo yn hen, hen hanes bellach. Ges i uffar o sioc ei weld o yma, deud y gwir. O'n i wedi gadal iddo fo wbod ei fod o'n dad er mwyn i mi ga'l pres o din yr uffar. Ond y peth diwetha o'n i'n ei ddisgwl o'dd iddo fo droi fyny yma. A ddeudes i wrtho fo nad ydw i isio . . . Math? . . Helô?'

Trodd Seren at Lowri a'i gwep wedi disgyn.

'Mae o 'di roi'r ffôn i lawr arna i.'

'Ella'i fod o 'di colli'r signal neu fod y batri wedi mynd yn fflat,' cysurodd Lowri.

'Dwi ddim yn meddwl.'

'Dwi mor sori, Seren.'

'Dim ots.' Ond doedd 'na fawr o argyhoeddiad yn llais ei chwaer wrth dderbyn yr ymddiheuriad.

'Be wnawn ni efo'r blodau 'ma, dwa'?'

'Dos â nhw adra efo chdi,' atebodd Seren yn ddi-ffrwt. Roedd y gwynt wedi ei dynnu o'i hwyliau go iawn. Gwisgodd ei *dressing gown* yn benisel. 'Reit, well i fynd at Adele.'

Roedd hi bron â chyrraedd y drws pan agorodd hwnnw

ohono'i hun yn wyllt. Pwy oedd yn sefyll yr ochr arall, allan o wynt yn lân ond efo gwên fawr lydan ar ei wyneb, ond Math.

Hôm Jêms

Bu Adele fach yn yr Uned Gofal Arbennig am dros chwech wythnos. Yna, o'r diwedd, er mawr ryddhad i Seren a Lowri, daeth y diwrnod mawr pryd y câi hi ddod adref.

Ychydig ddyddiau ynghynt, mi biciodd Seren draw i Taliesin i gael brêc o awyrgylch yr ysbyty ac yn bwysicach, i nôl ei moto-beic. Roedd peidio â chael reidio hwnnw oherwydd y *caesarean* wedi bod yn loes calon fawr iddi hi. Cafodd andros o syrpréis pan ddangosodd Lowri'r bocs rŵm iddi, oedd bellach wedi'i thrawsnewid yn stafell fendigedig ar gyfer Adele.

'Blydi hel!' ebychodd, pan welodd y stafell wely'n llawn popeth a mwy ar gyfer ei merch fach. Roedd yn union fel nyrseri allan o'r cylchgrawn *Mother and Baby.* Yno'n disgwyl am y fechan, yn ei holl ogoniant, yr oedd cot cywrain, gwyn, mawr a chadair siglo wen, gyfforddus i eistedd ynddi wrth fwydo. Cypyrddau a wardrob pin gwyn oedd eisoes yn orlawn. Bob tro roedd Lowri yn y dre, methai'n lân ag ymatal rhag prynu rhyw ddilledyn neu'i gilydd i'w nith.

'Wel, be ti'n feddwl 'ta?' holodd Lowri. 'Ti'n licio fo?'

'Waw! Dwi'n siŵr sgin Prinses Charlotte ddim nyrseri fatha hon.'

Gwenodd Lowri, wrth ei bodd ei bod hi'n plesio. Er, yn dawel bach, teimlai Seren fod y stafell binc a gwyn yn ddiawledig o siwgwraidd, a'r cot oedd yn gwafars i gyd, a'r canopi o fwslin gwyn wedi'i addurno drosto, yn ddiawledig o ormodol. Byddai hi'n bendant wedi mynd am rywbeth lot mwy modern a lliwgar. Ond hei-ho, roedd Lowri wedi mynnu talu, felly pwy oedd hi i ddadlau?

Roedd y ddwy hefyd wedi bod yn siopa hefo'i gilydd yn prynu pram a'r holl geriach angenrheidiol eraill rheini ar gyfer babi. Gan gynnwys rhai oedd ddim mor angenrheidiol hefyd. Mynnodd Lowri eu bod yn prynu'r pram gorau a'r un drutaf yn y siop.

'Ond fedra i ddim fforddio hwnna, siŵr,' meddai Seren, wedi dychryn. ''Swn i'n medru prynu uffar o foto-beic da am bris hwnna!'

'Dim ond y gora i fy nith fach i,' oedd ymateb Lowri wrth roi ei cherdyn banc i mewn i'r peiriant bach wrth y til. 'Tyrd,' meddai wedyn, 'awn ni i'r siop ddillad plant a babis newydd 'na i chwilio am *outfit* fach i Adele.'

'Ond ma ganddi hi lwyth yn barod!'

'Ond ma hi angen *outfit* sbesial i'w gwisgo pan fydd hi'n dod adra,' mynnodd Lowri wedyn. 'O'n i'n meddwl hefyd, ella 'sa'n neis trefnu rhyw barti bach y diwrnod hwnnw.'

'I be? Sdim isio gneud ffys, nag oes?'

''Sa'n neis. Dathlu bod Adele yn cael dod adra o'r diwedd. Ar ôl yr holl wsnosa o fod yn yr SCBU. Dim byd mawr. Dim ond gwahodd Math, Mam, Anthony, Bethan, Emyr a'r trŵps. Siampên a chydig o ganapés, 'na'i gyd.'

'Os ti isio.'

Bu cryn drafod ac anghytuno ynglŷn â'r dewis o ddilledyn hefyd. Ffafriai Lowri ffrog fach binc a chardigan o liw hufen oedd yn cyd-fynd â hi. Ond ffafriai Seren, ar y llaw arall, dop a *leggings* bach patrwm llewpard.

'Ond fedrith hi ddim gwisgo rheina i ddod adra, siŵr!' ffromodd Lowri.

'Pam ddim? Well na'r hen ffrog ffrils hyll 'na . . . O, mai god! Yli be sy'n fama? Pa mor cŵl ydi hwn?'

Cythrodd Seren at siaced ledr fach ddu.

'Ma'n rhaid i Adele ga'l hon. Ma jyst rhaid iddi hi.'

Chwiliodd drwy'r rêl am un maint llai.

'Ies! Ma 'na un 0–3 *months* yma hefyd! Hon fydd Adele yn ei gwisgo pan ma hi'n dod adra.'

Gwyddai Lowri nad oedd pwynt dadlau.

Cyn i Seren fynd yn ei hôl am yr ysbyty, aeth y ddwy am baned sydyn.

'Dwi rili wedi joio fy hun heddiw,' meddai Seren gan gladdu clamp o sgon efo jam a chrîm.

Sipiai Lowri ei the gwyrdd arferol, 'Finnau hefyd.'

Daeth cri tecstlyd o gyfeiriad ffôn Seren. Estynnodd am ei ffôn. Gwenodd a dechreuodd decstio'n ôl yn wyllt.

'Wel, sut ma *lover boy* 'ta?' pryfociodd Lowri.

Anwybyddodd Seren y sylw a dal i decstio.

Welodd Lowri erioed ddau oedd yn tecstio neu'n ffês-teimio'i gilydd mor aml.

'Fedrith Math ddim dod adra wicend yma,' esboniodd Seren. 'Ma ganddo fo ormod o waith adolygu i'w neud.'

Roedd arholiadau terfynol Math ar y gorwel ac felly roedd ganddo waith adolygu mawr o'i flaen.

'O, bechod,' sipiodd Lowri ei the. 'A sut ma petha 'ta?'

'Meindia dy fusnes!' gwenodd Seren.

'Ty'd 'laen. Deud.'

'Blydi ymesing, os oes raid i ti ga'l gwybod.'

Chwarddodd y ddwy.

Wrth i Seren gau strapiau'r sedd car babi'n dynn am y fechan yng nghar Lowri, allai Lowri ddim peidio ag edmygu corff ei chwaer yn ei jîns duon tyn. Fyddai neb yn dyfalu ei bod hi wedi geni babi dim ond ychydig fisoedd yn ôl. Roedd y fam a'r ferch yn matsio'n ddigon o ryfeddod hefyd, y ddwy yn eu cotiau lledr.

'Dyna chdi, babi del. Gaiff Anti Low fod yn *chauffeur* i ni'n dwy rŵan.' Plannodd Seren gusan ysgafn ar dalcen ei merch, oedd yn cysgu'n braf. 'Hôm Jêms,' amneidiodd i gyfeiriad Lowri a mynd i eistedd wrth ochr ei merch yn y cefn.

Edrychodd Lowri i fyw llygaid Seren. Gwyddai fod y weithred syml yma yn andros o gam mawr i'w chwaer fach.

'Ti'n siŵr y byddi di'n iawn yn fanna?'

Nodiodd Seren gan lyncu ei phoer yr un pryd. Yna, agorodd y ffenest rywfaint, ond ddim gormod, rhag ofn i Adele gael drafft.

'Fedra i ddim mynd drwy fy oes yn osgoi, na fedra?' meddai'n dawel a mwytho llaw fach ei merch.

Gyrrodd Lowri'n hynod ofalus o'r ysbyty. Yn rhy ofalus.

'Rho dy droed i lawr i lawr, wir Dduw,' cwynodd Seren. 'Ma 'na foped newydd basio ni!'

Er mai dim ond rhyw gwta bum milltir oedd y siwrnai i gyd, mi roedd hi'n cymryd llawer iawn yn hirach na'r arfer gan fod Lowri'n ymwybodol o'r trysor gwerthfawr yn y sedd gefn. Gwrthodai wneud mwy na thri deg milltir yr awr ar y ffordd ddeuol. Yna, gwelodd olau yn fflachio'r tu ôl iddi hi.

'O, cachu rwtsh! Ma 'na gar plismon tu ôl i ni,' ebychodd, wedi cynhyrfu'n lân wrth weld y goleuadau glas. Arafodd hyd yn oed yn fwy.

'Ia? So?'

'Ma'n fflachio arna i i stopio! O, cachu rwtsh.'

Tynnodd Lowri i'r ochr a diffodd yr injan.

Daeth y plismon allan o'i gar a gwasgodd Lowri fotwm y ffenest i'w hagor.

'Bob dim yn iawn?' gwenodd yn glên ar y bonwr, gan lyncu ei phoer yr un pryd.

Gwyrodd y plismon reit ymlaen er mwyn gwneud yn siŵr nad oedd arogl alcohol ar ei gwynt.

'Cadwa'r botel jin 'na, Low,' pryfociodd Seren. Ond doedd Lowri na'r plismon yn chwerthin.

'Ydach chi wedi bod yn yfed?' gofynnodd yn sych iddi.

'Do. Tri chan o lagyr a photel o win,' atebodd Seren yn ysgafn.

'Cau dy geg, Seren,' brathodd ei chwaer. 'Naddo, wrth gwrs bo' fi ddim!' atebodd Lowri'n siort.

'O'n i'n sylwi eich bod chi'n gyrru'n ofnadwy o araf.'

'Gyrru'n ofalus o'n i.'

'Ddeudis i wrthi ei bod hi'n mynd yn rhy slo,' ategodd Seren wedyn.

Gwgodd ei chwaer arni.

'Ma gyrru yn rhy araf yn gallu bod cyn waethed â gyrru'n

rhy gyflym, Miss. Ga' i ofyn pam oeddech chi'n gyrru mor ara deg?'

'Wel, oherwydd hon 'te?'

Pwyntiodd Lowri i gyfeiriad y sedd babi yn y sedd ôl.

Rhoddodd y plismon ei ben drwy'r ffenest. Gwenodd a meddalodd, 'O, dwi'n gweld.'

'Ar y ffordd adra o'r 'sbyty ydan ni. 'Dan ni'n mynd â hi adra am y tro cynta.'

'Dwi newydd ga'l hogan fach fy hun. Wel, fy ngwraig i, 'lly. Tair wsnos i fory. Elysteg. Be ydi enw'r fechan?'

'Adele,' atebodd Seren.

'Adele? Fatha'r gantores? O, del. Dwi'n ffan mawr o honno. Ocê 'ta, ffwrdd â chi, ond pwyswch eich troed fymryn mwy ar y petrol 'na, ia?'

Gwenodd eto gan droi ar ei sawdl a chamu'n ôl i gyfeiriad ei gar.

Taniodd Lowri'r injan, ei hwyneb yn fflamgoch mewn embaras. Gobeithiai nad oedd neb roedd hi'n ei adnabod wedi'i gweld yn cael ei stopio. Sôn am gywilydd.

Chwarddodd Seren yn braf, 'Ha! Dwi erioed wedi clywed am neb o'r blaen yn cael ei stopio am yrru'n rhy ara deg!'

Gwgodd Lowri arni, ond ddim am yn hir chwaith. Gwenodd hithau. Roedd heddiw'n ddiwrnod arbennig. Nid yn unig roedd Adele yn dod adre o'r ysbyty, roedd Seren hefyd wedi cymryd y cam cynta i wynebu ei hofn mwyaf. Roedd y ddwy'n mynd i gofio heddiw am amser hir iawn, iawn.

Wrth iddi droi'r car i mewn i'r dreif, gwenodd Lowri wrth

weld y balŵns oedd wedi'u clymu'n glympiau bob ochr i bostyn y giât. Edrychai'r faner â'r geiriau 'CROESO ADREF ADELE' wedi'u sgwennu'n fawr mewn coch arni'n broffesiynol iawn, rhaid deud. Sawl gwaith cyn iddi gychwyn am yr ysbyty y bore hwnnw roedd hi wedi atgoffa Rhiannon ac Anthony i gofio clymu'r balŵns a rhoi'r faner yr oedd hi wedi'i llunio o hen gynfas i fyny uwchben y drws ffrynt? Parciodd drws nesaf i gar ei mam a char Bethan ac Emyr.

Fel roedd Seren yn estyn am gadair Adele, rhuthrodd pawb allan o'r tŷ i groesawu'r ddwy. Roedd hi'n amlwg fod pawb wedi bod yn disgwyl yn eiddgar amdanyn nhw.

'O'r diwedd!' gwenodd Emyr. 'Oeddan ni'n dechrau poeni lle roeddach chi.'

'Gawson ni'n stopio gan blismon,' datganodd Seren yn geg i gyd.

'Car plismon? Pam?' holodd Rhiannon.

'O, dim byd. Camddealltwriaeth bach. Dyna i gyd.' Damiodd Lowri Seren o dan ei gwynt am fod yn gymaint o geg lac. 'Ti'n siŵr y gelli di fanijio cario'r sedd 'na, Seren?' gofynnodd. 'Wyt ti isio i mi ei chario hi i'r tŷ? Gwylia dy bwytha.'

'Dwi'n iawn. Paid â ffysian, Low.'

'O, ma hi'n ddigon o sioe!' clwciodd Bethan. 'Andreas, dos o wyneb y beth bach, hogyn da. O, mam bach! Ylwch y gôt fach ledr 'na! Tydi hi'n gorjys ynddi hi!'

Dim ond Rhiannon sylwodd ar Lowri'n camu yn ei hôl fymryn er mwyn gwneud lle i Seren estyn am y gadair a chario'i babi i mewn i'r tŷ. Daliodd Rhiannon lygaid ei merch a gwenodd wên gydymdeimladol arni. Gwenodd Lowri'n wanllyd yn ôl ar ei mam.

Roedd hi wedi breuddwydio cymaint am y foment hon, y foment y byddai hi'n dod adref o'r ysbyty hefo babi bach. Ond doedd y realiti ddim cweit fel roedd hi wedi breuddwydio amdano chwaith; yn anffodus, ddim ei babi hi oedd hi, ond ei nith.

Yn sydyn, trawodd rhywbeth hi fel gordd. Doedd hi ddim wedi gweld ei misglwyf y mis yma, na'r mis diwetha chwaith, tasa hi'n mynd i hynny. Hefo holl hynt a helynt geni Adele ac ati, doedd hi ddim wedi sylweddoli tan rŵan.

O, mam bach, y pnawn hwnnw yn Llundain! Doedd hi erioed yn feichiog?

Peppa Pinc

''Na ti, babs, ma dy dinpws bach di'n lân rŵan. Pwy 'sa'n meddwl y bysa peth mor fach yn cachu cymaint?'

Ffromodd Bethan ac Emyr wrth glywed gair hyll yn cael ei ynganu yng ngŵydd eu dau epil. Cusanodd Seren fol Adele cyn rhoi'r legins bach llewpard yn ôl amdani, ac roedd yn rhaid i Lowri, hyd yn oed, gyfaddef fod Adele yn edrych yn ddigon o ryfeddod ynddyn nhw.

''Sa ti'n licio i mi ei rhoi hi lawr i gysgu?' gofynnodd, yn hofran uwchben Seren, oedd wedi mynnu newid Adele ar y mat newid ar lawr y lolfa. Er bod Lowri wedi awgrymu'n glên falla y byddai'n brafiach iddi fynd i newid y clwt yn y nyrseri i fyny grisiau.

'Duwcs, i be? Fydda i'm dau gachiad wrthi. Neith fama'n iawn,' oedd ymateb Seren.

'A' i â hi i fyny,' cynigiodd Lowri wedyn.

'Na, mae'n iawn. Geith hi aros i lawr yn fama efo ni. Ei pharti hi ydi o wedi'r cwbl, 'te babs? Ti ddim isio colli parti chdi dy hun, nag oes?'

Ddeudodd Lowri ddim byd, dim ond tywallt mwy o siampên i wydr ei gwesteion.

'Dim mwy i fi, yn anffodus,' meddai Emyr gan roi ei law dros ei wydr. 'Fi sy'n dreifio. A deud y gwir, panad fasa'n dda.'

Ymddiheurodd Lowri'n llaes am beidio â chynnig un ynghynt ac aeth drwodd i'r gegin i ferw'r tegell. Aeth am y ffrij i estyn llefrith, ond cofiodd nad oedd dim ar ôl. Roedd hi wedi bwriadu stopio i gael peint neu ddau ar ei ffordd i'r ysbyty'r bore hwnnw. Ond yn ei chyffro, roedd hi wedi anghofio'n llwyr.

'Damia,' meddai o dan ei gwynt.

'Dwi jyst yn piciad allan i nôl llefrith. Fydda i ddim yn hir,' meddai gan roi ei phen rownd drws y lolfa. Gallai fynd i'r archfarchnad a phrynu prawf beichiogrwydd yr un pryd, meddyliodd.

'A' i, yli,' meddai Seren gan godi oddi ar ei heistedd ar y llawr. ''Swn i'n medru neud efo dipyn o awyr iach.'

'Duwcs, na, arhosa di yma. A' i. Faint o siampên w't ti 'di gael?'

'Dim dropyn. Dda gin i mo'r stwff. Peint yn ddigon?'

Cyn i Lowri gael cyfle i ddadlau mwy, roedd Seren yn ei siaced ledr.

'Grêt. Diolch,' gwenodd yn wanllyd.

Damia. Mi fyddai'n rhaid iddi aros tan yfory i brynu prawf rŵan, meddyliodd.

'Dim probs. Fydda i'm yn hir.'

Taniodd Seren injan yr Yamaha a refio i ffwrdd ar sbid.

O, y rhyddhad! Y rhyddhad o fod allan o'r blydi tŷ 'na, meddyliodd. Diolch i Dduw am gael unrhyw esgus i gael brêc a llonydd am bum munud. Roedd Bethan ac Emyr yn mynd ar ei nerfau hi hefo'u malu awyr am ryw bwyllgor codi pres a rhyw estyniad ar eu tŷ crand, blêr. Pwy ffwc oedd yn malio am eu cyfyng-gyngor mawr o'r dewis anodd rhwng teils a llawr pren? meddyliodd, gan oddiweddyd Corsa bach du oedd yn gwneud dynwarediad tan gamp o falwoden. Ar ôl dau neu dri gwydriad o'r pefriog, roedd Rhiannon, hithau, wedi dechrau mynd ar nerfau pawb, yn hefru am y cwmni drama. Ers iddi hi adael, honnai fod safon y cynyrchiadau a'r actio wedi gostwng yn ddiawledig. Eistedd â'i ben yn ei blu yn ei ddull arferol roedd Anthony, heb ddweud bw na be wrth neb. Ond mi ddychrynodd am ei hoedel pan gododd Bethan ei thop a dechrau bwydo Macsen yn y fan a'r lle o'i flaen. Cochodd at ei glustiau, a wyddai o ddim lle i sbio. Roedd gweld bronnau merch yn cael eu defnyddio yn y fath fodd yn beth diarth iawn iddo fo.

Ond Lowri oedd yn mynd ar ei nerfau hi fwyaf. Yr holl ffysian dros Adele. Roedd hi wedi anghofio sut roedd hi'n gallu bod. Fel roedd hi pan oedd hi'n disgwl. Mi roedd hi saith gwaeth rŵan.

Y hi oedd mam Adele, ddim Lowri, ac roedd yn rhaid i Lowri gofio hynny. Gwyddai fod calon Lowri yn y lle iawn yn y bôn, jyst ei bod hi angen rheoli pawb a phopeth. Os oedd rhywun angen cymryd *chill pill*, yna Lowri oedd honno. Byddai'n rhaid iddi gael gair efo hi. Os oedd y ddwy'n mynd i allu byw'n gytûn, byddai'n rhaid i Seren osod y ffiniau, a chynta'n byd, gora'n byd. Câi air efo hi heno ar ôl i bawb fynd.

Trodd y throtl tuag ati a gwibio ar hyd y ffordd fawr.

‘’Dan ni am ei throi hi rŵan,’ meddai Rhiannon gan igian. Teimlai’n reit swrth erbyn hyn. ‘Cod, Anthony.’

‘’Sa well i ninnau feddwl am fynd hefyd,’ meddai Bethan, gan gadw’i bron dde er mawr ryddhad i Anthony.

‘Dach chi ddim yn mynd rŵan?’ protestiodd Lowri, oedd newydd ddod yn ei hôl ar ôl mynd ag Adele i’w chot am nap. Roedd sefydlu rwtîn i’r fechan o’r cychwyn cynta’n hollbwysig, yn ôl y llyfrau arbenigol. ‘Tydi Emyr byth wedi cael ei banad. Mi fydd Seren yn ei hôl unrhyw funud rŵan. A deud y gwir, dylai hi fod wedi cyrraedd adra ers meitin . . .’

Edrychodd Lowri ar ei wats. Roedd Seren wedi mynd ers bron i awr. Lle roedd yr hogan?

‘Duwcs, anghofia’r banad. Ma ’na oleuadau ar waelod allt Frondeg, o’dd ’na giw hir yna ar y ffordd yma. Ma siŵr ei bod hi wedi cael ei dal yn fanno, neu ei bod hi ’di piciad i Tesco ne’ rwla,’ meddai Arwyn gan godi. Roedd gan hwnnw beth wmbredd o waith marcio ac ar ei hôl hi fel arfer. ‘Tyrd, Andreas. Rho dy gôt amdanat, ’na hogyn da.’

‘Ddim isio! Isio gwylio *Peppa Pinc*!’

Er mwyn cadw’r bychan yn ddiddig drwy’r pnawn, roedd Bethan wedi dod a stôr o DVDs efo hi. A diolch amdanyn nhw.

‘Gei di orffen ei wylio fo adra, Andreas,’ triodd Bethan.

‘Isio gweld o rŵan!’

Gorweddodd ffan mwyaf y mochyn bach pinc ar ei fol yn y lolfa a rhoi datganiad tan gamp o dantrym ddigon o ryfeddod yn y fan a’r lle. Cymaint oedd ei strancio fel na chlywodd neb gloch y drws ffrynt yn canu am hydoedd.

‘Oes ’na rywun yn y drws, d’wch?’ Igiodd Rhiannon

ymhen sbel gan ddal ei phen ar un ochr fel rhyw dderyn bach er mwyn iddi allu clywed yn well hefo'i chlust orau.

'Seren, ma siŵr. Wedi anghofio'i goriad.'

Rhuthrodd Lowri i ateb y drws, yn falch o gael dianc oddi wrth *meltdown* y bychan.

'O'n i'n dechrau meddwl dy fod ti wedi mynd AWOL . . .'

Stopiodd Lowri yn ei thracs. O'i blaen, ar garreg y drws, safai dau blisman. Roedd hi'n lled-adnabod y blismones gan ei bod wedi'i gweld sawl tro yn y llys.

'Lowri Wyn?' gofynnodd y llall yn syber iddi.

'Ia?'

'Chwaer Seren Hughes?'

'Ia? Pam? Be sy wedi digwydd?'

'Ma arna i ofn fod eich chwaer wedi bod mewn damwain. Ma'r ambiwlans wedi mynd â hi i'r ysbyty.'

'Be?'

Chlywodd Lowri mo'r heddwas yn gofyn iddi fynd hefo nhw. Chlywodd i mohono fo'n deud fod y beic wedi mynd o dan fan. Yr unig beth a glywai Lowri drosodd a throsodd oedd sgrechiadau Andreas fel mochyn yn cael ei ladd, 'Peppa Pinc! Isio Peppa Pinc!'

Helô, chdi

'O, a dyma hi. Y beth bach.'

Chwythodd Anti Olga ei thrwyn yn swnllyd efo'i hances les pan welodd Lowri'n cerdded tuag atynt, ac Adele mewn sling o'i blaen.

'Trasiedi o'r mwya. Newydd gyrraedd adra o Madeira o'dd dy Yncl Tecwyn a finnau pan glywon ni, 'te Tecwyn?'

'Moto-beics. Dydyn nhw ddim yn betha i chwarae efo nhw,' medda hwnnw. 'Ges i ddamwain moto-beic pan o'n i'n sefentîn, 'chi. Bron iawn iddyn nhw orfod torri 'nghoes i ffwrdd, 'chi. Ampiwtetio, 'lly. Ma'r graith yn dal gin i hyd heddiw – dach chi isio'i gweld hi?' Cododd Tecwyn goes ei slacs *taupe* gan ddangos coes wen denau, flewog.

'Cadw honna, Tecwyn,' ordrodd Olga'n chwyrn.

Daeth wafft hegar o sentiach lled-gyfarwydd i ffroenau Lowri a gwelodd ei modryb Laura a Pam yn dod i'w cyfarfod.

'O, Lowri fach, mae hyn mor ofnadwy. Seren druan,' ebychodd ei modryb dros y lle.

Cofleidiodd Laura hi'n dynn. Am eiliad, poenai y byddai ei nith, oedd yn cysgu'n braf mewn sling o'i blaen, yn cael ei mygu un ai gan fronnau nobl ei hen fodryb neu gan ei hen sentiach drewllyd hi. Roedd Laura yn amlwg yn dal mor driw ag erioed i Angel.

Ddeudodd Pam ddim byd, dim ond gwasgu ei braich yn dynn â golwg ddifrifol iawn ar ei hwyneb.

'Os oes 'na rywbeth fedrith Pam a fi neud i helpu. Rwbath. Dim ond gofyn. Ti'n gwbod lle ydan ni.'

Amneidiodd Lowri eto.

Peth gwirion i'w ddeud, meddyliodd Lowri. Yndw, dwi'n gwbod yn iawn lle ydach chi. Wolver-blydi-hampton! Sut fedrwch chi fod o help a chithau'n byw yn blydi Wolverhampton? Ond chwarae teg, roedd y ddwy wedi dod yr holl ffordd o'r blincin lle.

O gornel ei llygad, gwelodd ei mam ac Olga'n cofleidio'i gilydd fel petai'r ddwy'n ffrindiau mynwesol. Dyna lle roedd y ddwy geg yn holi am hwn a hon, a'i mam yn llongyfarch Olga ar ei lliw haul a'i bod wedi colli pwysau. Gwenodd Lowri iddi'i hun. Gwyddai'n iawn y byddai ei mam yn lladd ar ei chyn chwaer yng nghyfraith yn y car ar y ffordd adref.

'Hy! Welaist ti hi? Yr *have pension, will travel*, myn uffar i! Ma llai o rincyls ar din eliffant na'r Olga dew 'na!'

Meddyliodd am Seren. Doedd 'na ddim byd yn ffuantus na rhagrithiol am Seren. Roeddech chi'n gwybod yn iawn lle roeddech chi'n sefyll efo hi. Dim malu awyr. Hiraethai Lowri amdani hi.

Llifodd y dagrau eto.

'Ti'n ocê? Sut mae hi heddiw?'

Llais cyfarwydd Math wrth ei hochr a'i law yn gwasgu ei braich.

'Dim newid. 'Run fath,' atebodd â'i llais yn torri.

Ers y ddamwain dros bythefnos yn ôl bellach, roedd Seren wedi bod mewn coma yn yr Uned Gofal Dwys.

'Ma'r nyrsys i mewn efo hi ar y funud. Ddes i allan i adal llonydd iddyn nhw ac i roi potel i Adele. Ti ffansi dod am banad?'

Amneidiodd i gyfeiriad y chwechawd oedd yn eistedd yn ddisgwylgar yn y stafell aros. Deallodd Math yn syth fod Lowri'n awyddus i ffoi oddi wrthynt. Doedd ganddi ddim iot o awydd nac amynedd ymdopi efo'u holi a'u stilio am Seren a'r ddamwain. Dylai fod yn ddiolchgar i'w modrybedd am ddod draw i'r ysbyty. Ond teimlai'n flin a diamynedd efo'r ddwy. Doedd Seren na hithau ddim wedi gweld lliw tinau'r ddwy ers cynhebrwng ei thad ond y funud roedd 'na ryw waeledd neu greisis, roedd yr adar corff wedi landio yn llawn cydymdeimlad gwag.

Roedd golwg wedi ymlâdd ar Math. Roedd o newydd deithio o Fryste ar ôl sefyll ei arholiad olaf. Methai Lowri ddeall sut yn y byd roedd Math yn dal y straen, rhwng sefyll ei arholiadau a theithio'n ôl ac ymlaen o Fryste bob cyfle a gâi.

'Ty'd 'laen,' gwenodd yn gysurlon arni.

Wrth iddynt basio, clywodd y ddau Rhiannon yn sibrwd wrth y pedwar arall, 'Fo ydi Math. Y cariad. Ond ddim y fo ydi tad y babi chwaith.'

'Wel, nage, ma hynny'n glir fel jin, tydi,' sniffiodd Olga.

'Dwyt ti ddim am gymryd paned dy hun?' gofynnodd Math iddi wrth ei gweld yn talu am botel o ddŵr.

'Dwi off te a choffi ar y funud,' gwenodd Lowri'n wanllyd.

Petai Math yn cymhwyso i fod yn feddyg yn hytrach nag yn filfeddyg, efallai y byddai wedi codi'i glustiau ac wedi gwneud rhyw sylw am hyn. Ond roedd gan Math ormod o bethau eraill ar ei feddwl i amau fod ei gyn-lysfam yn feichiog.

Aeth y ddau i eistedd i lawr wrth fwrdd cyfagos.

'W't ti 'di siarad efo doctor heddiw?'

'Na, ddim eto,' ochneidiodd Lowri. 'Poeni dwi, hira'n byd mae hi fel hyn, hira'n byd y cymerith hi i wella. Os wellith hi.'

'Wrth gwrs ma hi'n mynd i wella,' mynnodd Math. 'Ma'n rhaid iddi wella.'

'Ond be tasa hi ddim, Math? Fe allith hi fod fel hyn am flynyddoedd, am byth.'

'Paid â siarad fel'na.'

'Bob nos ar ôl cyrraedd adra dwi'n mynd ar y We a darllen am gleifion sydd wedi bod mewn coma am flynyddoedd. Mi roedd 'na un dyn wedi bod mewn coma am ugain mlynedd. Ac os neith hi ddeffro, be tasa hi wedi cael niwed mawr i'w hymennydd?'

'Taw, Lowri, plis,' erfyniodd Math. 'Tydi mynd o flaen gofid fel hyn yn helpu dim.'

'Dwi jyst isio Seren 'nôl. Dwi jyst isio fy chwaer yn ôl,' llenwodd llygaid Lowri.

'Finnau 'fyd, finnau hefyd,' sychodd Math y deigryn oedd yn disgyn i lawr ei wyneb yntau.

Stwyriodd Adele a dechrau crio. Roedd hi'n amser bwyd. Syllodd dwy lygad fawr dywyll ar Lowri.

'Wnei di ei dal hi tra dwi'n cynhesu ei photel hi?'

'Be 'swn i'n ei gollwng hi?'

'Wnei di ddim, siŵr. A waeth i ti ddechra arfer rŵan ddim.'

Cyn i Math allu protestio mwy, rhoddodd Adele yn ei freichiau. Gafaelodd ynddi'n ofalus fel petai ganddo fom ar fin ffrwydro unrhyw funud yn ei ddwylo.

'Gafael ynddi'n dynn,' cynghorodd Lowri. 'Neith hi ddim torri, sti.'

Syllodd Math ar y babi bach yn ei freichiau. Gwenodd arni drwy ei ddagrau.

'Wel helô, chdi. Math ydw i . . . Hei! Ma hi newydd wenu arna i!'

'Gwynt, beryg,' gwenodd Lowri gan dyrchu yn y bag am botel Adele.

Gwynt neu beidio, roedd Math yn gwbl argyhoeddedig fod Adele wedi gwenu arno. Plannodd gusan ysgafn ar y talcen bychan bach. Yr un pryd, syrthiodd deigryn ar y pen bach tywyll oedd yn fop o gwrls. Byddai'n rhoi'r byd i gyd am gael gweld gwên ddireidus ei mam unwaith eto.

Ceisiodd Lowri ei gorau i edrych heibio'r tiwb oedd wedi'i glampio'n dynn wrth geg Seren. Y tiwb oedd yn ei chadw i anadlu. Triodd ei gorau hefyd i edrych heibio'r goler blastig galed, wen o gwmpas ei gwddf a'r tyrban rhwyllog am ei phen. A'r holl wifrau'n nadreddu o'i breichiau, ei brest a'i phenglog i mewn i beiriannau oedd yn blincian ac yn bipian. Gafaelodd yn y llaw fechan, eiddil.

'Haia, dwi'n ôl. Fuodd Anti Olga, Yncl Tecwyn, Anti Laura a Pam yma i dy weld ti heddiw, 'do. O'n i'n ama' na fysat ti ddim yn agor dy lygaid i'w gweld nhw, 'de. Dwi'm yn gweld llawer o fai arnat ti . . . Newydd fynd ma Math, ddaw o yn ei ôl yn hwyrach ymlaen. Mae o wedi piciad i weld ei fam ac i gael cawod sydyn. Cradur bach wedi dreifio'n syth yma ar ôl ei arholiad ola . . . Mae o'n meddwl y byd ohonat ti, sti . . . Fel 'dan ni i gyd . . . Be arall sgin i i ddeud wrthat ti, dwa'?'

Roedd y meddygon a'r nyrsys i gyd wedi dweud wrthi fod clywed lleisiau teulu a ffrindiau agos yn gallu bod yn help mawr i gleifion ddeffro o goma. Ond roedd cynnal monolog yng nghwmni ei chwaer yn anodd iddi.

'O ia, gesia be? Ma Dylan wedi ennill cadair Steddfod Môn. Ei lun o yn y *Daily Post* a bob dim. Y brych wedi ennill rwbath o'r diwedd. Beirniad sâl, mae'n rhaid, neu ei fod o wedi cael help gan y ffwcin Eleri 'na . . . Bitsh dwi, 'de. Chdi 'di bai. Cyn i ti ddod i fyw ata i, doeddwn i byth yn rhegi . . . Ma Mam wedi mynd ag Adele am dro rownd y bloc. O'dd Math yn meddwl siŵr ei bod hi wedi gwenu arno fo gynna. Adele felly, dim Mam . . . Doedd dim iws i mi ddeud wrtho fo mai gwynt oedd ganddi . . . Mae isio mynadd efo Mam y dyddiau yma hefyd. Wel, mwy na'r arfer, 'lly. Poeni ma hi. Poeni be fydd pobol yn ei ddeud. Lowri Wyn, y twrna mawr, yn fam sengl. Wel, twll ei thin hi. Twll tin bob ffycin wan jac ohonyn nhw, dallta . . . Seren? . . . Seren!'

Ai dychmygu petha oedd hi? Roedd Lowri'n meddwl yn siŵr ei bod yn gallu teimlo Seren yn gwasgu ei llaw.

'Seren, ti'n gallu 'y nghlywed i? . . . Gwasga'n llaw i eto . . . Nyrs! . . . Nyrs!'

◆ EPILOG ◆

Blwyddyn yn ddiweddarach

'O'r diwedd, lle dach chi 'di bod?' gofynnodd Lowri i'w mam wrth i honno hwylio i mewn i'r gegin yn cario anferth o baflofa bendigedig.

'O'dd raid i ni alw yn rhwla ar y ffordd,' eglurodd honno gan gyflwyno'r melysfwyd i Lowri.

Yn ôl ei arfer, ddau gam y tu ôl iddi, yn flinderog ac yn llwythog, roedd Anthony. Yn ei hafflau roedd poteli gwin a mwy o stwff ar gyfer y barbeciw. Ysgydwodd ei ben heb yngan gair fel arfer.

'Ydi pawb wedi cyrraedd?' holodd Rhiannon gan dollti gwydriad mawr o win iddi hi ei hun o'r botel hanner llawn oedd ar y wyrctop.

'Do, ers meitin. Ma Math newydd danio'r barbeciw.'

Camodd Rhiannon drwy ddrws y patio i'r ardd, a gwenodd wrth weld yr olygfa o'i blaen. Roedd Math yn coginio gwledd o stêcs, sosejys a byrgyrs, ac yn arolygu, hefo potel o lagyr oer yn ei law, yr oedd Emyr. Eisteddai Macsen ac Adele ar flanced ar y gwair, a Bethan ar ei chwrcwd o'u blaenau yn tynnu eu lluniau. Roedd hi wedi crefu a chrefu ar Andreas i ddod i gael tynnu ei lun hefyd, ond roedd hwnnw'n rhy brysur yn cynnal rasys malwod yng ngwaelod yr ardd.

'A lle ma fy mabi del i?' clwciodd Rhiannon gan gymryd llowc arall o win. 'Chdi sy'n dreifio 'te, Anthony.'

Deud oedd hi nid gofyn.

''Ma fi, yn fama,' datganodd Seren gan wenu'n bryfoclyd.

Er gwaetha'r ffaith ei bod yn dal mewn poen ar ôl y ddamwain, doedd Seren ddim wedi colli ei synnwyr digrifwch na'i natur bryfoclyd. Yn eistedd ar ei glin yn fodlon braf, roedd ei nai, Efan Wyn.

'Ty'd â fo at ei nain, fy ngwas del i. Hogyn Nain 'di hwn, 'chi, bob tamaid.'

Ar ôl y sioc a'r embaras cychwynnol fod ei merch yn mynd i fod yn fam sengl, a'r ffaith mai canlyniad fflingsan un pnawn oedd Efan bach, roedd Rhiannon wedi mopio'n lân efo'i ŵyr. Ac ar ôl ei enedigaeth, doedd 'na ddim nain cyn falched yn y wlad, a bachai ar bob cyfle i ddangos ei lun i unrhyw un. Roedd Rhiannon yn gallu gweld hefyd pa mor hapus a bodlon ei byd oedd Lowri ers geni Efan bach. Welodd hi erioed mo'i merch mor hapus.

''Ma fo, babi del Nain, ylwch. Tydi o'n werth y byd yn grwn?'

Swsiodd Rhiannon y bychan a'i wasgu'n dynn, 'Www, 'swn i'n medru dy fyta di i gyd, y topyn bach.'

Yn araf a gofalus, cododd Seren o'r gadair. Roedd arni angen ystwytho'i choesau. Roedd hi wedi gwella'n rhyfeddol ar ôl y ddamwain, ond roedd ganddi beth cloffni o hyd yn ei choes dde ac roedd hi'n dal i gael therapi galwedigaethol ac yn debygol o'i gael am sbel eto. Ond, o fod yn anlwcus, mi fuodd hi'n hynod lwcus hefyd. Cerddodd draw i gornel y patio lle roedd Math yn fflipio byrgyrs yn ddeheuig.

'O'dd Math yn sôn wrtha i am ei job newydd,' meddai Emyr wrthi. 'Mi fydd hi'n lot llai o waith teithio i Gaernarfon nag i Brestatyn bob dydd.'

'Bydd, wir,' gwenodd Seren ar ei dyweddi. 'A tan y bydda i wedi pasio fy nhest dreifio, mi fedrith o roi lifft i mi i fama bob bora.'

Ymhen pythefnos, roedd Lowri'n dechrau yn ôl yn ei gwaith ar ôl cyfnod mamolaeth, a'r trefniant oedd y byddai Seren yn gwarchod Adele ac Efan yn Taliesin. Roedd hi, Math ac Adele newydd symud i fyw efo'i gilydd mewn tŷ ar stad fechan ryw ddwy filltir i ffwrdd. Ers y ddamwain, er mawr ryddhad i Lowri a Math, doedd Seren ddim eisiau gweld na gyrru unrhyw fath o foto-beic. Aeth y ddau at ei gilydd a phrynu car bach awtomatig iddi, a llwyddodd y ddau hefyd i'w pherswadio i gymryd gwersi dreifio. Rhyw ddwy neu dair gwers yr oedd hi wedi'u cael, ond roedd hi'n dod yn ei blaen yn ddigon del. Ac er mawr syndod iddi hi'i hun, roedd hi'n mwynhau bod y tu ôl i lyw car.

'O, Math,' gwaeddodd Rhiannon, yn dal i fagu ei hŵyr. 'Dwi isio pigo dy frêns di hefyd.' Cliriodd ei gwddw fel petai ar fin rhoi anerchiad i lond neuadd. 'Ma gin Anthony a finna rwbath 'dan ni isio'i ddeud wrthach chi i gyd.'

'Dach chi'n priodi?' ebychodd Lowri.

'Paid â siarad yn wirion,' atebodd ei mam.

'Dach chi'n disgwl babi,' ategodd Seren.

'Wel, ydan, mewn ffordd o siarad 'lly.'

'Be?' Tagodd Lowri ar ei Prosecco.

''Dan ni'n mynd i ga'l ci bach. Dyna lle 'dan ni wedi bod cyn dŵad yma. Mi ydan ni wedi bod yn ei gweld hi. 'Dan ni'n mynd i ga'l Shit Zu, tydan Anthony?'

Nodiodd hwnnw ei ben yn frwdfrydig a rhywbeth dieithr iawn wedi ymddangos ar ei wyneb, sef gwên fawr, lydan.

'Be uffar ydi peth felly?' holodd Seren.

'Llew bach ydi ystyr Shih Tzu. A "Shîd Sw", dach chi'n ddeud, dim 'Shit Zw'. Mi o'dd y cŵn bach yn cael eu bridio cyn belled yn ôl â'r bedwaredd ganrif ar ddeg fel lapdogs i'r teulu brenhinol yn Tsieina.'

Trodd pawb eu pennau i syllu'n gegrwth ar arbenigwr y Shih Tzu. Chlywodd neb erioed Anthony'n siarad cymaint.

'Pa fath o *training pads* ddylian ni brynu, Math?' holodd Rhiannon.

'Dach chi'n cael ci?' Roedd Lowri'n methu credu'r peth.

'Ydan. Siwsi 'dan ni'n mynd i'w galw hi, 'te Anthony?'

Nodiodd hwnnw ei ben yn wyllt, yn amlwg yn ddarpar dad balch iawn i Siwsi.

'Ma Anthony wedi prynu gwely bach a choler goch iddi'n barod, 'do, Anthony? Ond y *training pads* 'ma. Pa rai ydi'r gora? Dwi ddim isio unrhyw *leekages* ar fy Axminster i.'

'Fedra i ddim coelio eich bod chi'n mynd i ga'l ci,' sibrydodd Lowri yng nghlust ei mam yn ddiweddarach.

'Dwi 'di bod isio un ers talwm iawn, sti,' cyfaddefodd Rhiannon.

'Tewch,' gwenodd Lowri, 'dach chi rioed yn deud?'

'O'dd fiw sôn wrth Anthony. O'dd o ddim yn cîn o gwbl.

Ond dwi 'di ca'l dros ei ben o yn y diwedd, a rŵan mae o'n edrych ymlaen fwy na fi!'

'Lowri,' galwodd Bethan arni, 'tyrd i gael tynnu dy lun.'

Ysgydwodd Lowri ei phen. Yn wahanol iawn i Rhiannon, doedd Lowri ddim yn or-hoff o'r leimleit.

'Tyrd yn dy flaen,' galwodd Bethan arni wedyn. 'Dwi isio llun ohonat ti, Seren, Adele ac Efan efo'ch gilydd.'

'Ow, ia, syniad da,' ategodd Rhiannon gan roi Efan yn ôl i'w fam. 'Ga' i gopi o'r llun gin ti, Bethan? A gewch chi dynnu un ohono' innau efo nhw wedyn. A gei dithau, Lowri, ei brintio fo'n fawr, ei fframio fo a'i hongian o fyny ar y wal yn y *dining room*.'

Edrychodd Lowri a Seren ar ei gilydd a gwneud stumiau yr un pryd. Chwarddodd y ddwy dros y lle. Yn wir, er mawr rwystredigaeth i Rhiannon, gan fod y ddwy'n mynnu chwerthin a giglan, fe fethodd Bethan â thynnu unrhyw lun call o'r ddwy chwaer o gwbl.